改变，从阅读开始

漢唐陽光·HTYG

物怪人间

周二 / 著

江苏凤凰文艺出版社
JIANGSU PHOENIX LITERATURE AND
ART PUBLISHING, LTD

图书在版编目（CIP）数据

物怪人间 / 周二著. -- 南京：江苏凤凰文艺出版社, 2016

ISBN 978-7-5399-9562-5

Ⅰ. ①物… Ⅱ. ①周… Ⅲ. ①短篇小说—小说集—中国—当代 Ⅳ. ①I247.7

中国版本图书馆 CIP 数据核字（2016）第183154号

书　　名	物怪人间
著　　者	周二
责任编辑	黄孝阳　汪　旭
出版发行	凤凰出版传媒股份有限公司 江苏凤凰文艺出版社
出版社地址	南京市中央路 165 号，邮编：210009
出版社网址	http: //www.jswenyi.com
经　　销	凤凰出版传媒股份有限公司
印　　刷	北京玺诚印务有限公司
开　　本	787 × 1092 毫米　1/32
印　　张	11.75
字　　数	270千字
版　　次	2016 年 10 月第 1 版　2016 年 10 月第 1 次印刷
标准书号	ISBN 978-7-5399-9562-5
定　　价	39.00 元

［序一］人心的照妖镜

蒋方舟

上周，我去参加了一个电影试镜，剧本的创作者是我特别熟悉的老师。那是一部很小制作的独立电影，有多小的制作呢？剧情大部分都发生在出租屋的一晚上——不，不是你想象的那种电影。

我面试的角色是女主角，一个年龄、籍贯、背景都和我相似的角色。导演觉得我驾驭起来应该很轻松，只要识字和不害怕镜头就行。

我去试镜，演的一场戏是开头，女主角遭受重大的打击——原本属于她的在研究院的工作被院长莫名其妙地辞退了。而我要饰演的角色要和院长和理论、争执。

很简单的戏，但是我演了三四遍都非常僵硬，每次念到“你这个无耻专横的海归博士！”时都忍不住笑出来，导演很无奈地说：“你想象一下你跟人发脾气的样子。”我说：“想象不出来。”导演说：“你上一次跟人发脾气是什么时候？”

这时候，我发现了一个严重的问题。我没有跟人发过脾气。

当然，我会有生气和不满的时候，但是我从未跟人有过正面冲突。自己气得发抖也不断向人道歉，不会说半句咒骂的话。

这并不是优点，也跟素质没什么关系。这其实根源于我内心深处的恐惧。我害怕跟人形成真实关系。什么是真实关系？就是可以暴露自己最失控最丑陋的那一面，而不担心自己会失去对方。我回避正面冲突，是因为害怕跟人建立起真实的联系。

周二在《物怪人间》里写的《搬家强迫症》的白氏夫妻就是如此，他们不断搬家，是因为“每次只要一发生不如意的，计划外的，会让家族蒙羞或者陷入窘境的事情，他们就会选择搬家，假装一切坏事都没有发生过，让污点归零，好声誉重新开始增值”。

我在读到这个短篇的时候觉得非常亲切，因为我就是这样的人，即使是误会也不愿意辩解，不平也不愿意争辩，回避冲突到了可笑的地步。宁愿不断折腾自己，也不愿意在他人面前暴露出自己丑陋而真实的一面。

周二说：“害怕被任何人讨厌，我们很容易患上一种好人强迫症，它的病原体还包括认同感缺失、道德洁癖和大众审判权。”

《物怪人间》里写的大多是这样隐性的疾病患者，他们游走在城市之中，患病而不自知。周二的写法像是一种放大镜或者说是照妖镜，把人内心深处的隐疾照射和放大，城市在她眼中不是热闹平常的《清明上河图》，而活脱脱是影影绰绰的《百鬼夜行抄》。

这样的写法很需要作者的敏锐，像心理医生一样见他人所未见，同时还要有艺术家的想象力。这本书里我最喜欢的故事是《节日监察局》，讲的是颁布了新的《节日法》，任何人都有向节日办申报节日的权利，一旦审核通过，就会成为法律保护的国有节日，必须放假，不许上班。主人公很想上班，就在办公室玩电脑，结果被警察带走。

很夸张的故事，但仔细想想，我们确实好像陷入了某种“节日绑架”之中，这种绑架的凶手有从小的集体主义教育、“说走就走”的矫情大众媒体宣传、还有不断对“消费升级”的鼓吹造势。

《物怪人间》里描述的是一个极度平庸的社会，没有变革、没有精神领袖、没有战争，于是，每次战争都是人们的心灵之战，同内心的不安与疾病作战。

阅读周二的《物怪人间》时，我常常觉得是在阅读一本日本小说，更准确地说，是像是在看日剧，因为《物怪人间》里的每个人物都彬彬有礼，认真而小心翼翼地生活。

我想起前段时间看的日剧《大川端侦探社》，讲一个总是接受奇怪委托的事务所。其中有一集，在帮一个老人完成匪夷所思的性幻想之后，侦探社的社长感慨：

“现在啊，不，应该说是无论哪个年代，无论是小孩大人，都尽是变态，人也不过就是野兽啊。关键在于人会不会偏移正轨，无法回归正常生活，变成真正的野兽。但我知道怎么样能不变成那样，就是和酒做朋友，静静地，静静地，安慰野兽的本能。这就是人类的智慧。”

照出人心里的妖怪，直视它、安慰它，这就是《物怪人间》的作者所做的最温柔的事。

［序二］事实往往对真相产生威胁

撒贝宁

每天早晨醒来的时候，我们就看见了眼前的世界。

当发现——床还是昨晚躺下时那张床，床头那本书果然没读过三页就睡着了，拖鞋还在原地待着，至于窗外么，当然还是昨天那个太阳——世界和昨天没什么两样时，会有一个听不见的声音在心里嘀咕一句：有点无聊欸，不过也不错。

一切正常，一切如常，是多么令人安心的事。

但偶尔，即便像我这样脚踏实地生活忙到没功夫胡思乱想的人，也会掠过一个念头：说不定这个世界完全不是我看到的样子吧？比如说，我只是说比如啊，就在我背后，只要我一回头，也许就会看见世界的另一面。

有一点是肯定的：世界这么大，一定隐藏着无数的秘密。如果哪一天你脑洞大开，你就能看见那些隐形的故事。

如果你还没有看见，不妨先看看《物怪人间》，周二可能是先开了脑洞的那群人里的一个。

第一眼看到周二说“你相信的，就是真相”，难免会有一点辩论的欲望。从上大学到工作，看到真相两个字就敏感，这么主观到家的论点，明显站不住脚。等到看了这些故事，我想：可能真相确实不止一个。它可能不是你看到的那个，也不是我看到的那个；或者，它既是你看到的那个，又是我看到的那个。世间事纷繁复杂，永远超出想象，就算借得一双慧眼，也常常只能是瞎子摸象。

而更要命的是，这么多年经验告诉我：真相常常是令人不高兴的。所以在社会道德层面我们呼唤真相渴望真相，但在每个个体内心深处，真的做好准备了吗？真的可以接受吗？比如小美人鱼的爱情也许上演了罗生门，比如完美家庭原来只存在于客厅社交，比如设计者反被设计。

阿摩司·奥兹说：“事实往往对真相产生威胁。”

周二好像是偷偷跑到我们看不见或者不想看见的那个世界里，看到了一些其他的“事实”。很多瞬间好像看到了东野圭吾，冷静地、若无其事地讲了一个故事，却可能颠覆你所有的预设。一面思维缜密，一面举重若轻。似乎不断在说：这只是一个故事，无非是我描述了被你忽视的那些细节以及细节背后的另一种可能性。

如果说悬疑只是生活的某一个部分，那么荒诞，也许就是生活本身了。

“世界和你，总有一个病了。”书中这些充斥着荒诞感的故事，它们会发生吗？不会发生吗？它们恐怕永远不会发生，但它们又好像随时都在发生。

比如，我们也许真的需要一个“人品恢复中心”。

世界某个角落是不是真的有一个“不受欢迎博物馆”。

那个容易集体失忆的叫金鱼街的地方，没准就在你我身边。

这些故事仿佛是与我们擦肩而过的熟悉的陌生人，又仿佛讲述了我们藏在内心的隐秘幻想。“怪物们，请出来相认”，这句话简直令人热泪盈眶。那些同样正在经历故事的人，正在喃喃自语的人，正在寻找同伴的人，渴望凭借特殊气息找到彼此的人，也许你们相认的暗号就是，拿一本《物怪人间》，在人潮人海中相互辨识，然后讲出你们知道的那些超现实的现实。

因为，荒诞背后都是现实。周二说：

“每个冤屈的背后，都有一个更贪婪的故事。贪是天赋人权，但必须知道，这权利并不只专属于你。”

“我们用来隐藏自己的方法，就是暴露自己的捷径。就像你躲进阁楼，却躲不过天窗。”

“有时你得假装醒了，另一些时候你又得假装睡着，都是为了不给世界添麻烦。”

同样，荒诞里面也有同情。周二说：

“只能从死亡中获得存在感的寂寞，必须死出故事的寂寞，是比寂寞更寂寞的事。”

“有些东西你本来不想要，可是大家都说好，于是你也找不到更好的理由拒绝。”

还有这句：“这世界会对一个哑巴宽容，却不允许一个能说话的人，不遵守说话的规则。”——作为一个能说话的人还是大多数的世界，谁被戳中了？

周二当然不是第一个写脑洞的人，或许也不是小说家里最高深玄幻的。但你却始终无法忘记那些看似简单的故事，它们像烙印一样刻在了你的大脑皮层深处。因为在她的文字里，能看见画面，颜色、形状、声音、触觉，甚至嗅觉，一起扑面袭来，逃无可逃。她的文字是 4 D 的。

土豪、小偷、学生、恋人、婴儿，各个阶层的人都在周二构建的舞台上，一脸无辜地扮演着自己的角色。却在吃饭洗澡喝水的琐碎日常后头藏着战栗一拳，图穷匕见。随时神转折的感官刺激不亚于一口气看完 6 集《黑镜》和 26 年的《世界奇妙物语》，忍不住怀疑自己打开人生的方式是否正确。

周二的长处是对日常的敏感，以及想象力。

这是一本用想象力完成的故事书。长大成人后，这个能力往往会离我们远去。

不过，当你正襟危坐在写字楼里时，当你游离在漫长枯燥的会议中时，当你反复写着客户永远不满意的企划书时，或许会有那么一个时刻，你也会编织出一个故事。

而正如我们常说的：在洞悉了真相的秘密之后，读懂了荒诞的辛酸之后，还能爱这个世界，那才是真爱。“爱吧，像精神病一样”，就算事实总是对真相不利，就算生活总是一个荒诞连着另一荒诞世界有如此丰富的可能性，每天早晨的醒来才值得期待。

目　录

周二说：

人民的脑洞，为人民服务！

周二说：

世界和你，总有一个病了

周二说：

怪物们，请出来相认

周二说：

你相信的，就是真相

4
1

讣告

早上 8 点，寂静的套间，大门钥匙孔里啪嗒一声，门被从外打开，穿着条纹毛线背心的男人带着一盒牛奶、十个鸡蛋和一叠报纸走了进来。

他走进厨房，打开冰箱，拿出鸡蛋格子里最后的两个鸡蛋，然后把新买的鸡蛋一个个放进去，鸡蛋略尖的那头向下，钝头朝外，这样拿出来的时候，会省力一些，十个鸡蛋恰好填满所有的格子。

接着，他打开牛奶盒，倒进深蓝色的玻璃杯，400 毫升的牛奶，是一整杯的容量。他把玻璃杯放进微波炉，定时加热 2 分 30 秒。

微波炉开始运转的同时，他点燃了平底锅下的蓝色火焰，单手在锅的边缘敲破鸡蛋，一个，两个。煎鸡蛋，口感最好的比例是一面三分生，一面八分熟，这样才刚刚好。

从柜子里取出整袋白色原味吐司面包，拿出两片。

戴上一次性手套，取出密封盒里的整块黄油，切下一寸厚。

热牛奶、煎鸡蛋、面包、黄油，各自妥当地待在属于自己的杯盘中，被依次排列在餐桌上。

他终于坐下，打开了报纸。

这个早上，和男人以往的每个早上都一样。

事实上，自从双亲去世，他一个人住在这个套间开始，男人的每一天就像 Ctrl+C 再 Ctrl+V 一样，都是无差别复制粘贴。一个人做早餐，一个人做午餐，一个人做晚餐，一个人去商场买衣服，一个人去超市买牛奶，一个人去报摊买报纸。

一个人不孤单吗？为什么不和朋友出去喝酒，或者可以找个老婆，或者去参加办公室聚会，又或者还和邻居搞搞社交？

在男人脸上除了空白之外，偶尔还会出现其他表情，比如向同事微笑的时候，有人曾经还问过他这个问题。

当时他似乎是想了想，然后回答："这就看你是想要选择孤单，还是寂寞了？一群人可能会不孤单，但还是会觉得寂寞；一个人可能会孤单，但反而觉得不寂寞。"

唉，他现在偶尔会为自己说过这样的话，而感到羞耻。为什么要说呢？和不懂的人说什么都没用，反正说了他们也还是不懂。到底每个人都曾经有过企图想和世界聊聊的天真时刻嘞。

把最上面的几叠报纸挪开，整齐地码在餐桌一角，男人直接打开了第四叠报纸，熟稔地翻到第 15 版，开始阅读。

《光天化日，嫩模当街险遭劫持》

《民众呼吁强奸幼儿应立法严惩》

《剩女是女权的逆袭还是堕落》

……

怎么会是这些文章？这个版面上的固定栏目明明不是这个！

男人皱了皱眉，也许这个栏目换了新的刊登版面？他开始一页页地往后翻，没有。再一页页地往前翻，没有。

也许是换了叠数？他抢过其它几叠报纸，快速地一页页翻阅着，没有，没有，从头到尾，都没有。

难道是今天这个栏目没有一条可以刊登的文章？不，这是最不可能的。这份报纸，这个栏目，他已经连续看了十年。十年，每一天它都会出现，哪怕外头刮起百年台风，哪怕全世界都在关注王妃大婚，只有这个栏目，没有一天间断过，从来没有。

男人胡乱丢开报纸，闷闷地靠在椅背上，半天没有动。桌上的煎鸡蛋和牛奶慢慢变冷。

确实不可能因为今天没有任何内容可报道。因为这份报纸的第四叠第 15 版上，十年如一日刊登的固定栏目，是“讣告”。

讣告就是关于死亡的新闻。80 岁的市民李先生昨天中午，被刚拿到驾照，第一天上路的司机冲到人行道上撞死了。国内知名金融家王总裁在自家天台整理菜园的时候，突发脑血管爆裂，死在一排韭菜和一排辣椒中间。还来不及取名只能叫他“宝宝”的新生婴儿，令人惋惜地没能挺过人生中第一次发烧，肺炎致死。

在那些琐碎的，冷静的，经常有点装腔作势，偶尔还添加了些春晚式煽情的文字的包围中，每个死者在他们的照片中，看上去都是那么和蔼可亲。家人和朋友们的评语也都是那么单纯和美好，仿佛他们每个人都是被这世界温柔以待的。这些被死亡 PS 过的文字，每个字都是那么真诚，柔软，毫无戾气，让那些与死者毫不相干的读者，比如这个男人，总能在一个陌生人的死亡中，体会到一种无与伦比的美丽和高尚。

死亡，是所有生命体无限逼近极限的终极孤单。

当他在阅读铺满了整张报纸的不同形态的死亡时，那些带着油墨味的孤单慢慢地就从报纸上浮起来，好像透明的保鲜膜，一层层地将他密密包裹起来——被母亲的子宫温暖环抱的感觉，大抵也就是如此吧。被安置在无可比拟的安全感中，他尽情抚慰着自己孤单的 G 点，一次又一次地达到高潮。

每天早上阅读“讣告”，是他生命中唯一的欢愉；借着一点余韵，足以支撑他继续与世界对抗一整天。

城市里每一天都有人在死去，如同每一刻都有人出生，所以，今天，绝对不可能在今天，就没有人死去了？

呆呆地坐了一会，男人拿起一片面包，细细地抹上黄油，铺上煎鸡蛋，把另一片面包叠加在鸡蛋上，然后一起送到嘴边，一口一口地咀嚼，吞咽，连一点面包渣都没有剩下。端起冷掉的牛奶，一饮而尽，他起身把杯盘放进厨房的水池，又回身把桌上的报纸重新一张张叠好，一起放在门口旧报纸堆的最上层。然后走到洗衣机旁，把洗好的衣服一件件拿出来，烘干熨平叠好。他接着开始检查起阳台上每一个盆栽的每一片叶子。之后，他在洗手台前站了一会，忍不住研究着水龙头里流出的水，到底是透明的还是银白色的。

两个小时之后，他用固定电话机拨通了报社的电话。

“您好，欢迎致电《X 新闻》，请问有什么可以帮到您？”接线员照旧电脑制式的回应，甜美亲切。

“为什么今天没有讣告版？”男人的声音有些沙哑，语速缓慢，可能是不经常使用的关系。

“您好，是这样的，本报从今天开始改版，取消了讣告版。”

“为什么今天没有讣告版？”

“您好，您刚刚没有听清楚吗？因为报纸改版，取消了讣告版。”

“为什么今天没有讣告版？”无论接线员说什么，男人打定主意只重复这一个问题，直到得到能令他满意的答案。

20 分钟之后，疲劳的“小甜甜”接线员终于放弃了，“这样吧先生，您的问题看来我解答不了，我帮您转到相关编辑那里，请他跟您解释。”

“为什么今天没有讣告版？”男人的世界里似乎只剩下这一个问题。

电话那头的男编辑叹了口气，“又是来问这个的？先生，您已经是今天第 29 个打电话来问这件事的人了。”隔着电话线，都能感觉到他无力地搓了搓额角，“这是本报的发展方向决定的，也经过了大多数读者的调查，认为讣告版没有存在的必要性。”

“为什么？到底为什么要取消讣告？”

也许是受到男人的不断挑衅，也许是重复解释到第 29 遍的压力累积，男编辑终于也忍不住发作，提高了音量，一叠声地说下去：“什么为什么？很简单，因为讣告已经没人要看了。

首先大多数人都死得毫无意外，完全不值得被关注。病死的最大噱头就是年轻人加班猝死，这个大家也早都看腻了。车祸？不是酒驾，就是飙车，除非死者长得特别好看，又或者是个明星，还多少有点看它的理由。

这种没新意，没故事的讣告，又不八卦，又没悬念，还不如网上那些胡编的段子鸡汤的点击率高。”

男人低沉地反驳：“讣告，是有故事的。”

“自杀的那种，还算有故事，但主角不和富二代、官二代扯上关系，谁会在乎一个路人为什么要自杀？第一个因为抑郁症自杀的人可能会得到全世界的哀悼，但20天之后，也没人会再提起这事。接下来那些第二个第三个第N个不管是抑郁，还是自闭，还是失恋的，更没人关心他们的故事。”

“有人关心，起码我会关心。”男人不满地打断编辑。

编辑深呼了口气，平复了一下：“好吧，您关心，可您就一个人啊，加上前面打电话来的28位，29个关心的，那能叫大众吗？领导成天说传播率，10万+。大众不爱看的，就算事情再真，再惨，写了也白搭。”

“那大众爱看什么？”

“大众爱看的啊？呃，八卦，悬疑，美少女啊，小鲜肉啊，明星名人富二代啦。哦，还有刑事案件。不过现在连杀人案都已经写不出什么新鲜的了。要么就是抢劫要钱的，要么就是报复前女友前男友的，报复小三的，电视剧里演的比这狗血多了。唉，想死出点故事，哪有那么容易啊。”

男人半天没有说话，似在沉思，男编辑也意识到自己说得太多，赶紧放柔声音，“抱歉啊先生，我有点激动，说了一些不该说的话。虽然也都是实话。唉，我做了这么多年讣告版编辑，也很舍不得，可是我也必须得接受，讣告，确实没有阅读需求了，现在已经没有人会对那种家长里短的正常死亡，或者世界真美好的亲友追思感兴趣了。”男编辑停顿了一下，接着说：“简单说吧，大家都想看故事，想看丑恶。”

又沉默了一会，男人忽然握紧电话筒，声音比刚才更低沉了，“那么如果，我是说如果，如果人们能死得有故事，有更多人关注，那么讣告版就可以重新恢复了吗？”

“这就不好说了，当然也不排除这个可能性。老实说，其实最吸引大众眼球的报道，还是死亡，不过是要有更多爆点的死亡。”

“我明白了。”

挂掉电话，不知怎么，男编辑对刚才的对话，隐隐觉得有点不大舒服。

一个月后，发生了一系列连环杀人案，一时全城轰动，人人自危。被害的都是年轻男女，也有富二代，也有女模，唯一的共性是长得都很好看。他们都是先被迷药迷晕，绑架到一间偏僻的小旅馆里。在简陋的房间里，凶手将他们的手脚捆缚，嘴上贴着大力胶，平放在床上，然后用保鲜膜，贴在他们的脸上，围着头部，一层一层地紧紧缠绕，包裹得密不透风，直到最后窒息而死。每个受害者的额头中央都有几个数字，是凶手割破他们的食指，用鲜血写上去的，标明了他们各自的死亡日期。

警方怀疑犯人是一个孤僻但条理清晰，有轻微强迫症的单身男子。官方民间专家好事者，人人都在激烈争论着犯人的杀人动机，各说纷纭，有人怀疑凶手有过感情创伤，更多人怀疑他是对社会不满，而媒体则把焦点放在仇富、社会信任危机上。

这其中当然也包括《X 新闻》，主编专门开会指示，“必须抓住这个连环杀人事件的热火劲头大做文章，像是仇富心理深度报道、大众对警力的置疑，各国连环杀手猎奇啊。”主编兴奋地摩拳擦掌，决定要大干一场，他忽然想起来，又补充道：“对了，还有之前停掉的讣告版，我看也可以恢复了，跟出一系列死者的讣告嘛。那些受害者的生平，家属邻居同事的评价，不怕煽情狗血，越有人情味越好，这样的故事，现在全社会都在关注啊。”

在座的编辑们纷纷附和，埋头记着笔记，其中有一个男编辑脑中窜过一抹熟悉感，不久前，他好像才听过类似的话。

“如果，人们能死得有故事，讣告版就有可能重新恢复吗？”

到底是在哪里听到的呢？他啧了啧嘴，摇头晃掉了这个念头，现在哪还有空想这些无聊的事。男编辑赶紧举手，大声地问主编:“那么，讣告版，明天确定要出吗？”

“当然！出！”

周二

只能从死亡中获得存在感的寂寞，必须死出故事的寂寞，是比寂寞更寂寞的事。

密码不会说谎

网管老石是世界5000强YT公司里的首席红人。

想想似乎并没什么好惊讶的。网管嘛，全公司的上网记录他都一清二楚，他略一心烦，就能让你一礼拜都别想下载完一条视频，永远卡在99.9%。

老实说，现在的白领和高管们并没有电视剧情需要的那么低能和愚蠢，就算不是IT精英，也能从搜索网站上下几个反侦察加密程序。至少他们都懂得：在公司里用电脑，不该去的网站别去，不该聊的八卦别聊，不该存的照片别存——这些基本职场生存术。《甄嬛传》都重播到第180轮了，半点防备心都没有的人，能活过5集的，只有开了外挂的主角，早晚要黑化成终极腹黑BOSS。

但是，就在这样全民隐私的严防死守中，老石的特殊价值依然能够脱颖而出。

如果你想给公司某个经理送点礼，但拿捏不准他号称最爱收到的礼物是书到底是不是场面话；如果你对新来的前台小姑娘有点兴趣，却不希望有可能会被她暴力倾向的前男友盯上；如果你打算赌一把，在周一工作高峰期请假动用什么样的理由被上司拒绝的几率最低，都可以拎上两盒顶级乌龙去机房找网管老石。

他就是 YT 这个小江湖的百晓生。虽然不是百发百全中，但对公司里每个人的兴趣、爱好、短期动态、延时计划，甚至不可告人的秘密，老石的情报准确率高达 80%。

有人感慨，以老石的功力等级，《黑客帝国 4》应该找他去演。另一些人不以为然，什么功力，运气而已，难道还有傻子会在公司电脑上写日记吗？

但毫无异议的是，每个 YT 人都曾在午夜惊醒时，边擦掉冷汗边庆幸，还好，老石是个低调保守的人，除非你主动再三恳求，且想知道的并不是什么了不得的隐私，他对那些真正的秘密，总是缄口不言。

网管老石在所有人印象里的定格画面，就是端着一大杯刚泡好的乌龙茶，慢慢踱进只有他一个人的狭小机房，就像是要进入一座神龛，然后，慢慢合上房门。

老石多年屹立于 YT 十大传说的榜首，这毋庸置疑。

每次目送老石以慢动作走进他的“神龛”，保安小赵都会在脑子里自动为他配上《黄飞鸿》的背景音乐。

或许是他过于投入，乃至有次在音乐还没结束之前，老石主动开口跟他说话，小赵一时以为是自己的幻觉终于升级了。“今天是你值夜班啊？”经过他身边的时候，老石随口说道。见小赵没回应，他也不以为意，继续慢慢地往机房走，双手捧着一个茶壶。

猛捏了一把大腿助力，小赵疾步冲上前，“是，是，今天是我值班，石工您今天也要加班？”“嗯，刚换了新服务器，有些程序还要调试下。”

公司其他人都已经下班了，再小声说话，都似乎能听到回音。小赵亦步亦趋跟着老石，距离机房越来越近，他觉得老石一定听到了自己越来越急促的心跳声。忽然老石停下了脚步，转了个方向进了茶水间。

“先泡杯茶，”他朝小赵举了举手里的杯子。

饮水机的水声在夜里，清晰得有种催促的焦灼感。热气从杯子里升起，渐渐从老石的腰部开始往上，逐层打上了一层浅浅的马赛克。小赵觉得如果错过这次机会，此生他都无法原谅自己。

“石工！”这声音出来几乎像是在吼人，他立刻调低了三个音阶，“石工，”小赵像是在情人耳边缠绵，“能不能告诉我，你到底怎么知道所有人的秘密的？我发誓，绝对不会说出去；就算我想说也没机会，今天是我最后一天上班，明天头班火车回老家。我就是太好奇了。你怎么能那么神呢？”

老石端起杯子，看着在开水里游移不定的茶叶，等到它们一一落定在自己的位置上，终于开口了，“当一个网管，最容易获得的信息是什么，你知道吗？”

“是什么？”

“密码。”

“但是我以为在我们公司最多只能知道最初级的电脑开机密码，一般工作邮箱密码，公司内部聊天群的登录密码而已。据我所知，大部分聊天软件和网购网站都被屏蔽了，公司有规定不许上班干这些。而那些一般密码，就算你知道了，也不过是会看到销售今天给客户发了什么产品目录，行政下个月订了几打黑色墨水，三楼女厕需要补充卫生纸了这些无聊的信息，怎么可能会知道其它更个人的事？”小赵觉得他显然是在敷衍自己。

老石不屑地摇头：“用盗取密码来窥探别人的隐私，这做法太下流了，而且犯法。我怎么会用这一招。”

“那么到底秘诀是什么？”

“密码，就是那些密码本身，就已经足够了。它们告诉我的事情，比任何人告诉我的，都要多。”老石拉了张椅子坐下，“你知道最初的人习惯用生日当密码，自己的生日，亲友的生日，爱人的生日。但是那个太简单了，容易被破解，现在大多人都不用了。而是习惯把密码设置得更加复杂。但密码太复杂了又会出现一个问题，就是连本人都不容易记住。所以，你有意无意的，必定是要给这个密码设计一些规律的。

“当然也有那种貌似完全随机的纯数列和字符的密码，比如数字加大小符再加字母，会用这种密码的，他们都是数独控和游戏迷、宅男和处女座居多，生活规律有迹可循。

“但大多数人更倾向于用自己的兴趣爱好作为密码，比如最喜欢的花，最喜欢的颜色，最爱过的节日，记忆最深的一部电影，常常看的一本书，或者最喜欢的手表的牌子，明星的名字，宠物的名字。那些天性浪漫、天真的人，他们甚至真的会用‘芝麻开门’、‘盗密码死全家’这样的口号当成密码呢。

“不过我最爱的一类密码，你知道是什么吗？”

听得有些晕眩的小赵机械地接话：“什么？总不会有人把自己的隐私写在密码里吧？”

“不错。意思差不多。你知不知道，有很多人为了加强记忆，会把自己的密码编辑成一句对自己有意义的话？比如，‘我的名字叫阿达’、‘张经理有狐臭’、‘最讨厌玫瑰花’、‘下个月要瘦十斤’。

从这些密码里，我可以解读出各种信息，这个人喜欢吃什么？有没有养宠物？最近心情好不好？这比直接看人要有意思多了。”

看着呆呆望着自己的小赵，老石似乎也觉得自己有些过于兴奋，天性中的谨慎又回归了几分。他平复了一下，最后补充了一句，“密码其实就是你留给自己的信息，更重要的是，密码是永远不会说谎的。”

冲小赵点点头，老石端起茶杯，又继续向机房走去。对他来说，与其说是要去研究玄机背后的秘密，其实更像是要去看一场无厘头的综艺节目，在他自己搭建的舞台上，演出马上又要开始了。

老石边走边顺手把走廊上的电源关掉，天花板上的顶灯一片片地在他经过后，无声熄灭。逐渐消失在黑暗中的老石，在小赵看来，就像一个冷眼旁观的幽灵，明明无所不知却又什么都不说，既是嘲弄，也是玩弄，嘲弄每个人的自以为是，玩弄他们对秘密暴露的恐惧。

机房里，老石调试着新服务器，趁着跑程序的等待间隙，他喝了一口热茶，瞬间通体舒畅，忽然想起保安小赵。他倒是从没仔细看过小赵的内网登录密码，一个小保安而已，能有什么有价值的秘密呢。刚才跟他聊了会知心话，他倒有点好奇起来，小赵的密码会是什么呢？

老石打开后台管理页面，搜索出小赵的个人信息，熟练地输入解密程序。屏幕上字符飞速滚动，他悠闲地吹着茶杯里的浮沫。“叮”的一声，字符定住，老石边看边念出声：“w - o 我 s - h - i 是，sharenfan 傻人烦？啥人饭？沙仁……”他努力分析着最后几个拼音到底是哪几个字。

“是杀人犯。”从他背后传来一个轻轻的声音。

老石惊骇回头，小赵正站在他的身后，面无表情。

周二

加密的人生也不保险呐。我们用来隐藏自己的方法，就是暴露自己的捷径。就像你躲进阁楼，却躲不过天窗。

花栗鼠之死

周一。

五年级三班的宠物花栗鼠死了。

发现它尸体的是劳动委员孙壮壮。他是第一个到学校的人。孙妈妈今天买了胡萝卜，他偷偷拿了几根想带给花栗鼠吃。进了教室，连书包都不及放下，他就兴冲冲地跑去放宠物笼子的窗台。

笼子里毫无声息，弥漫着不祥的死寂，巴掌大的花栗鼠四肢朝天，不自然地躺在笼子中央。原本棉球般蓬松柔软的小身体，此刻却像一团被雨水浸泡过后又砸在水泥地上晒干的泥巴，冰冷，僵硬，畸形。

这只棕色带白点的花栗鼠是这学期刚开学的时候，班上的文艺委员谢小瑶带来的。上学路上，她看到它被装在纸盒子里，丢在垃圾箱的旁边。同学们都同意把这只可怜的花栗鼠当成班宠，养在教室的窗台上，大家轮流照顾它。为了给它取名字，众人争论不休，没想到它会突然死掉，直到死时，它仍旧是一只没有名字的花栗鼠。

心软的女生已经拿出纸巾，默默抽泣，也有不少人在猜测着花栗鼠的死因。既然它被安置在一个远离自然危险，冷热合宜，又饮食无忧的地方，也不可能是自杀，那么最大的可能就是食物中毒了。

虽然每天有值日生轮班负责给花栗鼠添水喂食，不过毕竟宠物笼子就放在窗台上，班上每个人都可以随时去逗逗它，也有会偷偷带零食来喂它吃的。说不定是谁喂错了什么，意外断送了它的性命，但就算真是这样，这个“杀鼠犯人”估计也不大可能会跳出来认罪的。

孙壮壮主动提出要负责处理花栗鼠的尸体。他在一只旧鞋盒里垫上厚厚的棉花，把花栗鼠装了起来，在上面又铺了一层棉花，然后将盒子埋在了学校后面的小竹林里。他还捡了块竹片，给花栗鼠做了个小小的墓碑。

周二。

五年级三班的学习委员苏檬在早自习的时候，去了教师办公室。

她向班主任承认，是她不小心害死了花栗鼠。

“我只是想给它吃点巧克力，我真的不知道花栗鼠是不能吃巧克力的。”在随后立刻召开的临时班会上，苏檬把跟班主任说过的话又当众说了一遍。

她歉疚地跟大家解释着事情发生的经过，既没有用无知作为推脱责任的借口，期间也没有崩溃大哭以博得同情，从始至终，她言语低沉诚挚，表情恳切自责。

得知花栗鼠当真是被人为致死的，全班同学自然都相当地激动，对“凶手”苏檬更是满腔怒气憎恶。不过细细听她说完一席原委，不知怎的，倒有许多人忍不住有些同情起她来。毕竟苏檬不是故意的，说起来，她甚至还有点倒霉，只不过先大家一步，犯了一个谁都有可能犯的错。更何况，本来如果她不说，谁也不会知道真相。可她居然主动站出来道歉，哪里像是恶人，反而证明了她人品很不错嘛。

不过班长钱邵珊显然不是这么认为的，她坚持苏檬应该对她的过错负责，“法律上，她就相当于是犯了过失杀人罪，当然必须受到惩罚！”钱邵珊提议，让苏檬一个人做完校庆要用的 300 朵纸玫瑰。

一年一度的校庆即将到来，每年除了最重要的文艺演出外，各个班级还要布置自己的主题展区。在之前的班会上，钱邵珊也不跟同学们讨论，一个人就决定了五年级三班的展示区设计方案——用 300 朵纸玫瑰装饰出一个巨大的校徽模样。她原本的计划是要求全班 30 个同学每人要做十朵玫瑰花上交。

众人对这个惩罚都没有异议，苏檬也接受。她开始在上课外的各种空余间隙里做起纸花。早自习前，课间休息，放学后，她始终一个人坐在座位上，专注地做着纸花。每个经过的同学，忍不住要多看她两眼。随着苏檬脚下纸箱里的玫瑰花，一朵又一朵地绽放，同学们看她的眼神，也是越来越柔软。

周四。

五年级三班的女生葛青青做完早操，回到自己的座位坐下。她从书桌抽屉里猛地向外抽出书包，带出一张两指宽的纸条，轻飘飘地掉在了她的脚边。葛青青捡起来细看，粉红色的纸条上，用一号黑体字打印着一行字："真的是苏檬杀死了花栗鼠吗？"

这是什么意思？怪吓人的。但又不像是恶作剧。难道害死花栗鼠的另有其人？可如果不是苏檬做的，她又为什么要主动认罪，并且还接受了惩罚？

第一堂数学课，葛青青的脑子完全处于残废状态，被各种胡思乱想塞得一团糟。她把下巴搁在书桌上，双手藏在底下的抽屉里，一直捏着那张粉红色的纸条，心烦意乱地把纸条揉来揉去，似乎这么做就能把心里的所有疑虑也一起揉碎。

直到下课，她还保持着同样的姿势，懒懒地趴在桌上继续放空。这时她的好朋友方铃忽地凑了过来，也一起趴在她的桌上，压低声音，神秘地说："你看到纸条没有？"

"你也收到纸条了？"葛青青一惊。

"当然啦，我看大概全班每个人应该都收到了。"方铃朝教室里一努嘴。

葛青青直起身子，四处一望，果然与平日下课时的欢快撒野气氛不太一样。讲台前、窗台旁、走廊上，大家都两三个地团成一坨坨窃窃私语，偶尔有人迅速抬头往别处匆匆一瞥，也是脸色绯红，目光闪烁。话题的焦点人物苏檬倒是和前两天没什么不同，仍旧在做着纸花，300朵花可不是一个小数字。

"你觉得纸条上的话到底是什么意思？当真不是苏檬做的？"葛青青问方铃。

"这可真说不准，"方铃双颊绯红，"其实那天苏檬出来承认的时候，我就觉得不对劲了。她说带了巧克力来学校？拜托，我就从来没见过她在学校吃过零食。反倒是李蓓，上周五那天，分明是她带了巧克力来，还到处炫耀说是亲戚送的瑞士巧克力，什么世界上最贵的巧克力之一。"

方铃满面抑制不住的得意之色，仿佛掌握住了什么重要情报似的，小声说："而且，那天放学后，李蓓还一个人留在教室做作业来着。如果是她喂的花栗鼠，完全合情合理。"

葛青青犹豫了一下："其实，我也看到了。我因为忘带作业本回家，傍晚的时候曾经回来过教室一趟，正巧看到李蓓从窗台边上离开。”

“那一准就是她没错了！”方铃兴奋地一拍手。

“不过除了李蓓，我还在走廊上看到了另一个人。”

“谁？”

“钱邵珊。不过她每个周五都会参加学校声乐队练习，校庆快到了，每年都是钱邵珊代表我们班表演女生独唱的。我想她那时会在学校，也没什么好奇怪的，所以就没提这事。”葛青青对自己之前没有说出这些信息，略感到不安。

“说起校庆，”方铃忍不住有点大声，“钱邵珊仗着连当了三年班长，脾气越来越冲，什么都是她说了算。明明谢小瑶才是文艺委员，她从来不让谢小瑶负责演出的事，就想着自己一个人在校庆上风光露脸。”

葛青青摆了摆手，“这些事反正也轮不到我们管。不过钱邵珊在班会上那样，我也觉得有点怪。她那天肯定也看到教室里的李蓓了，可也连提都没提，就只是嚷着一定要罚苏檬。”

方铃摸摸下巴，思索着：“不过，如果真不是苏檬干的，她干嘛要一声不吭地当圣母啊？”

“想知道为什么？问我啊。”冷不丁从两人身后冒出来的人头，把葛青青和方铃都吓了一跳，原来是班上的小滑头许浩然。他是班上的倒数第一，上课睡觉，下课胡闹，常常因为迟交作业和班长钱邵珊杠上，后者也真狠，直接找去他家，害他被他爸拿皮带吊起来打。

葛青青和方铃一见是许浩然，本能地想要避开，但又被他那句话吊住了胃口，不舍得就走。知道他向来八卦最多，方铃赶紧追问，“你都知道些什么？”

许浩然倒是很痛快，立刻就答了，“我听说有人看到李蓓前天早上上学的时候，特意绕道去了苏檬家附近。她跟苏檬前后脚到的学校，虽然两人没走在一快，但肯定是一起来的。至于一路上是不是有谁说了些什么，谁求了些什么，谁又答应了些什么——嘿嘿，你们就自己脑补去吧，我可什么都没说啊。”

“我早就知道，李蓓早晚会坏事！”方铃轻呼出声，为自己的猜测得到了印证而有些欣喜和得意。她和班上很多人一样，对李蓓时不时总喜欢拿国外亲戚送的新奇玩意来学校炫耀觉得反感。

葛青青倒是没作声，只是偷偷瞄了一眼与她相隔三排座位的李蓓。后者完全没有一点“谋杀花栗鼠的真凶”该有的低调，仍旧在跟几个女生演示着刚收到的夜光手表，笑得没心没肺。

葛青青忍不住摇头，也只有像苏檬这样什么不计较的烂好人，才连李蓓都肯帮。不过这事如果证实了是李蓓做的，下场绝对比苏檬要惨得多。李蓓说话一向没脑子，惯会乱比方，比如把钱邵珊当班长说成是惨绝人寰，还说万一她当了女王那就是世界末日。这要让钱邵珊逮住机会，她绝对别想轻松脱身。

之前孙壮壮只不过是因为分配值日的事，和钱邵珊意见不合吵了两句，就被后者哭诉成他欺负女生，结果被罚跑了十圈操场。所有人都知道，钱邵珊最是得理不饶人的，只要抓住别人一点错就会无限放大……

葛青青下意识地回头看了一眼坐在教室后面的钱邵珊。

钱邵珊正低着头，貌似在认真看书，对周围发生的事完全不闻不问。不过仔细看就会发现，她半天都没有翻动过一页书，只是呆呆地盯着一处地方。她难得是自己一个人待着，平素总有几个女生，一下课就围着她，又是问作业又是求她教她们唱歌的。

而此刻，这几个女生也跟别人一样，离她远远地聚作一团。从她们中间，发出蚊虫一样恼人的声线，与教室里的从其他各个人形圈子里辐射出的充斥着疑虑、鄙夷、赞叹的声线一样，这些隐形的线，慢慢地蔓延，交错，汇集，凝结。

周五。

五年级三班例行班会。

班主任宣布："本学期班长换届选举，不记名投票，现在开始。"

……

傍晚，放学后的学校总有一种过分喧闹之后，过分安静的诡异。所有的争吵、喊叫、嬉笑、困惑、焦躁，仿佛都被一块无形的海绵尽数吸走，一点曾经存在过的痕迹都没有留下。

五年级三班的教室里，还有几个人留着没走，小滑头许浩然、文艺委员谢小瑶、劳动委员孙壮壮，以及，新当选的班长苏檬。他们围坐成一圈，一起都在做着纸花。苏檬偶尔开口向其他班委问上两句，就像一个班长应该做的那样。

“小瑶，校庆演出准备得怎么样了？”

“放心，我的孔雀舞天天都在练着呢，服装也都借好了。”

“壮壮，我们班的展示区布置得怎么样？”

“再加上这剩下的10朵玫瑰花就OK了。”

“那再多做三朵花吧，我待会拿去放在花栗鼠的墓碑那里，”苏檬手中不停，熟练地折着花。

谢小瑶和孙壮壮都低头默不作声，许浩然插话，“那倒是，你能当上班长，它才是最大的功臣嘛。”

苏檬看他一眼，许浩然不以为然，笑嘻嘻地从书包里拿出半包巧克力，撒在桌上：“还剩下一些巧克力，大家分了吃吧。”

苏檬转过头，看着后山小竹林的方向，淡淡地说：“幸好还没给花栗鼠取名字，不然它死的时候，我一定会哭的。”

周二

极端民主化将带来道德从众以及绝对正义观，促生出另一种所谓的“正义的暴力”。

不在场证明

用浅灰色塑料袋套着的轻薄快递被送到公司前台的时候，林更生刚刚打开太太给他准备的爱心便当。今天的菜是糖醋小排、蓝莓山药和春韭炒鸡蛋，一盒米饭堆砌得很工整，还有一壶虫草老鸭汤，盛在保温杯里，还存留着刚出锅时的热气。

林太太每天都会准备午餐便当给林更生带到公司。江浙菜居多，她相信江南味道更养生。又怕先生吃腻，一周五天换着菜谱做，几乎没有重复的。公司上下都知道，把林太太的便当当成一个模范夫妻的典故，乐此不疲地普及给新员工听。

“林总，今天太太做的菜也很诱人啊。”秘书在他桌上放下快递的时候，照旧代表全体员工，传达了对公司老总带头秀恩爱的羡慕及赞赏。林更生点点头，没有借机闲聊的意思。他一贯为人谨慎，保持适当的距离感，信奉亲疏有度，尤其是和女职员相处的时候。

秘书关门出去。林更生瞟了眼快递，举起汤勺，犹豫了两秒又放下，合上饭盒的盖子。他决定还是先打开快递。里面是个普通牛皮纸信封，只装着一张 8 寸彩色照片。林更生垂眼，看了一眼照片，就又重新塞回信封里，把信封搁进自己的公文包。

接着他开始吃便当，和平常一样，慢斯条理地一口接一口，一点汤渣都不剩下，每一颗米饭都捡干净。林更生从来不是一个会浪费食物的人。况且他也知道，把食物吃完就是对做菜的人最好的赞美。

然后他继续处理公务，一下午签了几份文件，给客户发了两封电子邮件，并约好老板周末去郊外钓鱼。下班前 30 分钟，他照例先打电话给太太，告诉她今天自己会回家吃晚饭。

林更生喜欢这种做事的规律，任何打乱计划的冲动都是自制力的失败。所以他也希望每个被计划的对象也都可以配合，维持各自的原样，不要有什么改变。当太太站在玄关等着他进门，然后弯腰给他取拖鞋时，他远远看到餐桌上碗筷已经摆放整齐，能听到鸡汤在炉上发出欢快的咕咕声，他愉快地吁了口气，很满意一切如常。

“洗澡水准备好了，今天我试着在浴缸里加了一些桑叶粉，药店的人说可以缓解风湿，天气预报说明天开始会下雨。”林太太温柔地说。虽然快 40 岁但保养得很好的林太太，面色鲜艳得像个饱满的水蜜桃。他微笑着亲了亲太太的脸颊，后者不好意思地微微侧了侧身。

晚上 10 点，林更生习惯性地坐在书房的扶椅上，太太体贴地送进来一杯普洱茶，就轻轻带上门，回卧室睡美容觉去了。等热茶的雾气散去，他从公文包里取出中午收到的牛皮信封，取出照片，翻到背面，那里用圆珠笔写着一组电话号码。

接电话的声音经过变声器的处理，分辨不出性别年龄。

“报个数字吧。”林更生直截了当地开口。

“林总果然是见惯大场面的，轻车熟路啊。20 万，就把原始数据卡寄给你。”卡通感的声音即便是在敲诈，也不免觉得滑稽，像个笑话，如果这笑话跟你没关系的话。

“我怎么确定你没有留备份？”

“林总，这行讲究的就是诚信，况且我既然这次能拍到，下次也一样可以。”

“好，发账号给我。”林更生想挂断电话，但对方却阻止了他，“等等，有个问题我实在好奇。其实林总大可以直接跟老婆摊牌，最坏不过是离婚而已，为什么宁可花钱？这年头还有人在乎出轨这种事吗？”

沉默了很久，林更生终于开口，“你不觉得，当一个男人想要哪个女人都行的时候，但依然会选择自己老婆，这才算得上是真正的成功吗？”他话说得古怪，脸上得意的表情更是突兀，完全不像是刚才落人把柄，倒像是看到自己的计划实现一样。

一个礼拜之后，两名便衣刑警到公司找林更生。

坐在他办公室的沙发上，长得有点像机器猫的胖警官眯起小眼睛，语气和善，“林总，有一个刑事案件想请你协助调查。不用紧张，我们就例行问你几个问题。”

“可以。不过最好别太长，我半小时后还有个会。”林更生点点头，放松地靠在椅背上。

“请问你认识一个叫苏蔓的女人吗？”

林更生想了下，“嗯，我有一个合作商的秘书好像就叫这个名字。工作中见过几次，但私下没什么来往。”

“是吗？但我们查出你前几个月曾经买过一条钻石项链，接收人就是苏蔓。”

“哦，这个礼物不过是感谢她在上次商务合作中的帮忙而已。”

“如果是这样，为什么你会亲自去买项链？我们问过你的秘书，通常这类商务应酬的礼物都是她帮你处理的。”

“我当时给太太选礼物，想起来，就顺便买了。不行吗？”林更生摊摊手，“你们就是来问我这个的？”

胖警官身边的年轻助手有点沉不住气，刚想开口，胖警官伸手阻止了他，继续心平气和地说，“请问林总上个月，也就是 7 月 21 号凌晨 1 点左右，你在做什么？”

"唔，虽然我不太记得那天做了什么，不过如果是这个时间的话，我应该是在家里睡觉吧。"

"那么有人可以证明吗？"

"我太太吧。"

胖警官与助手对视看了一眼，语速更加缓慢，"你确定吗？如果您太太当时在熟睡中，可能也无法证明你中间没有出去过吧。"

林更生略有点不耐烦，"你们这是什么意思？我为什么一定要证明自己在家。"

"因为有目击者说，7月21号凌晨1点左右，看到你从苏蔓家里出来。"胖警官留心注意着林更生的反应。

林更生坐直身子，皱眉："胡说，这不可能。到底出了什么事？你们为什么要问我一个只见过几次面的女人的事。"

助手看了看胖警官，后者点头示意。助手回答："苏蔓被房东发现死在卧室床上。死亡时间确定是7月21号凌晨1点左右，而你可能是最后一个见过她的人。"

林更生有点吃惊，"不会吧，她死了？"

胖警官点头，"那么林总你现在可以告诉我了吗。7月21号凌晨1点，你确定一直在家吗？除了你太太，还有谁可以证明？"

林更生瞬间沉默。半天不说话。

"林总，请如实回答我这个问题。我可以告诉你，法医已经确认苏蔓是死于他杀。如果你不能提供不在场证明，我们可能就得换一个地方说话了。”胖警官口气严肃起来。

又安静了一会儿，林更生露出便秘一般纠结的表情，缓缓开口：“有个叫白莎莎的女生。上个月 20 号，一整晚我都在她家里，第二天早上 8 点直接从她家去的公司。你们可以去向她求证，她是个空姐，那天晚上刚飞完航班回来。”

年轻的助手忍不住插话：“你为什么一开始不说？”

胖警官开口：“想必是这位白小姐跟林总的关系，不方便说吧。”

助手醒悟过来，脱口而出：“白莎莎是你的情人？不是苏蔓吗……”

胖警官转头瞪了他一眼，助手赶紧噤声。

胖警官看向林更生，“麻烦林总给一个白小姐的联系方式，我们之后会去向她求证的。不过，”他话风一转，“如果白小姐真的和你是情人关系，她的话也只能作为参考。林总，你和苏蔓，也不只是认识而已吧，真的没有出入过她家吗？”

林更生垂头想了一会，仿佛下定决心，“好吧，既然如此。其实除了白莎莎，我还有别的证据可以证明。”

他起身打开保险箱，取出一个牛皮信封，递给胖警官。

“当晚我去莎莎家，不小心被人偷拍了照片，可能是狗仔吧。对方寄了这张照片来向我敲诈了 20 万。我本来不希望这件事被警方知道。但这张照片却正巧可以为我证明，你们看上面的拍摄时间——”

胖警官接过照片，虽然是偷拍的，但长镜头效果不错，角度刁钻，透过小区居民楼的窗户，可以清清楚楚地看到，林更生和一个穿着吊带睡衣的高挑女子在客厅拥吻。照片的右下角，有一行规整的小字“2015/7/21/01：04”，精确注明了拍摄时间。

林更生接着说，“不管我和苏蔓到底有什么关系，但照片上的时间不会作假，足够证明我当时绝对不可能会在苏蔓家，除非我会分身术。”

胖警官捏着照片仔细端详了一会，交给助手，“这张照片我们可以带走吗？还有，原始数据卡，也在你手里吗？麻烦也交给我们。”

“可以，但你们必须保证绝对不会向外界透露这件事。”

目送两个刑警离开，林更生轻轻呼了口气，忽然觉得全身肌肉有些酸痛，可能方才不自觉绷得太紧。

不过没关系，一切都解决了，他想，应该有很长时间，警察都不会来找他了。

“林总，有什么我能帮忙的吗？”新来的女秘书站在门口怯怯地问，她刚毕业，代替前任秘书的工作还不到一个礼拜。

林更生冲她挥挥手，表示没事。每三个月换一次秘书也是林更生的习惯，他们知道的太多，其实往往反会伤害到自己。

看着年轻秘书急于表达关切的脸，他想起了苏蔓，曾经也是那样只懂得撒娇的天真。但女人，无论再聪明美丽的女人，一旦有了捍卫所属权的私心，都会变得一样愚蠢和丑陋。

他还记得那天晚上，当她知道自己还有其他情人的时候，不顾一切的脸孔是多么地狰狞可怖。

这不是他的错，是苏蔓无知，她发疯一样地叫嚷着，要把一切都说出去，告诉林太太，告诉全公司，告诉所有认识林更生的人。她不该触碰林更生的底线。

还是莎莎懂事，从来不问问题，只会乖乖在家等待。当初自己给她们在相邻的小区买房只是图省事，谁知竟还有其它好处。

但严格说来，他最该感谢的，是那个敲诈他的狗仔。虽然他到现在也没有想明白，自己一贯谨慎，从来不会在私会时拉开窗帘，甚至避免待在灯光会照到的地方。在客厅窗边拥吻的瞬间，对方是怎么捕捉到的？难道是那天晚上自己到底失手杀了苏蔓，还是不免紧张，疏忽了细节？

无论如何，对方在最合适的时机，拍了最合适的照片。上天是站在他这一边的。

但令林更生意外的是，仅仅才过了一天，第二天晚上，两位刑警又出现在他面前。这次他们直接找到了家里，站在家门口等他回来。

“为什么又来找我？我不是都给了你们不在场证明吗？”他忍不住有些烦躁。

胖警官比前一天严肃得多，“不在场证明？你是说这张照片？林更生，你再仔细看看。”

他不耐烦地接过照片，扫了一眼，“没错啊，是 21 日 1 点零 4 分”。

“有问题的不是时间，是那个男人！你仔细看看那个男人！”助手沉不住气，咆哮起来。

林更生疑惑地盯着男人看了一会，忽然脸色大变，再凑近仔细看。他不肯相信自己的眼睛，照片上的男人根本就不是自己。

被白莎莎拥抱着的男人，尽管身高、头发、脸型都跟他极为接近，并且只露出半张侧脸，乍看虽然有几分相似，但如果让任何一个认识他的人多看一会儿，仍旧能明显分辨出这男人并不是他。

可是自己当时为什么就没有发现呢？当然，这屋子确实是白莎莎家客厅，站在窗前，露出性感裸背的女人也确定是白莎莎没错。但让他深信不疑，那个男人就是自己，因为对方穿着跟他同一款式的西装，还系着同样的领带吗……等一下，领带？就是因为那条领带！

林更生再次仔细看着照片中男人的领带，墨色水纹的底上绣着鲜红的曼陀罗花，十分显眼。而对他来说，这条领带之所以很特别，因为那是上个月初林太太送的生日礼物。林太太告诉他，这是自己专门找工匠定制的，颜色、图案都是她亲自设计。

“全世界只有一条这样的领带，至少这一个月，你每天都系着它吧，”她一边帮他系上一边说，“它代表着我对你的心意。”

林更生忽然意识到，他在门口已经跟刑警说了半天话，但门内却一直毫无声息。如果是平常，林太太早就应该打开房门迎接他了。

他心里突地涌上一股不安感。

助手：“另外根据你给的勒索账号，今天下午我们在机场拦截到了那个敲诈你的人，她正企图带着 20 万飞往泰国。你大概也想知道她是谁吧？”

不，我不想知道。林更生说不出话，连摇头的力气都没有。

“是白莎莎。她承认了照片是她伪造的，同时也证明了，你是 21 号凌晨 1 点半之后才去找的她。”

胖警官直视着林更生，“还有一件事，跟白莎莎同行的还有一个女人，也是她的同伙。”

他心内的不安急速扩散，心跳得厉害。他本能地想要逃避，那个自己不知道的，可怕的真相。

然而胖警官并没有如他所愿，他继续说到：“我们已经查明，她就是你的太太。”

周二

设计和被设计，你以为自己是哪一个？世界是盘好大的棋。

第 39 个人

上三楼左拐，走廊尽头最后一个教室，就是初二 5 班。

李檬把怀里的讲义抱得更紧了些，用力捏了两下鼻子。她一紧张就会觉得鼻子痒。

上课中的校园有种接近宇宙深处的安静，像一个真空包被抽空了声音。安静到无处着落，据说可能会导致一种类宇宙恐惧症，因为无法感知自己的存在而恐惧。

快走到初二 5 班教室门口的时候，李檬脚下无意识地略顿了一顿，笨拙的小牛皮中跟鞋立刻在水泥地面上老实地错了两个节拍，慌乱和心虚清晰可闻。她有点懊恼，一定会被教室里的人听到。

但已经来不及多想。几乎与她踏进教室同步，“起立！”班长训练有素地发出号令。38 个学生齐齐站了起来，拖着正在变声中的花腔规矩地打着招呼：“老——师——好——”

“同学们好。”李檬站在讲台中央，短促地回复，点头示意众人坐下。她低头打开学生手册，开始例行点名。

“陈浩然？”

“到！”

“吴可凡？”

“到！”

……

念完38个名字，李檬沉默了片刻。她抬起头，镇定地扫视着台下一片仰望着自己的灼灼目光，缓缓地开口，叫出了第39个名字：“朱莉？”

“到！”坚定的回应短促清亮，然而声音源又像是从天花板上折射下来的，尖锐却发散，无法辨别到底从教室的哪个座位传来。

这一次点名试探，李檬又失败了。

李檬是4个月前应聘到湖光中学的师范学校应届毕业生，相比其他还在找工作的同学，她觉得自己运气好得可以买彩票。原本有好几个资历更好的应聘老师，面试的时候评分都远在她之上。她以为自己肯定没戏，都做好了最坏情况——就是继续考研的打算。谁知，这几位最后都以个人原因为由，放弃入职湖光中学。

李檬最初只是被安排到初二年级教英语，不料新学期开始才三周，初二5班的班主任突然辞职，学校一时找不到其他人代班，她临时受命，一个刚入职的新人老师居然还当上了班主任。有大学同学在聊天群里发言说：李檬运气好到吓人啊，这湖光中学有点邪门，要不要去庙里拜拜？

这种话李檬当然不会在意，不过是半开玩笑半羡慕。她全部心思都在焦虑自己没经验，当班主任会震不住学生。有前辈安慰她，小孩们从小学刚上初中是最迷茫期，初一的时候一定刚被中学老师狠狠碾轧过，一时缓不过劲来，上了初二基本都还会蛮老实，不敢太作怪。等到了初二下半学期到初三，这胆子就又大得没边了，老师们就得随时做好准备跟凶猛的叛逆野兽们做斗争吧。所以说，初二上学期的班是最好带的，只要态度强硬点，恩威并济，没什么管不住的。

道理都对，可那之前的班主任为什么会意外辞职呢？学校里的老师们莫名地讳莫如深，每次跟他们闲聊，一说到之前的班主任，大家就心照不宣地打岔，这让李檬始终觉得心里有块阴影。

她只有全副武装严阵以待。上了几天课，初二 5 班的同学却表现得出乎意料的听话，没有上课插话的，没有打架的，没有不交作业的，甚至连个迟到的人都没有。每个大扫除小值日都井然有序，相当有规矩。初二 5 班的同学似乎比一般班级还更团结友爱。作为班主任，她根本没什么可操心的。

也许真的就只是自己运气好而已。积攒了多年的人品今年一起大爆发了。李檬渐渐放松，越来越喜欢这班听话懂事的学生。

就在她放松警惕，盘算要不要从铁血老师彻底向闺蜜型老师转型时，李檬发现了一件怪事：初二5班的每个人都在谈论朱莉。

一开始她是在走廊上、厕所里听到女生们在说：

“昨天朱莉带我去的那家文具店太可爱了！”

“我发现朱莉换了新手机链。好特别啊，在哪里买的？”

“我眼睛都肿了好几天，到底要不要去医院？”

“你去问朱莉啊？她妈妈是医生。”

“真讨厌下节又是体育课。”

“如果你是朱莉就不用担心了，她跑100米一直是年级第一。”

……

男生也在谈论朱莉：

“女生要是都能像朱莉就好了，不会动不动就说‘告诉老师’。”

“我昨天没带化学课本，幸好朱莉把她的书借我看。”

“朱莉到底是不是混血？我觉得她头发有点偏金色，皮肤又会不会太白了点？”

“上次演讲比赛要不是朱莉生病没参加，我们怎么可能会输给3班？”

……

听上去朱莉真是个讨喜的女孩，可爱聪慧的全能型学霸，运动一级棒，人缘更好得没话说。只除了一点——初二5班并没有人叫朱莉。

李檬的第一反应是，朱莉应该是某个学生的外号。她把每个女生都在大脑里回放了一遍，试图比对出谁最符合“朱莉”的侧写。不过这个女生长得可爱、学习好，可是运动很弱；那个女生吧，人缘是不错，但是个人高马大的乐天派，不像是个心思细腻的。

没等李檬琢磨出到底哪个女生是朱莉，更古怪的事情发生了。

有次她去上课的时候，发现上节课的黑板还没有擦。李檬的脸一沉，刚想发飙：“今天的值日生是谁？”然而学生们的反应更是一脸委屈，他们都举手证明：“今天的值日生是朱莉，是她的错。”难道朱莉是他们逃避责任的一种新托辞？现在的小孩还真会玩。李檬一时还真不知道该怎么处理。

接着全校统一配送的早餐牛奶每天发完都发现少一瓶。李檬向生活委员询问，对方反而一脸诧异地看着她：“李老师，牛奶只给了 38 份，可我们班有 39 个人啊。”“胡说，我们班明明就是 38 个人。”虽然李檬严厉斥责了生活委员。但第二天，她亲自去发牛奶，结果牛奶还是又少了一瓶。

然后李檬开始收到 39 份英语作业，其中包括朱莉交来的。朱莉的字型高挑纤细，每个字母长得都像音符，仿佛是在纸上弹钢琴。她一口气翻开了所有的作业本，但没有一个人的笔迹跟它相似。不会是什么新的恶作剧吧？李檬有种糟糕的预感。

终于某次她上完课，班上的小胖子跑过来拦住了李檬，气呼呼地抱怨："李老师，你为什么从来不点朱莉的名？"

"呃，可是……"她被问得错愕。

"你不知道这样朱莉会很难过吗？"小胖子义愤填膺地脸都涨红了。李檬又好笑又好气地拍拍他的头："别闹了，我们班根本没有人叫朱莉。"

这句话让小胖子一下炸毛，他几乎跳起身子冲李檬喊着："李老师，我对你太失望了。你居然连我们班同学的名字都不记得。我不想再跟你说话了！"他转身跑走，留下李檬站在原地瞠目结舌。

第二天早上，李檬故意在例行点名的最后，叫了朱莉的名字。她戏谑地大声念出这个名字，满面得意地看着小胖子。怎么可能会有人回答呢？这样她就可以乘机接着跟同学们深入地谈谈无聊恶作剧的后果。

然而有个清亮的声音回应了她："到！"

被这声意料之外的"到！"破坏了全部计划的李檬，故作镇定仔细审视教室里每个人的表情时，却只看到一片纯真无辜的眼神。小胖子紧锁眉头，始终坚定地直视着李檬，看得她垂下眼。

"好了，开始上课。"李檬的声音有点虚弱。

朱莉像一个狡猾的幽灵，随时随地出现在李檬意想不到的地方，留下挑衅的信号却又让她捕捉不到实体。

在这个捕猎和逃脱的游戏中，渐渐的，李檬的犹疑被朱莉的坦荡一点点磨平，她的恼怒被朱莉的热情软化，她不知所措的焦虑和挫败感在一切如常的、规律的日子里慢慢得到了治愈。

当周围所有人都告诉你世界上应该有一个朱莉的时候，或许真的有这样一个朱莉也不错？

如果有朱莉参与、跟朱莉分享的生活才是更正确的习以为常，那么朱莉就不是个玩笑，也不再是没有意义的符号。

李檬开始想，也有可能，朱莉曾经是班上的一员，只是现在不在了，因为她是那么完美那么友好，大家舍不得她离开，所以用这种特别的方式来怀念旧友。

假装一个已经不在的人并未消失，仔细想想，也自有一种说不出的感动和体贴。如果有一天我离开了一个地方，要是也能被所有人这样的记住，用心保留着每一个我曾经存在的痕迹：那真是相当奢侈的期望了，李檬偶尔会有些羡慕朱莉。

老实说，有朱莉存在的初二5班，也没有什么不好的，不过是多了一个可信赖的伙伴和值得效仿的榜样。甚至因为有了朱莉，同学们会比其他班级还更团结更友爱。

直到有一天，李檬在点人答题的时候，自然地脱口而出：“朱莉你来回答。”

教室里并没有人站起来，班长在下面小声地接话："老师，朱莉今天请病假。"

发觉自己叫了朱莉的名字，李檬呆了呆，但很快继续说，"记得提醒朱莉把家长签字的病假条交给我。"

第二天她在办公桌上看到了病假条，朱莉妈妈的签名跟朱莉的字一样高挑纤细。

李檬跟着学生们一起加入了朱莉粉丝团。

她每天点名的时候，最后都会点到朱莉的名字。她安排朱莉去扫操场，班上拔河比赛的时候，会把朱莉分到女生较多的那一半。她自己出钱，向学校申请多发一份早餐牛奶。印考卷的时候，她会印 39 张，她也会申请 39 本课本，39 份家长联系簿，39 件校服。

偶尔下课的时候，她会多留一会，和女生一起八卦几句："你买了朱莉那款发箍吗？""朱莉最近都看了些什么书？""朱莉最喜欢哪个老师啊？"

李檬觉得学生们对自己的信任和羁绊越来越强，她终于和初二 5 班融为一体了。

校长就是这个时候找她去谈话的，并且温婉地表达了请李檬自动辞职的决定。

李檬有些错愕委屈愤怒，明明一切事务她都处理得很妥当。

“校长，我可是看过《劳动法》的，你这属于不当解雇。”她铿锵的抗议。

校长见多不怪地打着官腔：“李老师，校方当然是有正当理由。劝退是为你好，不然开除你的话，以后你很难找其他工作的。”

“校长，我到底做错什么了？我当班主任这几个月，班上同学成绩稳定提高，纪律分每周都是年级第一，同学们也都很喜欢我……”李檬的自白才刚起了个序，就被校长冷冷地打断。

“李老师，我只问你一件事，你们班上是不是有个叫朱莉的学生？”

校长会知道朱莉，自然也是理所应当的。她点头，“没错，朱莉，很可爱的女生，学习也很努力，每次英语作文她都是最高分。”

校长皱了皱眉，继续试探地问：“前两周年级体操汇演，你非要领 39 件演出服？”

“没错。因为我们班 39 个人啊。”

校长耐着性子循循善诱：“可是表演的时候，明明是个整齐的方队，大家都看到了你们班只有 38 人嘛。”

“哦，因为朱莉家里有事请假了，她父亲要去美国工作两年，她去送机。”

校长呆了呆，忍不住大声呼喝：“李老师，你知道自己在说什么吗？”

李檬有点委屈，“我是在关心班上的同学，难道这也有错吗？”

李檬离开学校的时候，校长最后对她说的话是，“如果你是在跟我开玩笑，这里不欢迎；如果你不是在开玩笑，那就更不能留你。精神有问题还是早点去医院，谁知道呢，也许能治好。”

两天后，初二 5 班每个人的手机上都收到一条群发短信：“39 人实验成功。下一个实验对象，选谁？”

周二

如果所有人都在证明一个不存在的存在，那么，承认它存在是不是会更容易点？

醒

和每一个周二的清晨一样，他最先听到的，是小区清洁工开始扫地的声音。

尽管人类已经进化到可以上天，但这个地球上普通小区清洁工用来扫地的工具，依旧是最传统的长柄竹编扫把。那些尖利的竹条一下一下平缓地划过粗糙的水泥地面，碰撞出制式化的节奏，就像直接划在你的脑子里。其实很多人都误会了，相比嘈杂的音频，规律的声线反而更容易摧毁正常的大脑神经：可怕的不是攻击，而是同化。

无数挥动扫把划着规律声线的清洁工们，带来了一座城市、一个小区、一个人的苏醒。不过这也意味着，距离全面清醒还有一段过渡期。于是像往常那样，他也并不急于起床，而是继续保持着平躺的姿势，安稳地吸气、呼出，连眼睛都没有睁开。

最近几年，他越来越觉得当一个清洁工，或者找一个糊火柴盒的工作应该也不错。工作程序简洁，执行坚定利落，掌控起来很自信，几乎不会出错，或者说，即使错了也没什么要紧的。实在令人向往，整个过程中，可以自由地绝对放空。

而如果是当一个航管员，就像他现在的工作，哪怕只有0.01秒的放空间隙，可能就会有两架飞机在天空中相撞。掌控生命，是责任也是负担。还有人认为这是一种艺术。比如他的同事，昨天刚刚接受公司表彰的先进个人，就无比感性地形容说："监视屏上，代表一架架飞机航行的绿色轨道线，好像一支绿色华尔兹圆舞曲，而我就是一个引导出美妙旋律的指挥家。"

其实那和清洁工的扫把在地面上划出的浅白色痕迹，没什么不同，他想。不过没有人会问他怎么想，工作十年没受过一次表彰或晋升的，整个部门，就只他一个，他就是这样不重要的存在。

隔壁的小狗开始了今天第一波的叫喊，中气十足，蛮横地刺穿墙壁，冲破耳膜，直直戳进他的脑页。

这狗不知道是什么品种的，听觉恐怕比普通小狗的更灵敏百倍。有活动的物体靠近隔壁大门，它必然警示嚎叫；哪怕只是有人经过走廊，远远的电梯门打开关上，它都会叫得撕心裂肺。甚至昨晚他不小心碰倒了床头的台灯，"哐啷"一声落在地上，也瞬间激怒了那只狗。它大概足足叫了5分钟，或者 8 分钟？为了证明自己存在的价值，连狗都这样努力。

他讨厌狗。因为每个人都告诉他，你应该要喜欢狗。

养狗对培养孩子的责任感有好处，这样长大的小孩会更独立更懂得珍惜，他的父母对这个结论也曾经深信不疑。在他 8 岁生日时，他们说，你再也不需要华而不实的礼物了。于是给了他一只蠢萌的纯黑色泰迪，告诉他："这是你人生中最好的礼物。你必须爱它，保护它，照顾它；从此以后，它就是你的责任了。"

那年圣诞节的时候，他果然没有再收到其它礼物，而那只泰迪还走失了，当时他正牵着它去公园遛弯。

"小狗看到一个穿红衣服的女人就发了疯一样地追去了"，他是这么解释的。他伸开手掌给大人们看，上面有他去追狗时不小心摔倒，擦破的浅浅血痕。

虽然有个跟他一起回来的邻居小孩一直在院子里疯喊着："他把小狗扔进了池塘里！" 但他的父母什么也没问，大概是忍受了几个月满屋狗屎的味道，他们其实也有些心烦和后悔。

狗叫声像捅破了一层屏障，忽地清晰敞亮起来，因为隔壁的房门被打开了。年轻的主妇站在门口，大声呼喝，声音中带着隐忍中的燥郁和疲惫。然后是小孩不情不愿的应和声，脱着长长的尾音。

一串急促的碎脚步，不知轻重的大力关门声，意料中母亲的厉声斥责，母子俩一路较劲，电梯“叮”地开门声，小孩“咚咚咚”地奔进，踩踏在金属地板上，又是厉声斥责……最后所有的声响随着电梯门合上而骤然消失。空气不再波动，像紧紧捏牢的海绵终于被松开，干爽无痕。

那小孩大约是从两个月前开始上小学的，之后这样混乱动荡的声波就持续出现在每个工作日的早上。

他还记得自己第一天上学的场景。

父母给他准备了红色人造革的双肩书包，里面放着一块天蓝色垫板、一只印着梅花鹿的蓝色海绵文具盒。文具盒里有一支他亲自在商店挑选的铅笔，三角形的，白底印着小蜜蜂的图案。把铅笔放在鼻子下面，能闻到混合着木头和铅的香味。

他心里一直想着那支铅笔，走进教室的时候，不防老旧木门上一根微微突出的锈铁钉，轻轻勾住了他白色衬衫的袖子。他忙忙地把身子一挣，从手臂位置扯出一条长长的棉线，啪地绷断，然后慢慢蜷成一团。

他局促地坐在自己位子上。穿着红色连衣裙的年轻女老师走过来，问他叫什么名字，他不知道该怎么回答，其他小孩开始嬉笑着做起鬼脸，然后他就趴在桌子上哭了起来。都是因为那条摇摇欲坠的棉线，这是一件新衣服，他今天才第一次穿。

同桌的男孩用力推开桌子，跑到讲台前丢着粉笔，跳起舞来。女老师草草地拍了拍他的头，随口说了一句“好了，别哭了”，就赶紧跑过去追赶着那个蹦来跳去的男孩。

他抬起头，所有人都在尖叫着看男孩和老师追逐，男孩跑得更欢快，女老师气喘吁吁。他转头求助地看向窗外，刚刚还在那里观察的父母和其他家长，已经都回去了。

他原来一直以为世界是为他创造的，所有的东西都是为了满足他的需要而出现在他希望它们出现的地方，并且以他希望的样子出现。阳台上的小鹿摇椅、洗手间里的小马马桶、有阳光味道的棉花糖一样柔软的被子、一戳就会流出蛋黄的嫩煎蛋、生日那天一睁开眼就在面前的牛肉汉堡包……有时他甚至会好奇，它们那样精准运作的原理究竟是怎样的？当他不需要它们的时候，它们都是在哪里等着被召唤的呢？

但以后他不会再好奇了。

他相信就是从那一天开始，他的世界失去了平衡。

通常闻到各种早餐味的时候，他就会起床了。在家吃早餐是一种奢侈，他省下这个步骤，早 20 分钟出门，就可以错过最拥挤的交通高峰点。烤面包的气味总是最容易分辨的，唯一比它更难以抗拒的，只有煎培根。薄薄的猪肉裹着滋滋油炸的香味，简直无孔不入；即便他已经关上了所有的窗户，还拉起了窗帘和遮光布。

他的妈妈曾经有过一支口红，就是煎培根的味道。

这真是很奇怪，他也这么认为。不过后来他再回想的时候，觉得也可能是他的错觉。可能是因为他躲在自己的房间里，偷偷把妈妈的口红涂在自己嘴唇上时，有点太紧张了。

那是他第一次涂口红，他甚至不确定到底应该涂几次？轻一点抹，效果会更好吗？他犹豫着，不知不觉，越涂越厚，厚到他微微合起嘴，那跟女老师连衣裙一样的红色就粘在了他的门牙上。他能够感觉到嘴唇上多出来的重量，沉沉地往下坠，好像要填进他胸腔内的空洞里。

为什么会有口红被做成煎培根味的？是不是涂上就不会感到饿了？可他怎么觉得更饿了呢？

正在想这些问题的时候，他的后背已经挨了爸爸重重的一脚。

“男孩化什么妆，不三不四，丢人！”

他记得伴随接下来几脚的画外音似乎是这样的。粘腻的红色唇膏和他的汗水混合在一起，渐渐融化在他刚刚冒出胡渣的青涩下巴上，随着他的脸一次次地向地面俯冲，有一点蹭在了白色的瓷砖地板上，像斑驳的血迹。

那之后他就再也没有见到过煎培根味的口红，直到昨天晚上。

部门的女主管在KTV办四十岁生日派对，要求所有人都必须参加。环了三面屋子的长沙发，女主管偏偏要贴着他坐，一次次地跟他碰杯，灌着朗姆酒，把酒气喷在他的脖子里。从这个距离，他能清楚地看到对方粉底下皲裂的鱼尾纹，她也涂着口红，不过是深红色的，接近生牛肉的质感。

一个刚入职不久的新同事凑了过来，主动跟他打招呼。

他有点意外。

新人悄悄在他耳边低语："前辈。"

温热的气息刺得他耳朵痒痒的，同样都是气息，刚才酒气却只是熏人，不会让他心跳加速。

"前辈。明天轮到我加班，可我女朋友要我陪她看演唱会。你能不能替我？大家都说你最好说话，一定愿意的。"

主管分开他们俩，故作生气地呵问："偷偷聊什么？有什么不能说的，还背着人。"

同事赶在他开口前先回话："在聊前辈真是个好人。"同事看着他笑，"就是太害羞，出来玩嘛，放松点多好。"

"没错，这么害羞可怎么长这么大的？"主管斜着眼捶着他的肩，笑得乱颤，嘴上的生牛肉晃得他眼晕。众人一起都笑了起来。

一股强烈的饥饿感促使他不得不奔出房间，却又不晓得该去哪里，只得呆呆地站在忽明忽暗的走道上。一个年轻女人摇晃着从隔壁房间走出来，红色深V连衣裙只勉强遮住她的屁股。经过他身边时，女人站立不稳，摇摇欲坠中，脸颊轻轻擦过他手臂，在他的白色衬衣上留下一道醒目的红色，他闻到淡淡的煎培根香味。

这是他第一次跟陌生女人搭讪，但比想象中要容易得多。他除了偏瘦些，其实是好看的。

他没有再回去包厢，而带着女人回了家。

她本想要先去洗澡卸妆，但他阻止了她，耐心地一点一点吻去她嘴上的唇膏，尝到了混合着汗水的粘腻味道。

他翻身下床，从女人的手袋里找到了那支口红。他伸出左手，张开，卡住女人的额头，将她的头牢牢固定在床上，右手执着口红，慢慢地又在她的嘴上涂上一层厚厚的唇膏。

黑暗中，他像一个正在雕刻大理石的艺术家，以一种简洁的、有力的、充满自信的手法在女人的嘴唇上雕刻着。然后他再次一点一点吻去那些唇膏，然后再次重新涂上，再次吻去……

窗外的煎培根味越来越兴奋，他几乎可以看到它们在油锅里轻快翻转着，愉悦地达到高潮。

那味道逐渐和他房间里的某种气味交汇、融合，那是一种培根在高温下开始腐坏的味道。

这味道的源头就在他右侧，离他很近，从他的鼻腔直接抵达大脑中枢。受到鼓舞，每一个细胞都开始试图从昏沉的桎梏中挣扎起身。鼻翼向外扩张收拢，深嗅了一下，他睁开了眼睛。

床上的女人仍旧很安静，手臂和脖子扭曲的角度有些不自然，她脸上的粉底、眼影已经一团模糊，露出底下青灰色的皮肤，只有嘴上的口红，依然鲜艳如初。

周二

一定有某个瞬间，我们的人生就在那里拐了一个弯。从那以后，再没有找到清醒的归途。

晨跑者的诅咒

林森是个晨跑爱好者，每天早上 6 点他喜欢出门慢跑一个小时。

为了健身、减肥而跑步的人，可能无法想像林森这样热爱跑步的感觉。就像有人爱睡觉，有人爱吃肉，跑步对林森来说，就是舒服的另一种说法。

林森的习惯是一个人跑，跑步路线也尽量选择人越少越好的地方。在所有都是静物的背景里，只有你是运动的、活着的。除了脚踏在地面上的声音，呼吸的声音，整个空间如同真空一样，没有一点声响。很容易就产生了，你是地球上最后一个人的错觉。孤独有时也是一种安全感。

林森的晨跑已经持续了 10 年。

不过最近一阵子，他偶尔会想是不是应该考虑换一种运动方式了。因为晨跑，怎么说，常会遇到一些意想不到的麻烦。

自从村上春树说：当我们在谈跑步的时候，我们在谈什么？大量追求孤独认同感的青年或中年们，开始狂热地投入到这项个人活动中。每一条可以跑步的道路，陆续被接踵而至的人填满；享受寂寞的跑步，逐渐变成一场竞赛式的集体马拉松。

于是每开拓出一条新的慢跑路线，在跑步圈中，如同独门秘笈，常常秘而不宣，最多私相授受。

当然，人多最多只是扫兴，也算不上是意外。真正麻烦的是……

林森看了看手表，5 : 56 分，需要抓紧时间了。他系紧运动鞋的鞋带，随手向后捋了捋头发。开门时，他的手指神经质地颤抖了一下。他握了握拳，把糟糕的预感晃出脑袋，没事的，已经七八天都没有出现“意外”，今天应该也不会有事发生。

西郊河堤永远有种刚用清水洗过放在太阳下晒干的床单的味道，柔软的风会让人放松警惕。林森是在晨跑爱好者的加密论坛上知道的这个地方，冷僻是它的最大优点。

青灰色的天空不动声色地悄悄转成透亮，林森感到全身的肌肉正在一寸寸被唤醒，细胞们彼此轻声说着早安。多巴胺分泌饱和，促发他决定做一个加速小冲刺。就在他绷紧大腿肌肉的时候，河畔柳树下，一个熟悉的红色长条物体，突兀地闯进了他的视线范围；蛮横，霸道，完全不容你假装没看见。

哦，Shit，不会又来了吧。

林森顿时泄气，颓然放松肌肉，停下脚步，不情愿地向那团物体慢慢踱了过去……

40 分钟之后，西郊河堤上停满了警车，刺眼的车灯严肃古板地闪烁着，四处拉起了黄色的警戒线。一个级别看上去高一点的中年刑警一面快步往河边走一面大声嚷嚷着，“第一个发现尸体的人在哪里？”

小警察们纷纷让开一条通道，他一眼看到垂手站在警车旁的林森，发出一声古怪的短促笑声，“嘿，晨跑先生，又是你啊。这是我们今年第四次见面了吧。”

林森无奈地朝他一挥手：“高警官，好久不见。”

高警官假装抚额：“很久吗？让我想想，上一次看到你，也就不到 3 个月吧。那次是城北植物绿化带的高中生弃尸事件。”

林森苦笑一下，含糊地点点头。

“你应该很熟悉程序了，那么，说说这次你发现尸体时的情况吧。”高警官收起玩笑口吻，严肃地掏出小本子。

林森也不敢散漫，努力回忆着：“呃，大概是 6 点 40 左右，我刚跑到那棵柳树的位置……”

……

“那女人红色的风衣上都是大块深色印记，用棍子戳了戳身体硬的像块铁，我估计已经死了，没打算细看……打电话报了警……”

……

“不是，那电子表不是我的。”

……

基本信息了解得差不多，高警官收起本子，“谢谢你的配合。虽然都说过好多次了，不过程序上我还是要再说一次：麻烦你留下联系方式，我们可能还会需要你的帮忙。毕竟你是发现尸体的第一目击证人。”

林森点头。

高警官刚准备转身离开，忽然想起来：“唉，对了，这条路还蛮少人知道的。你是怎么发现的？”

“在晨跑论坛上找到的。不过，”林森揉揉脖子，摊手，“之后看来是不能再来了，又要再去找个新路线。”

“谁让你们选跑步路线和杀人犯选抛尸点，要求都差不多呢。”高警官忍不住又开了句玩笑。

林森回到家中已经是中午了。他一早已经打电话给公司请了假，就把剩下的时间当意外的假期吧。

他换着衣服，随手打开电脑，习惯性地登陆上常去的加密论坛——“晨跑者的诅咒”。跑步爱好者们常常会在这里分享自己发现的新路线，或糟糕的跑步体验。

林森一上线，屏幕上的规整的方块字像织布一样一行行快速编织着。

Forest 说：来了？

Micky 说：最近有什么新路线推荐啊？除了西郊河堤。

Forest 说：又是抛尸警报哦……你在哪看到的？

Micky 说：听说的。（叹气）也不知道这人上辈子做错了什么。

Forest 说：上辈子做错的是我们吧。跑个步而已，总偶遇尸体这算什么事？

Micky 说：（笑～）

Forest 说：都是那些愚蠢的侦探小说和电视剧的错，动不动就让晨跑的人发现弃尸，都成套路了。

Micky 说：在现实里，这就有点像诅咒了。

Forest 说：你说我们只是爱跑步而已，又不是尸体探测仪，哪里有尸体就往哪里跑。

Micky 说：也许这恰恰证明了晨跑者和凶手挑选地点的思路是相同的，偏僻、人少、不需要交通工具，步行可到，又还有点诗意。

那个老是爱开玩笑的警官不也是这么说的吗。应该夸凶手们也蛮有品味的，还是该说这只是个不幸的巧合呢。

林森不是太喜欢那个高警官，总觉得他每次看到自己，都硬憋着不露出幸灾乐祸的表情。然而他长的就是一张很爱八卦的脸，完全可以想象，他喝多之后挑着眉毛大舌头：“哥跟你说，那个跑步的，啧啧，真够衰的。”

林森用力敲打着键盘，好像那是高警官的脸。

Forest 说：那我是不是应该为有当一个凶手的潜力而感到高兴？搞不好，警察对我的了解比对凶手知道的还多。

Micky 说：但他们永远不会把一个晨跑者当回事。最让我不满的你知道是什么吗？在电视剧里，如果发现尸体的人是个晨跑者，那基本可以判断他绝对不会是主角，甚至连配角都谈不上，有时候敷衍起来连脸都不会出镜，一个像样的名字都没有，永远都是“那个跑步的”。

其实当主角也没多大好处，因为很麻烦，又很辛苦，时刻都要被人关注，并且需要为全世界负责。不过当目击者也不容易，要报警，要接受警察询问，可能还会不断有媒体来打听消息。忙了半天结果存在感低得还比不上那具尸体。起码，大家还会关心一下他是谁，怎么死的，被谁杀的。

如果是在漫画里，一个发现尸体的晨跑者的角色，也许连表情都不需要仔细画出来吧，只给一张空白脸也没有人会在意。

Forest 说：难道除了再也不晨跑之外，我们只能接受必须不断发现尸体的设定，就不能做些什么事情改变这宿命了吗？

Micky 说：不，当然还有其他的选择，要么就是变成尸体——晨跑者可是连环杀手最爱的对象之一。或者当一个尸体制造者，这样就可以由你来决定尸体出现的时机，而不是一个被操控者。

林森抽空在网页上搜索了一下。晨跑 + 命案，关键词的结果，一半是晨跑者发现了命案，另一半是被害者在晨跑时遭遇不幸。实在是太瞧不起人了，就没人觉得晨跑者也有很大潜力，成为凶手——既然他们和凶手的品味有那么多相似之处。

这应该值得高兴吗？林森泄气地摇头。

Forest 说：但是那些凶手到底是在想些什么？要是真不想让人发现尸体，就扔进食人鱼池塘里，或者干脆砌进自己家的壁炉，只要不把房子卖掉，不重新装修，永远都不会被发现。

Micky 说：或者凶手是希望尸体能被人发现的，否则杀人还有什么意义呢？不然，也不会让死者还穿着红色风衣了。

Forest 说：诶，我忽然发现，你好像总是第一时间就知道每条路线的尸体警报？是巧合么。

……

Forest 说：？？还在吗？

（系统消息：Micky 已下线。）

看着屏幕上闪动的光标，一丝不安在林森心里一晃而过。他摇摇头，也许是自己想多了。一大早开始处理了太多事情，一停下来，他顿时觉得饥饿难忍。

林森走进厨房，从冰箱里取出一盒冷冻的肉酱意粉，在真空包装上扎了几个小孔，然后放进微波炉里。

他站在微波炉的旁边，看着暗红色的微光无声地喷射出灼热的温度，炉面上的计时器刻板地一秒一秒地倒计时。

他回想着刚才的聊天，那个令他不安的问题，始终挥之不去，好像一个小霉点，在疑虑的湿气渲染下，变成越来越大的黑斑块。

“叮”的一声，意粉加热完毕。但林森没有打开微波炉，他径直走回电脑旁，从运动衣口袋里掏出之前刑警给他的名片。犹豫了一下，他还是用手机拨通了上面的号码。

“高警官吗？我是林森……就是早上发现尸体的那个晨跑的人……对，没错。我就想问下，那具女尸的事已经向媒体公布了吗？还没有吗？你确定真的任何一家媒体都不知道吗？现场也没有其他目击者吗？不不，不是有人要采访我……我知道的，关于案件的信息要保密……其实是，有件事我不知道该不该说……”

林森看着电脑屏幕，画面停留在之前的对话页面上，上面显示着：“12：17 分 Micky 说：或者凶手是希望能够被人发现的，不然就不会让死者还穿着红色风衣了。”

他握紧手机，“我觉得有个人，也许和早上的抛尸案有关……”

两天后，林森一边喝着咖啡，一边看着电脑。新闻视频里，警方在发布通报：西郊河堤红风衣女子弃尸案，已经逮捕一名嫌疑人。

画面上的高警官不苟言笑，一本正经地发言：“接到群众举报后，迅速锁定了该嫌疑人。据警方推测，嫌疑人一直通过一个晨跑者的兴趣论坛，寻找人迹罕至的隐蔽路线，然后实施抛尸行为。”

“警官，能再说点嫌疑人的信息吗？”闪光灯不断闪烁，记者大声追问着。

“对不起，我们暂时不能透露太多。”

“那他的网名是什么？这个总能说吧。”又有人问。

高警官想了想，“嗯，好吧，嫌疑人的网名是‘Forest’。”

林森关掉视频，打开收藏夹里的“晨跑者的诅咒”，登录主页。

他的登录名是“Micky”。

他打开自己的聊天记录，逐行向下拉动鼠标，直到停在最后一条聊天信息上：

“12:19 分 Forest 说：诶，我忽然发现，你好像总是第一时间就知道每条路线的尸体警报？是巧合么。”

自己还是太过得意，话一旦说多，总是容易露出端倪。现在只能再去找一个新的跑步论坛了。还是蛮可惜的，“晨跑者的诅咒”里推荐的那些隐蔽路线，目前看来，都是最实用的。

林森将自己的所有记录一一清空，然后删除电脑里的历史记录，系统备份，最后把“晨跑者的诅咒”从收藏夹里删除。

他放松地舒一口气，看了看表，5 点 30 分，该准备出门跑步了。

林森站起身，走到卧室，打开衣柜拿出运动服换上。从半开的柜门往里望进去，在衣柜的另一边，隐约露出一排红风衣，一样的款式颜色，每一件都鲜艳，醒目。

周二

每个颁奖典礼上的最佳配角，都不过是被迫隐藏实力后获得的安慰奖。有谁甘心做最好的亚军呢？

地铁幸运日

看到那个空座位，我在心里默默握了下拳，Lucky！一头冲过去，坐定。在周一早上 9 点的地铁里，居然还能有座位，这是个好兆头，今天一定会有好事发生。

习惯性地左右瞄了一眼，我的右侧是一个头发斑白的老太婆，她双手紧紧攥着身前的一架简易拉杆推车，从帆布盖的缝隙，露出几根大葱、莴笋之类的叶子，显然刚刚从农贸市场买完菜。我最讨厌这类老人了，明明每天什么事情都没有，却偏偏非要在上班高峰期出来买菜，经常在拥挤的公车和地铁上遇到他们，上车颤颤巍巍，挡住后面的人不说，还得给他们让座，明明我才是那个马上要连续工作 10 小时的人呐。不过，值得庆幸的是，今天至少不用起来让座，就应该暗呼一声 Lucky × 2 了。

坐在我左侧的，是一个穿土黄色 T 恤的男人，看身形年纪不大，脸被他正在阅读的报纸挡住，看不分明。Lucky × 3！这可是第三个好运的征兆了。

我有一个理论，那就是报纸什么的，根本没必要自己花钱买。理由很简单，地铁上、公车上总有人会在看报，蹭着看几眼头版头条，不至于和同事聊天的时候没话说也就够了。反正每份报纸的新闻都大同小异，70%的任务性通稿，20%鸡毛蒜皮的明星八卦，剩下10%用来暴露编辑的智商和记者的自恋。运气略差些，在路上没蹭成免费报纸，等到了公司，茶水间，尤其是厕所里，还有另一个几率颇高的机会——就是捡到上一个上厕所的人留下的报纸，循环利用最光荣，我是个坚定的环保主义者。

不被察觉地蹭报纸看，我可是相当有经验的。借助地铁行进中微弱的惯性晃动，我假装不经意地轻轻撞上男人的身体右侧，力道刚好使他握着报纸的右手松开。

“啊，不好意思”我主动道歉。果然男人再次拿起报纸时，比刚才举起的高度要低了一半。我小心地伸直身体，尽量完全把脊背贴在椅背上，头左转60度，越过男人的肩膀，perfect，角度很完美。

首先吸引我注意的是一行黑体粗字的大标题《武汉小偷开会分地盘被警察一锅端》，内文的小标题分别是《真实版〈无间道〉，谁是内奸？》《团结才是力量，攘外必先安内》。

“俗话说‘盗亦有道’，身为一个小偷，你可以没有道德，但绝不能没有道义；你可以没有双脚，但绝不能没有大脑……”

这报社的评论员还挺刻薄的，不过这新闻我倒也有耳闻，确实非常《疯狂的石头》，简直像是英国人拍的电视剧，当真长得是一副好电影胚子。

版上另一则小新闻是《专家称，80%的人有在交通工具上蹭报的习惯》。这说的不就是我吗？

《如何利用善于利用蹭报行为》，真的么，还有什么好处？唉，时间太短，我还未能把阅读速度调准到对方的频道上，没来得及认真细读，他已经翻页了。蹭报必须要掌握一目十行的技能，因为每一秒对方都有可能会翻页。

这一页好像是副刊。《那些广告教我们的事：Just do it、I believe I can fly》，实用心理学《为什么的士佬总能找准最佳客户？》《注意力缺陷症是一种什么病？》《弗洛伊德认为，一切贪欲都与童年有关》，《不被人注意的10个贴士》——这个逆向选题不错，我喜欢，你知道的，社交场中最丢脸、最悲催的，莫过于没有人对你有印象，人们甚至都不讨厌你。

右侧的老太婆起身下车，上来一个姑娘，带着一阵香风，款款坐在了我的身边。

Lucky × 4! 有不要钱的报纸蹭，有不要钱的姑娘看，人生得意也莫过于此了吧。我开始考虑待会要不要顺路去买张彩票呢。

小姑娘不像白领也不似学生，压低的棒球帽檐下露出的长发上黑下黄，中间一道显眼的分界线，藏在头发里的耳钉一闪而逝。黑色棒球服宽松得完全可以装下两个她，牛仔裤短的真敬业，两条一米八的腿比 502 胶还粘人，眼睛沾上就再挪不开。她把背包从肩上取下，随手放在腿上抱住，巨大的布包遮住了大半腿，我仿佛可以听到整个车厢的男人都在心里默默地发出一声惋惜的叹气。

不仅是我，车厢里几乎所有男人的视线都粘在这两条腿上。除了左边仍在专心看报的男人。哎呀，我这一分心，他已经连连翻过了好几页报纸，莫要错过了什么大事才好。

我赶紧转移视线，打起精神瞄过去。已经到生活类报道板块了。专题大标醒目地写着:《50 个人生中必去的地方》。切，又在炒冷饭，就没有人能鼓起勇气告诉我，人生中 50 个一定不要去的地方吗?

不过好像这份榜单有点不太一样：老年人舞蹈广场、装逼犯云集的星巴克、情人节晚上 11 点的酒吧、72 小时打折通宵营业的商场、周一早 9 点的地铁……? 这些不都是我们平常就在去的地方吗? 还用得着专门列个表推荐? 这报纸的编辑是外星人吗?

话说回来，这到底是什么报纸啊? 可惜报头一直被男人的手严实地挡住，看不真切。

右边姑娘往我这边靠了靠，我的肩膀、胳膊、大腿同时从上而下，感到一股柔软的压力。我忍不住转过身，低头斜斜向右望过去。坐在姑娘右边的中年大叔坐着打起了瞌睡，双手交叉握在胸前，微张着嘴，沉沉的一呼一吸之间，他的上半身重心渐渐朝姑娘身上偏移，越贴越近，脑袋一歪一歪的，随时都要直接磕到姑娘的香肩上。

居然比我更率先用了装睡这个贱招！我恨恨地撇撇嘴，心中不齿。别想骗过我，颤抖的眼皮和紧绷的大腿肌肉都出卖了你肮脏的企图，就这业余的演技，可比我差远了。

我怜惜地往左边挪了挪，希望给姑娘腾出点躲开的空间。我一动作，牵连着左边的看报男也跟着联动起来，他被我挤压得不舒服地扭动了几下，貌似有点不满地伸手在裤子后面、侧边用力搓着。

我假装没感觉到他的反感，这种无声的抗议最没用了，反倒是随着他的姿势变化，前方露出大面积空隙，更方便我看报了。

老实说，报纸上最实用的还是后面的养生版。《手指运动 28 式》，嗯，我忍不住悄悄对着上面的图示，捏了捏左手的手指，我们这种对着电脑比对着女友时间还长的人，最要小心鼠标手、键盘手，否则影响的可是自己的“性福”啊。

这时侧栏的一条《警讯》引起了我的兴趣：“本报讯，警方最近发布工作报告，下一个季度，将重点展开地铁、公交等交通工具的反扒行动。有关单位请及时做好应对措施，建议：一、改变出行时段，避开高峰期，以及改换其他较冷门路线；二、大胆创新，敢于尝试多种方法方式……”

最近小偷是满多的，我朋友最近也刚在地铁上被人偷了钱包。我随意地转头四处看着，车厢里一张张或冷漠或疲惫或无辜的脸，怎么能相信，这里面居然有一张脸是小偷呢?

视线转到右边的时候，我发现了一件了不得的事，不禁瞪大了眼睛。右方那个中年大叔已经彻底把脑袋搁在了姑娘的肩窝，甚至还配合着列车轻微的晃动节奏，在姑娘光洁的脖子上磨蹭起来。可是这并不是让我震惊的地方——早就想到他会这样做，真正叫我意外的是……

我看到姑娘正借着腿上背包的掩护，把手伸进了大叔的夹克口袋里，摸索片刻，两根手指夹出了一只钱包，迅速抽了回来，塞进了自己的背包里。

好好的姑娘居然是个小偷!

我在心里摇了摇头，不动声色地默默又往左边挪了挪。没错。我并不打算揭发她，或者叫醒中年大叔，谁让他色令智昏，想占女孩便宜的，活该!

我一点也不同情这种人，反而还有点莫名幸灾乐祸的快感。

这时列车到站，这是个 CBD 中心区的换乘车站，车厢内几乎一半的人都开始往外流动，姑娘背起包走了出去，我左边的看报男也下了车。

下一站就是我的目的地了，我愉悦地打开手提包打算取出地铁卡做好准备。然而下一秒，我立刻浑身一麻，无法动作。手提包里就像它刚买来时那样干净，什么东西也没有，除了包底被刀片划出的狭长裂口，像一只巨大的眼睛，诡异地与我对望。

“有小偷！谁都别走！”我反应过来，跳起来大喊。然而车门已经关上，列车缓缓启动。

透过玻璃窗，我看到看报男和长腿姑娘微笑着对视，看报男一把揽过姑娘的肩膀，两人亲密地一起上了滚梯。

我呆呆地站在车厢里。看报男把报纸留在了座位上，列车移动，折叠的报纸晃动着展开，露出一行鲜红的报头：《小偷日报》。

周二

每个冤屈的背后，都有一个更贪婪的故事。贪是天赋人权，但必须知道，这权利并不只专属于你。

周二说：

人民的脑洞，为人民服务！

节日监察局

墨菲定律告诉我们，你越不希望发生的事，就一定会发生。

同理可证，你越是不想接到的电话，总是会在最不识相的时间打来——比如早上 6 点 55 分，比你设定的起床闹钟提前了 5 分钟的时候。不要忽视这短短的 5 分钟，它干扰了你的优质睡眠，破坏了你的愉悦心情，毁了你一天的完美计划。要知道，每个失败的计划都有一个坏的开始。

“您好，请问是吴胜利先生吗？”手机那头是个女人的声音，就像你曾经听过的所有正规客服一样，自带固定音量语速声调模版，温和理性，既不让人讨厌，也很难让人喜欢。

“是。”我必须尽可能地使用短语，以掩饰自己的起床气。

“这里是节日监察局，拨打您的手机，就是想跟您确认一下：请问您已经准备好要开始放假了吗？”

“……嗯。”如果不能说脏话的话，那我就什么都不说了。

“好的，打扰了，祝您无手机日快乐。”对方礼貌地挂断了电话。

我把自己重新砸向枕头，手一摊，丢开手机。

手机屏幕上浮现出“节日，请注意！”的鲜红警示符，触目惊心。

没错，今天是无手机日，目的是号召人们在这一天之中完全不使用手机。就像无汽车日不能开车坐车、无电脑日不能用电脑一样。不过这些有名头的日子，不仅仅是公益行为或民间自发遵守，它们都已经是被国家认可和必须执行的法定节日。

自从新的《节日法》颁布实施之后，任何人都有向节日办申报节日的权利，一旦被审核通过，就会成为受到法律保护的国有节日。更重要的是，新《节日法》还规定，每个节假日都必须放假，不许上班，不许加班，不许兼职。

这个绝对民主的法律法规一出台，人们无不欢欣雀跃。

开始是恋爱中的情侣们，兴致勃勃地申请了红色情人节、绿色情人节、紫色情人节……赤橙黄绿青蓝紫，集齐七色情人节，节日办还额外赠送了一个黑色分手节。

不过同性恋和性别障碍人士提出这些都是异性恋的节日，他们也要有自己的专属节日，于是又有了菊花节、百合节和百花齐放节——不大关心社会新闻的人，常常会把这些节日误过成了爱花日。

但很快又有人提出异议，难道只有人才有过节的权利吗？民主的意义就是天下大同，所以，务必要有爱狗日、爱猫日、爱猪日……

“嘿，别忘了还有植物啊？青菜、萝卜们知道了，该有多么地寒心！”另一些人也不高兴了。于是，爱植物日也合法成立了。

在所有节日都必须公平公正公开的原则下，既然有了睡眠日，理所当然的，也应该要有洗澡日、刷牙日才行。而如果连宅男都有自己的节日了，那怎么可以没有胖子节、矮子节呢？ Tell Me Why ?

民主一旦掌握在大多数人的手中，少数人的权利就显得弥足珍贵。前者常常会以后者是否过得舒适为行为准则——显然，他们更害怕后者会不高兴，因为这意味着他们的无能。

总而言之，法定节日变得越来越多，日历上的红色节日标识比黑色工作日几乎多出了两倍以上。它们总是随机出现，根本记不住。节日提醒装置成为新的必需品。最近流行一款倒计时自爆器，走在路上，经常能看到某个家伙因为忘了确认提醒，而直接被炸上了天。

但这都还是小事，频繁过节带来的最大问题是，人们几乎没有时间工作了。为了完成业绩，很多人必须选择在节日上班，只能把会晤谈判等等工作安排在放假的时候。但这显然严重违反了《节日法》的规定。

为了抵制名为假日实则工作的形式主义毒瘤，保障人人都必须过节的自由，国家节日办很快组建起一个新的执法部门——“节日监察局”。

顾名思义，节日监察局的工作就是在每个节日，严格监督人们有没有在认真放假，有没有全身心地在娱乐，百分百确保你没有在浪费节日资源。一旦被发现在节日工作、学习、思考，就将被处以 1000 到 10000 元不等的罚款或者监禁。

好在节日监察局的监督标准只是不许做一切正事，至于爱狗日是不是吃了狗肉，睡眠日有没有在睡觉，无车日到底开车了没，这些未必与节日精神符合的行为他们倒是不会在意的。

真是万幸，否则像情人节和分手日这样的节日还真的不知道要怎么过？毕竟一个人也做不到啊，必须得有对象配合才能完成。

被监察局的一通查岗电话叫醒，我只好起床，几乎用慢动作完成了刷牙洗脸，以龟速在屋子里慢悠悠地晃荡着。连着过了 10 个节，我都已经在家待到发霉，闲得就只剩下时间了。

想了想，还是上网玩会儿最杀时间了。不知道昨晚点了什么鬼链接，电脑好像被植入了病毒，不断地弹出“免费学英语，点我！”“做兼职，点我！”“想赚钱，点我！”字样的网页。这简直就是在陷害我犯法嘛，该不会是监察局的钓鱼执法新招吧？我是那种意志薄弱的人吗？

我决定鼓起勇气出门，冒个险去办公室上网。公司离我家只有 10 分钟的路程，反正今天也依旧没有别人去上班，公司的电脑配置可高级了，30 寸双屏显示啊，简直就像我一个人承包了整个网吧。

为什么说出门需要足够的勇气呢？

你想啊，所有人可是都在放假。这意味着，清洁工也不上班，垃圾半个月都没人收，一直堆到走廊上的垃圾都腐化到开始自我分解循环了。电梯是绝对不能坐的，保安和维修工都不上班，万一倒霉遇到电梯坏了，那就相当于被活埋，只能等死了。

路上几乎见不到什么人，商店、便利店、银行、餐馆，没有一家开门，全都挂着“放假中”的牌子。

经过公司楼下的投币自动贩卖机，我试了试手气，Lucky！居然还剩下一包薯片和两罐啤酒呢！一般来说，因为节日买不到东西，必须提前囤货，贩卖机都被买空了。

太久没有人来上班，公司办公桌上积了一层厚度可观的灰尘，感觉可以直接在上面作个沙画表演什么的。

我也懒得全打扫一遍，只清出我自己的座位来。还没等打开桌上的电脑，我的手机又响了。

“您好，吴胜利先生，这里是节日监察局。”还是同一个客气的女声，“根据我们的手机定位系统显示，您现在所处的位置是 CBD 写字楼区。请确认您没有在工作。”

虽然老要被确认，多少有点令人不悦，但我有个朋友，就是因为不耐烦，直接挂断了节日监察局的确认电话，至今仍在流放巴厘岛，强制旅行中，十年内都不许回国。

这电话可不像它的语气那么温和无害，我只能忍住不满，仔细研究最合适的措辞，“哦，我保证百分百没有在工作，因为家里的电脑坏了，所以来玩公司的电脑。”

“好的，明白了。谢谢您的配合，请保持手机畅通，以便我们随时与您确认。”

这“随时”两个字真是不怒自威，轻描淡写的威胁，它的潜台词就是，“你娃给老子安分点，分分钟办了你。”

我刚想把手机收起来，这时一条广告短信从屏幕上弹了出来：“温馨提示：今天是无手机日，您已经选好节日礼物了吗？本商城诚意为您推荐十大最受欢迎手机配件……”

这种促销短信我压根没耐心看完，订了货也不知要过多久才能收到，快递也不上班啊。再怎么春夏流行款，都能给拖旧成秋冬复古款。

我刚点了删除短信，杂志 APP 的每日推送又强行蹦到了桌面：“无手机日怎么过最休闲？吃喝玩乐达人告诉你，请点击……”密密麻麻的字符表情透着谄媚的贱气。

这种玩乐攻略完全没有参考性，有钱才能躺在马尔代夫的沙滩上睡觉，没钱，最多也就只能做到睡觉了。

我习惯性地翻了翻手机，看看朋友们在各自空间发的状态，调整下郁闷的心情。一排刷上去，全是晒手机自拍照的，配上“真的没有用手机哦~”的卖萌旁白，真让人想直接把手穿过手机，一巴掌糊在他脸上——没用手机，你拿砖头发的照片啊。

不知道为什么，放假放多了，不仅身体变差了，脾气也越来越容易暴躁，对傻叉的容忍度也格外低。之前我看到一个新闻，有研究说，现在患上放假亚健康综合症的都市白领比例急剧增长，假期猝死越来越多的发生在年轻人身上。

我都还没工作够呢，怎么能死？尽是些不祥又不爽的消息，我索性把手机给关机了，丢进抽屉里。

好吧，就让我认真地来过个无手机日吧。

公司的网速惊人，不愧是几乎没被用过的电脑，连打字的手感都格外坚挺，瞬间提升幸福感。我愉快地在网页搜索框里输入“游戏”，跳出了两亿条结果，毕竟对节日大国来说，游戏是第一刚需。

其中人气最高的游戏一半以上都是上班主题的模拟游戏，为了弥补人们长期无法正常上班的遗憾和缺失，只能在虚拟世界里，通过模拟上班，得到工作的满足感。

我选了一款新网游——《今天终于上班啦》打开。唔，这个办公室环境模型做得还是满逼真的，还可以选择一起工作的同事类型，组团执行 PPT 报告任务。最棒的是音效，上班时间偷玩手机的时候，老板随时会出现在你的背边。配乐紧张刺激，我都忍不住跟着脸红耳热，心跳好久没这么快了。我顺利通过了两关，即将赚到第一个年薪 100 万，感到我的假日开始真正渐入佳境了。

电脑屏幕呼地暗了起来，投射出一块模糊的阴影，由大到小，越来越清晰，形状也越来越明显，像是个人。这视觉效果赞啊。我几乎要考虑去付费下载了，忽然手下一顿，不对！这不是游戏特效，真的有人站在我的背后！现在！此刻！

我打了一个激灵，条件反射地喊了一句："报告老板，我在工作，没玩手机。"

转过身来，看到——两个警察。

一老一少，一胖一矮，脸上都是一模一样的狐疑。听到我的叫喊，两人互相看了一眼，同时点点头。我有种糟糕的预感。

老胖的那个警察悠悠开口："所以说，你已经承认你是在上班喽？"

"误会误会，我是在玩游戏！"我赶紧解释，给他们看电脑屏幕上的游戏，以示清白。

但他们显然对这薄弱的证据不感兴趣，"我们接到节日监察局的报案。请你解释一下，为什么放假时间，你会出现在办公室？”

“我之前已经告诉过监察局的人，因为家里电脑坏了啊。”

少矮警察冷哼一声，一副这是他这辈子听到过最扯的谎话的不屑。“电脑坏了？”他连声质问：“那你为什么不去旅游？为什么不去逛街？为什么不去约会？为什么不在家睡觉？明明有一百种休闲的方法，你——”他噌地凑近我的脸前，紧紧盯着我，一字一顿地说：“为什么一定要来办——公——室，‘玩’电脑？哈！”

我被他问得一懵，是啊，为什么？我为什么只能玩电脑？就因为我又穷又懒没朋友没女友吗？

老胖警察拍了拍少矮警察的肩，示意他后退，然后看着我笃定地悠悠一笑：“还有一个问题，你为什么把手机关了？节日监察局长达 2 小时又 18 分钟无法确认你的行踪。我们有充分理由相信你为了逃避过节，刻意屏蔽信号。”

“可，可今天是无手机日，啊。”我努力挤出这句话，无力地做着最后的挣扎。

在拘留所里，我被领进一间单人禁闭室，里面只有一张沙发和一台电视，循环播放着节日办的宣传片《节日的 1000 种玩法》。

直到午夜 12 点，终于有个警察来打开禁闭室的房门。

“无手机日结束了，你可以出来了。”他接着说，“不过，提醒你注意，再过8小时，爱护脚趾节就要开始了。”

他把我的手机递还给我，手机屏幕上浮现出鲜红的警示符，血淋淋地扑进我的眼里：“节日，请注意！”

周二

节日总是好的。唯一不好的，是不允许不过节。就像民主总是好的，唯一不好的，是不允许不民主。

人品恢复中心

人品恢复中心。

乔峥抬头看着悬挂在半空的招牌，默默在心里念了一遍。

这个约莫有四五十层高的建筑直愣愣地杵在半山腰上，外型是个柱状体，从上到下，一色的雪白，上面一扇窗口也没有，像一根巨大的白色烟囱。不过再仔细看，在它的两侧，还各平铺着有两栋仓库式的基楼，大约十米高，也涂着同样的白色。如果从空中俯视的话，整个建筑群就如同戳向天空的中指。

不过这根“中指”的入口设计，倒是十分平易近人。和大街上常见的体检中心长得差不多，两扇玻璃门不花哨也不另类，透过玻璃，能看到里面也不过是一长溜中规中矩的前台。

观望中，乔峥已经不知不觉推开门，走了进去。

“您好，欢迎光临人品恢复中心。”前台后站着的一排迎宾小姐训练有素地整齐招呼。

她们穿着白色护士服，斜戴红色“欢迎”条幅，外型显然都是按照空姐的标准招的。乔峥粗粗一眼扫过，清一色的鹅蛋脸、柳叶眉，典雅贤惠，不妖不娆，像一个流水线上生产出来的同一批次产品。

其中一个女生走了出来，向乔峥微微一欠身：“我是工号006号导视员，很高兴接待您。”她的声音和语调淡定而令人舒服，随便打个招呼都像在说“我的愿望是世界和平”一样温和有力不容质疑。

乔峥上下打量“006号”，有些挑衅地发问：“人品恢复中心哈？真会蒙钱啊。我看，也不过就是个高级疗养院嘛。”

“006号”不动声色地侦察出乔峥的防备，脸上的三分微笑加深到了五分，露出标准五颗白牙，“这位先生，您是第一次来吧，想必对我们中心还不大了解，不如我先带您四处参观一下。”

乔峥点点头，顺从地跟着“006号”穿过大堂。建筑内层高八米，空间宽敞开阔，大得像个足球场，但却是全封闭的设计，没有一扇玻璃窗，阳光根本投射不进来，全靠天花板和墙壁上模拟出日光效果的灯源照亮。

“本中心采用全封闭生态自循环系统，由覆盖在建筑外层的太阳能板为整个建筑提供能量供给。室内空气都经过净化系统过滤，天花板和墙壁上的隐藏式灯源会根据日出日落，不断调节亮度和室内温度”，“006号”边走边解说。

白色大理石铺的地，除了建筑内必要的承重柱和隔断，一路上没有看到一样多余的摆设和装饰，别说绿植、盆栽了，连画都没挂一幅。

“006号”向乔峥解释：“鲜花、盆栽、家具和画，这些物品本身都多少会带有强烈的情绪属性和主观偏好。本中心为了让客户能得到最好的人品重塑体验，首先要避免让客户受到外界环境的影响，屏蔽任何会导致心理暗示的存在。”

乔峥跟着“006号”进了电梯，电梯里也白得跟个雪洞似的。门板上只有一个楼层按钮，直达40楼。“006号”按下按钮，告诉乔峥：“40层以上才是治疗区，40层以下都是客户的居住楼，要坐另外的专梯；为了保护客户的隐私，我们就不参观了。人品恢复是个复杂过程，必须24小时不间断由专人监控。根据人品治疗程度的高低，客户们会在本中心居住30天到300天不等。”

乔峥有点惊讶：“不会40层都住满了人吧？那都快赶上一个小城市的人口了。”

“006号”淡定地笑了笑：“这其中只有一半是标准客房，有一部分会根据客户级别定制，有两套间，有三套间；最高级别的黑钻VIP，一个人就住了一整层。还有些空房间是被预定下的，客户可能会随时入住。虽然是来进行治疗的，但也不能过分降低他们的生活品质嘛。”

那得花多少钱啊？乔峥暗自揣摩，但没好意思说出口。他怕对方觉得他没见过世面。不过他更想不通的是，如果都有钱到能包下一整层楼，那俨然就是成功人士了，还有什么必要来恢复人品呢？

人品的高低标准难道不就是成功者们制定的吗？只有失败者才需要比拼人品。

电梯的质量很好，在乔峥毫无察觉中，已经到达40楼。

这里仍旧没有什么出人意料的景观出现，和楼下一样，看不到任何色彩和装饰品，乏味的一通到底的走廊，两侧间隔分布着几个大小不一的房间，刷成同一种白色的房门和墙壁、天花板、地板几乎融为一体。

乔峥忍不住放慢了步伐，总觉得一个恍惚，可能就会不小心走到天花板上去。

虽然每个房间的房门紧闭，不过每扇门上都安着一面巨大的玻璃窗，可以清楚看到里面的情况。

“您放心，这是单向隔音玻璃，只能从外往里看，里面的人不会看到外面，不会干扰到客户们的治疗”，“006号”停在第一个房门前，“这间是物理治疗室。”

乔峥好奇地凑上前往里看，瞬间有些失望，不过就是一间普通的教室，除了桌椅和黑板都是白色的之外，和一般教室没有不同。白板上用毛笔写着一个大大的“忍”字。里面只有一个端坐在书桌前的胖硕汉子，平头，长相平凡，属于刚才看到，转眼就已经忘了大半的模样。他裹着一件停车场收费大爷款军大衣，全神贯注地握着一支细小毛笔，随着手腕的移动，隐约有一抹镶钻表带的金色光芒微微一闪而逝。而他似乎是在——练字？

“有了键盘输入作伪装，人们现在几乎都不需要写字了，这极大削弱了自古‘以字观人品’的传统。不过身份地位越高的人，反而更加坚信唯有笔迹才能透视内心。写一手松散、凌乱或者生硬胆怯的字，哪还有脸敢说自己善良、聪慧呢？”“006号”顿了顿，补充：“当然了，贵人要亲自写字的需求也比普通人更多一些。”

她一边解说，一边将乔峥引到了另一个房门前，“这间是星座治疗室。爱因斯坦告诉我们，星座决定人品。”

“等一下”乔峥忍不住插话，“就算这句话真的是爱因斯坦说的，可是我一生下来就注定是双子座了，难道还能重生一次吗？怎么靠星座提升人品？”

“可是您的月亮上升星座可以是在天秤啊。还有，您是属什么的？属马？血型呢？放心，我们的治疗师一定能辅导您组合出最佳人品排列序。比如说，如果双子都是贱人，但属马的O型血双子除外。”“006号”笃定地说，“星座学大半都是心理学，而只要是跟人的心理因素有关的，就一定能被人为掌控和改变。”

“您尽可放心，这世界上还没有我们提升不了的人品。我们可是专业的”，“006号”尽职地一路解说着，“这间是恐惧治疗室，帮助您直面潜意识里对提高人品产生的不安和抗拒。”

“难道还有人会害怕自己人品变好吗？”乔峥不解。

“恐惧的根源基于对人性的信心，基本症状包括，像是主动让座时的羞耻感，必须第一个从看热闹的人群中走出来帮乞丐推车的孤独感。再比如，如果您每天都好心帮同事带咖啡，偶尔忘了，就必须有勇气承担翻倍的嗔怪。”

乔峥从玻璃窗里望进去，这个房间被布置得像一间写字楼里的办公室。一个穿着黑色套装，大概 20 出头的小姑娘低着头，蜷着身子坐在一个格子间里。离她不远处，几个西装外头套着白大褂的男女聚在一处，似乎正在聊着什么。

“我们的治疗师正在模拟还原真实职场，以毒攻毒”，“006 号”自豪地推荐，“不管什么时候，只要您的善意被轻漫和利用，请务必要来我们中心疗伤，把内心磨练得更坚硬。”

乔峥看到旁边有一个小房间，很像银行的 VIP 服务室，有两人隔着桌子面对面坐着，桌上铺满了各种表格。

“006 号”顺着他的目光看去，解释道：“这间是成本估算室。我们的专业人品精算师会协助您完成规划，衡量提升到哪种级别的人品，需要付出些什么，以及相对应的可以获得的好处级别。”

乔峥刚想开口，“006 号”接着说：“我知道您一定会说，做一个好人怎么会是功利的？但请您仔细想想，有些热心，真是因为你天生热血质爱管闲事吗？你借钱给明知还不了的远房亲戚，你帮着不大熟的同事一起加班，你忍着狗毛过敏替老板遛狗，难道不是担心如果你不这么做，就会被人讨厌和孤立吗？”

乔峥被问得一愣，做个好人是在讨好自己，还是讨好别人？做个好人是为了合群吗？

看到他一脸迷茫，“006号”赶紧笑着岔开话题：“您看累了吧，咱们先休息一下。”

她把乔峥领到走廊边的长椅上坐下，转身去倒水。“这些房间都只是些初级疗程，比较普通。接下来我们要去50楼参观的高尚治疗室，那才是我们中心最核心的技术，塑造你的高尚感，教你怎么说话、做事会显得更高尚。”

乔峥更糊涂了，“高尚还有那么多讲究的吗？讲人品不就是一种高尚崇拜吗？高尚不就是要人诚信，绝对说真话吗？”他接过“006号”递过来的水杯，才觉得自己口干得像沙漠，立刻一饮而尽，那点湿润瞬间就被吸干。

“006号”又给他倒了一杯水，“您难道没有听过华莱士这句话，‘所有你认为的坏蛋在心里都不认为自己错了。’高尚是谁赋予你的资质？DNA吗？你曾经帮助过的人？不，DNA只占1%，外人最多只有20%的发言权，剩下79%的高尚都是你自己塑造出来的。对什么人高尚，对什么事情高尚？高尚是有选择的。说真话就是一种高尚？但说真话也是有选择的。”

见乔峥眉头紧缩，没听明白，她也不急，语速依旧和缓：“举个例子，公司规定每天早上 8 点要打卡，但你就是想多睡会，可你那么说就显得太自私，人品有问题。正确的做法是，先质疑这规则本身的合理性。这事全体员工都答应了吗？够民主吗？别人都照做了？那是他们缺乏主见，不能坚持自我。高尚就是要争取自由，你的抱怨立马升华成一种反抗精神。

“再比如说，你舍不得给餐馆服务生小费，但这当然不能说明你是个吝啬的人，只不过是你不愿意与装逼犯同流合污。如果你想背叛老婆又不希望被高尚唾弃，那简直太容易了，反正一切都是为了真爱。

“这就是我们的终极目标——绝对高尚。要让高尚只为你所用，这个疗程第一步要做的就是，帮助你无条件地相信，不是你选择了高尚，而是高尚选择了你。”

乔峥听得入迷，还想问得更详细些。突然三声凄厉的警报声乍起，一个机械的声音如同画外音般念道：“警报！警报！检测到有一名负人品重度超标者出现在我中心四十楼，请立即远离任何陌生人，避免被病毒感染。”

乔峥有些不安，扭头向“006 号”求助，却发现对方难得变了表情，惊恐地瞪着他，倒退，扑倒，一气呵成地按下墙上的一个白色按钮。

几乎同时，12 个穿白色制服的保安出现在走廊，向乔峥冲过来，12 张一模一样的脸同时开启嘴唇重复着同样的话，“抓住他，他是负人品超标者！”、“抓住他，他是负人品超标者！”……

乔峥本能地想逃，却又猛地顿住身形，反而迎上众人，扬起头高声喊起来：“胡说什么！我可是这个中心的幕后投资人啊，人品标准都是我定的，我就是人品之父！”

用尽全力吼出最后一句话，终于，他从梦中惊醒。几条苍白的阳光从窗帘的缝隙里拼命往房间里窜，呆呆地盯着那光线，乔峥先是有点安心，接着隐约又觉得有点失落。

周二

每个人都隐藏着自己的秘密。隐藏得最深的，就会连自己也骗过去。

那些高尚的信条，就是捆绑人生的枷锁。

偷窥时刻表

必须承认，我没有像往常那样礼貌而冷漠地秒杀这个推销电话，完全是因为他打来的时机，太贴心了——冗长的公司周报会中。

原本用来总结和计划工作的周会，像一只给扼住喉咙的鸭子，被一个接一个的表扬与自我表扬硬生生地灌喉填塞。当我听到对面的哥们，连上周二下午和客户在男厕门口遇见，相约一同抽了根烟，都当作了业绩汇报，顿时对这场会议的结束时间感到了深深的绝望。

没有什么比借一个急需回应的“商务”电话遁出更好的掩护了。

长舒一口气，放松地靠在楼梯间转角的扶手上，我怀着一颗投桃报李的感恩的心，难得对推销电话的内容表示出兴趣，“那说说吧，那个‘天大的好消息’，‘错过毁一生的超值产品’，‘你们公司的独家专利’，到底是什么？”

“偷窥时刻表。”电话那头的男子倒是不卑不亢，对我的反常热情依旧能给予沉着冷静的回应。

我可不像他受过专业训练，无法淡定，“什么？我没听错吧？”

“偷窥时刻表。您没听错。”推销男又冷静地重复了一遍。

我下意识地转头看了看周围，确定两边只有墙壁，没可能藏着一台摄影机，也不会下一秒就从墙里蹦出个举着话筒的傻叉，对我说：“哈哈，恭喜你，被我们整了！”现在这年头，只要能提高点击率，电视台、视频网站、自媒体全方位无下限，简直防不胜防。

“别紧张，这不是整人节目，也不是诈骗电话。”对方应该是从我的沉默中感觉出了穿透无线电的不信任。

“首先要申明，我说的‘偷窥’只是比喻，完全是合法的。”男子开始解释，“您知道很多公共场所都装了摄像头吧，像是交通路口、电梯、地铁站、动物园，还有办公室、酒吧、KTV、海滩，甚至私人别墅前的停车场。这些摄像头基本都是联网的，而且大部分都没有设密，所以只需要找到它的网络地址，就可以即时同步观看现场直播。

而我们研发的新产品就是选取那些可靠的公共摄像头，进行科学的分类、组合、优化，为每位客户量身定制最适合他的摄像头列表。我们给这产品取名为‘偷窥时刻表’。”

“先等一下，”我虽然被科学、网络、优化这些不明觉厉的词绕得有点晕乎，但还是敏感地抓到了一点对方的漏洞，

“你都说了这些是公共摄像头，你们能看到，那我也可以看到。我要想看的话，自己上网搜不就行了，哪还需要花钱买你们的产品啊。”

“您说得很对！”估计在他的推销培训中，肯定有这一情景问答，辛苦排练过的台词终于没有浪费，推销男的语气忽然变得俏皮起来。

他得意地回答：“不过，您大概没有考虑到一个问题，那就是公共摄像头的基数以及随机性。您知道吗？仅仅在广州市就有 3.3 万个公共摄像头，而它隔壁的深圳市政府曾经发布过规划：要在全城安装 20 万个公共摄像头。

“以中国城市素来对这种攀比游戏的热爱，可以想象，光是中国境内的公共摄像头，您就算不吃不喝每个地址只浏览 2 秒，恐怕几辈子都别想轮看过一遍。”

我对他说的庞大数字略感意外，居然会有这么多摄像头。不过仔细想想倒也差不多，就从我出门开始，进电梯有摄像头，出小区大门门口有；过马路，红绿灯路口有；然后上了地铁，当然是少不了的；到了公司，大楼门口、电梯，我自己的办公室，老板办公室，会议室。这才半天的工夫，我就已经被至少十几个摄像头给拍到过了。

“无目的性、随机选择摄像头的方式，不仅不能有效追踪目标人物动态，更严重损害了偷窥的乐趣和质量。”

推销男说的似乎蛮有道理，起码刚才拍到我的那十几个摄像头，画面完全没意思啊，连我自己都不会想看的。

“所以，这时，您需要的，就是一份用户体验一流的‘偷窥时刻表’。”

怎么觉得有点心动了呢。不行，我也是搞营销的，可不能随便被“偷窥”这个充满诱惑性的包装促成了不理智消费者。

我靠在墙上，冷静地发问：“哦是吗？可是说了半天，你还是没说到这个‘偷窥时刻表’到底都包含了哪些服务？”

“不好意思，现在就跟您具体介绍一下。首先是包月只要 100 元的初级时刻表。它能帮您一键过滤掉 90% 以上信号差的、分辨率粗劣的、视野受限的，以及品质感较低的摄像头地址。”

“信号差我理解，什么叫品质感低的摄像头？”我好奇地追问。

“就是那些画面可观看含量较低的，比如平均 2 小时以上，画面都不会发生变化，缺乏运动性的摄像头；或者是平均 3 小时以上，镜头内都不会出现任何活的生物出现的摄像头。”

我琢磨着，大概就是装在停车场、自动化车间里的那种摄像头吧。确实没什么活物。

“如果您愿意每个月多花 200 元升级到个性化时刻表，就可以获得一份为您量身定制的‘偷窥时刻表’套餐。最重要的是，套餐内的每个摄像头地址均对应了精确的最佳观看时刻表。”

“偷窥”的量身定制么？我还是不大相信它们真能做到：“你说的个性化指的是什么，举几个例子我听听？”

“比如说，它会贴心地提醒您：‘下午 5 点到了，菲律宾某宠物店的猫要集体去拉屎了’；‘中午 12 点，俄罗斯某银行行长即将和秘书一起在办公室吃饭了’；又比如：‘凌晨 4 点，东京某街道上的路灯开始启动，捡破烂的流浪汉将陆续经过’。

“经过我们严格的测试，我们的时刻表保证与被偷窥对象的实际行为误差不会超过一小时。您既不需要等待太多时间，又不用担心会错过任何爆点。”

“等一下，”我听着怎么有点不大对啊，“可是我为什么要去偷窥远在日本的流浪汉，而不去看我家楼下的小萝莉洗澡呢？不对，你凭什么认为我有偷窥癖？推销就可以不用承担诽谤罪了吗？”

“先生，您要是这么说，就实在太小看自己了。也请不要侮辱我们的专业性，公共摄像头偷窥和犯罪型偷窥是有本质的区别。”推销男被我陡然一质问，也跟着变严肃起来。“为什么我们需要安装那么多公共摄像头？不就是为了打造公平公正公开的和谐社会，实现君子坦荡荡的集体感，不给个体隐私留活路吗？如果都没有人在看，那摄像头的人生还有什么意义，你不觉得它们很可怜吗？”

他喘了口气，语气略缓和，“至于您问我，为什么远距离外的陌生人比亲密熟人更适合发展偷窥关系呢？

“请您设想一下：

“难道您在吃过早茶翻开报纸发现油价又涨了的时候，转头看一眼纽约十字路口的大堵车画面，不会觉得心情平复很多吗？

“难道您在企划书被客户第五次退回来修改的时候，看到曼哈顿俱乐部里被穿POLO衫的胖子在身上呕吐也依旧笑到脸烂的穿阿玛尼的主管，不会觉得很治愈吗？

“难道您在和高富帅约会女生的比赛中再次败下阵时，发现新宿郊区某林志玲型美女一个人在别墅里自己跟自己下五子棋，不是很励志吗？”

我怀疑他面前绝对放着一份现成的讲稿，否则不可能一口气说了这么些排比。如果他不想做销售了的话，我强烈推荐他去写鸡汤网文。俨然下一个陆晚安，冯飞鸟好么？

老实说，我被他说得不仅很想哭，而且很想买买买。

但我毕竟是个理智的消费者，还是要再问问清楚：“呃，你们现在，都有哪些‘偷窥时刻’套餐可以选啊？”

对方显然立刻敏感地感受到了商机，赶紧报了一长串产品目录：

“如果您的作息是昼伏夜出型，建议您选择北欧套餐，这样凌晨5点左右恰好是北欧的上班时间。某瑞典中学校长办公室的秃顶大叔——虽然他不太喜欢起身走动，还有某纪念品商店固定采购的小学生观光团，这两个摄像头的偷窥人气一直都很高。

“如果您是家常琐碎控，有一款含美国加利福尼亚加油站甜甜圈汽车快餐厅的时刻表，您一定会喜欢。从早上7点开始，借着给司机递甜甜圈调笑两句、偶尔摸摸鱼的墨西哥制服大妈，个个都身宽体胖。您可以免费观看加长版的拉丁美剧哦。

“如果您想改变过宅的生活习惯，觉得自己接触大自然的时间不够，那么公园、海滩套餐最适合不过。但必须提醒您，看到比基尼美女的频率其实没有想象中的高。因为顶级美女大多都在私人海滩上，公共摄像头能拍到的，最多也就是二流美女。

“要说现在最流行的‘偷窥时刻表’，还是科学男系列。如果你是谢耳朵粉兼腐女，没有比机电工作室、实验室更好的奸情催化地；如果你就是谢耳朵本人，恭喜你，又掌握了一项卖萌新技术。

“电台录音棚套餐也是很受客户欢迎的，它的最大卖点是你总觉得能看到几个眼熟的脸，运气好的话，还能看到DJ一边播音乐一边抠脚丫。

“如果您对空间有特别的嗜好，我们有别墅、游戏房、宠物店和博物馆系列。通常午夜之后，是业务高峰期。您千万不要以为博物馆、图书馆就一定会很单调，相反的，这里发生意外的几率最然不高，但只要发生就一定是限制级别，未成年禁止观看的，您可就撞大运了。嘿嘿嘿……”

电话那头的推销男已然Siri附体，已经进入了自动答录机模式，滔滔不绝。

这时我忽然想到一个重要的问题，“你们提供的公共摄像头地址是属于私人点播VIP放映型，还是电影院集体围观型的？如果我不想被别人知道我在看的话，怎么办？”

“这个问题太明智了。这正是我们正在推广的新卖点——悄悄打开服务。”推销男当然绝不会轻易放弃任何一个增值推销的机会，“使用这项服务，绝对不会在播放栏显示您的IP地址，但您却可以看到其他人的地址，以及他们的每一句偷窥评论。当然您还可以申请更高级别的偷窥监督模式，能够进入这个服务范围的客户，都必须绝对恪守偷窥礼仪，包括：只围观不妄加评论，尊重被偷窥的对象，哪怕他是个死胖子，哪怕她穿得像凤姐；不互相询问隐私，不涉及与偷窥无关的话题；保证不急躁不催促，永远保持耐心。这只需要再多花100元。”

我还想要问得更仔细些，同事Sam忽然从楼梯安全门内探出头，“原来你在这哪，会议结束了，老板在找你。”

“OK。”我冲Sam比了个手势。他退了回去。我匆匆对电话里的人交代：“啊，刚才不是在跟你说话。不好意思，我得挂电话了，你先发一份详细产品列表到我的邮箱吧，我会考虑看看。”

“没问题，感谢您的接听。最后请允许我为您提供一个附加试用服务，请问您现在是不是穿着黑西装，戴着一条紫色印有黄色橡皮鸭的领带，以及，您刚刚摸了下您的领带夹？”

我被他详细的描述吓了一跳，越发紧张地摸着领带夹，这是我的习惯。“你，是怎么知道的？”我一边问，一边慌乱地在楼梯间里转着圈搜寻，难道我还是被骗了？真有人在旁边看着我呢？

直到我看到墙角上的一个摄像头。黑色的镜头正对着我，上面红点闪动着，表明它正在工作中。“不会吧？”我忍不住叫了出来。

“没错。从我们的对话开始，我就通过手机定位锁定了您的位置，找到了您头顶上的摄像头。”推销男说得很轻松，我却觉得不寒而栗，想到刚才一直在被一个陌生人偷窥着，忽然很不舒服。

他大概也看到了我不快的表情，解释说：“您别误会，我之所以会告诉您这件事，一方面是向您展示我们的技术能力，另一方面也是因为您是我们的潜在客户，所以免费给您一点情报。”

“什么情报？”我强打精神，掩饰着从胃里泛起的厌恶感。

“刚才我跟您说话的时候，也顺便看了看距离您附近办公室的摄像头，找到了您老板的办公室。他是不是个子很高？光头？穿背带裤？”

“没错。”说到老板，我一激灵，不会出了什么事吧，老板急着要见我。

“如果他就是您老板的话，我建议您去见他之前，先把那条紫色橡皮鸭的领带摘了。”

“你都看到什么了？”我不安地抚摸着领带夹。

“我看到您的老板刚才在办公里见了一个女人，看着有点年纪，身材是有点走样了，脸保养得还不错，应该也是好看过的。不过品味嘛就，紫配黄，啧啧。”

听他形容的，应该是我们的老板娘。

“那个女人给你们老板送了个礼物就走了。”销售男继续说，“而那个礼物嘛，你老板已经戴上了，就是跟你脖子上这条一模一样的领带——紫色底，上面印着小黄橡皮鸭。”

我摸着领带夹的手一颤，一样的礼物买两份，同时送给老公和情人，这女人是想干嘛？她是想毁了我吗？难道是因为我一个月没联系她？

我一把扯掉领带，随手塞进旁边的垃圾箱，烦躁地在楼梯间转着圈，不知该不该去见老板。

从电话那头又悠悠传来一句，“欢迎您随时定制我们的最新项目——老板系列偷窥套餐。”

周二

上一分钟我看你，下一分钟你看我。偷窥链是个小循环，务必心平气和地切换模式。

废弃小孩回收站

“对不起，能再说一遍吗？你想干嘛？”头发花白的老医生从架在鼻梁上的老花镜上方，瞪大了眼睛看着面前的人，一脸错愕。

“我要变性！我不想做女生了，我要变成男生。”

“呃，那个，你跑到医院里来，你家里人知道吗？”老医生尽量放柔声音，保持耐心。

“自己的事自己做。”

老医生摘下老花镜，放在桌上，深呼一口气，无奈地从办公桌后面走出来。来到前来咨询的患者面前，他蹲下身，认真地看着她，温和地说：“知道你妈妈的电话吗？我让她过来接你。这不是玩的地方啊，小朋友。”

老医生面前的“患者”是一个小女孩，看上去最多五岁，站着都还没有办公桌高，穿着写着幼儿园名字的运动款制服，尖尖的下巴，皮肤白到透明，短发的发尾歪歪扭扭，像是自己剪的。

她倔强地直视着医生，声音有些暗哑，不像同龄小女孩那样清脆软糯："我没有妈妈。"

老医生一愣，刚要说话。女孩接着说："可是如果我能变成男生，也许就会有妈妈了。"

"然后医生打电话给幼儿园，老师再打电话给你表姑妈，她就去把你领回来了？"

被几栋老旧塔楼围着的小区花园里，女孩蹲在简陋的塑胶滑梯下面的空档里，身边还站着两个跟她年纪差不多的男孩。

刚刚问话的是其中一个包子脸，眼睛圆滚滚，肚子也圆滚滚的男孩。

女孩仍旧低着头，闷闷地吭了一声，"嗯。"

包子脸摊摊手，故作老成："你怎么那么笨，干嘛穿幼儿园的制服去。"

另一个瘦小些的男孩着急地摇着女孩的胳膊："那你不会又要被送走了吧？小酒？"

女孩叫小酒，也许是小九，她自己也搞不清楚，反正大人都是这么叫她的。

小酒出生不久，父母车祸去世，她被奶奶带回家。养到三岁的时候，奶奶也生病去世。亲友们好面子，不想送她去福利院，大约是怕外人指点，这么大家子人还养不了一个小孩？于是她就开始了在各个亲友家辗转寄养的生活，三姑婆家养三个月，远房堂叔家住半年。

大人们多半对她小心翼翼，不能说她过得不好，只是每次才刚熟悉了一个家，就又要被送去下一家。小酒有一个红色小书包，里面放着她的牙刷、毛巾、内衣和喜欢的玩具、小零食。她从不把那些东西拿出来放在外头，刷完牙，毛巾晾干了，还是一样样放回书包里。

偶尔大人们会指给她一个抽屉，跟她说，可以把东西放进抽屉里。但小酒还是坚持放在书包里，反正自己很快就会走。走的时候，直接背起书包就行，也算省事。

表姑妈家是小酒目前为止待的最久的，再过两个月就整整满一年了。最近大人们开始商量她上小学的问题，虽然他们说话的时候都避着她，但她知道他们看自己的表情，是又要送走自己的信号。

然而小酒忽然很想留下来，可能因为她交了几个朋友，可能因为这次时间久到她开始幻想自己可以不用再走，可能因为她以为终于可以把书包里的东西拿出来放进抽屉了。

于是她使劲地想，怎么才能让表姑妈和姑父留下自己。也许如果他们觉得自己有用，就会想要她了？

小酒像打了鸡血一样，充满热情地吃饭，把每碗米饭都吃得干干净净；充满热情地睡觉，一秒睡着，在床上老实得像个尸体；充满热情地抢着洗碗，擦地，开门，收衣服。不过她的兴致勃勃，只是收获了一打忙不迭的拒绝、疑虑，以及客客气气的不知所措。

有一天她在门口发呆，隔壁邻居家的门敞开着，那家的保姆正在看电视，音量开得洪亮。电视剧里演的是有家人，生下一个女婴，因为太穷养不起就送人了。保姆阿姨边看边碎碎念："啧啧，如果生的是男孩，肯定就舍不得送走了。"

小酒听到这句话，就动了心思。她想，如果自己变成个男孩，会不会就有人想留下她了？

幼儿园的午睡时间，她假装去厕所，偷偷溜了出来，跑到附近的医院。谁知医生非但不肯帮她做手术，还叫来表姑妈，数落了大人们一顿。

昨天夜里她装睡的时候，听到表姑父说："还是早点把小酒送走吧，万一她在咱们家里出点事，就说不清楚了。"

小酒沮丧地用那树枝使劲在泥地上戳着，戳出深深浅浅的小洞。她不知道还能做些什么。

名叫唐纳的包子脸男孩，老气横秋地摇头："我早就说了，医生才不会给你做手术呢。"

"唉，就算你真变成男生也没用的。他们还是会不要你。"另一个男孩鼎鼎哀怨地补充。

鼎鼎的妈妈最近刚生了一个小妹妹。每个来家里给小宝宝送礼物的叔叔阿姨，临走的时候，都会顺手捏着鼎鼎的脸，笑眯眯地告诉他，"小心哦，有了妹妹，你爸妈就不要你啦。"

成年人就像集体受到过诅咒一样，一代一代继承着传统而恶劣的逗小孩游戏，从中获得莫名奇妙的快感。他们乐此不疲地给年幼的孩子洗脑：

“你妈妈更喜欢你妹妹哦。”

“你爸爸妈妈不要你了。”

“你是爸爸妈妈从垃圾箱里捡来的。”

“还有‘再不听话，我们就把你丢掉！’”唐纳心有余悸地说，这是他妈妈最常用来吼他的一句话。他摸摸下巴，是不是只有学会狠下心，才能变成一个成功的大人呢？

就好像前几天他妈妈，一边盯着他收拾房间，一边喝斥，“连个破玩具都不肯丢，将来能做成什么大事？”

可是那个毛线织的兔子，虽然眼睛都掉了一只，但那是他第一次吃牛扒的时候，餐厅送的礼物，每次看到毛线兔，他都会想起那家的牛扒，那是他吃过全世界最好吃的牛扒。

舔舔嘴唇，唐纳想起一件事，随即又兴奋起来。他神秘地压低声音：“你们听说过废弃小孩回收站吗？”

“那是什么？”鼎鼎摇头。小酒也停下戳树枝，抬起头看他。

唐纳得意地挺起小肚子，背着手答疑：“不知道吧。我妈妈说，不听话的小孩，有毛病的小孩，没用的小孩，就会被丢掉，然后只能去废弃小孩回收站。”

“去了回收站之后呢？”小酒听到“没用的小孩”，瞬间提起兴趣。

“呃，这个我妈没说，”唐纳抓抓头，“洗干净，修修好？”

鼎鼎弱弱地举手插话：“我妈妈之前带我一起，把家里不要的衣服送到了一个回收站。她说如果有想要衣服的人，就会去回收站，把它们拿回家。”

“是不是像我们在电视里看到的，帮被扔掉的小猫小狗找新家？”小酒努力地想像着一个可能最接近的样子。

“没错，没错。”唐纳连连点头，为了弥补刚才没回答上问题，他又补充说：“有人不想要的东西，肯定也有人很想要呢。”

“废弃小孩回收站在哪？”小酒眼中恢复光彩，她忽然又有了新的希望。表姑妈也许不想要自己，但总有想要自己的人。只要去了那个回收站。

“我要去找废弃小孩回收站。”她站起来，握紧拳头，大声宣布。

自从小酒从幼儿园偷跑过之后，大人对她看得也严了些。鼎鼎和唐纳一起来邀约她，说是去鼎鼎家玩，表姑妈才肯让她出门。“小心点啊。”她随口叮嘱着，并没有在意，小酒背着那个红色小书包。

顺利走出小区大门，小酒回头问两个男孩，“你们真的也要一起去吗？”

唐纳立刻接话：“小孩回收站是我发现的，我当然要去。你那么笨，一定找不到。”他给小酒看自己的背包，里面塞满了各种吃的，“还有我过年收的红包、我妈的手机、游戏机，我都带上啦。”他一副“没问题，包在我身上”的兴致勃勃。

鼎鼎想起自己出来时，父母在客厅里逗着小宝宝，笑得很开心，连他故意大声吆喝说“我出门了”，也没有人回应。他用力点点头。

唐纳看到背包里露出了毛线兔子的耳朵，他把兔子使劲往里塞了塞，“嗯，反正搞不好哪天我们也会被丢掉。”

“可是我们要去哪里找小孩回收站呢？”虽然打定了主意，不过鼎鼎还是有些不安。

小酒倒是很笃定，她已经想过这事了：“小孩回收站也是回收站嘛，我想，去问问其他回收站的人，也许他们会知道。”她转向鼎鼎说：“你不是跟你妈妈去过一个回收站吗？我们就先去那里好了。”

工作日下午两点，三个五岁的小朋友走在老城区的人行道上，倒也没大引起注意。对他们来说，也丝毫没有离家出走的紧张不安，反而像是在春游，交换着零食，甚至还唱起歌来。

现在太过短暂，成年人谈论的永远只有过去和未来；而小孩则相反，他们只知道有现在。所以他们不知道零食会吃完，歌会唱完，回收站会倒闭。

站在挂着“关闭”牌的回收站门口，三人有点泄气，顿时脚上也软了，腿也酸了。唐纳一屁股坐到地上，忍不住抱怨：“我早就说了鼎鼎靠不住。你跟你妈什么时候来的？关门了都不知道。”

鼎鼎也蹲了下来，有气无力地辩解：“可是我每次上游泳课都会经过这里的。上个礼拜上课的时候，还开着门的啊。”

小酒靠在紧闭的大门上，从书包里拿出水瓶，咕咚灌水，倒是比两个男孩更快接受了现实。她一抹嘴，豪爽地挥手：“没事，我们再去找别的回收站好了。”

鼎鼎一贯焦虑，忧心忡忡地托着腮，“万一我们找不到小孩回收站怎么办？”

唐纳焦躁地抓头：“都说了有我在，肯定能找到。”

鼎鼎仍旧叹气：“如果我们是大人就好了。长大就不会被丢掉了。”

小酒也点头：“唔，长大就有用了，就会被人喜欢了。”

“有个卵用！”一个陌生的声音忽然懒散地插了进来。

三人吓一跳，站直了四处看时，紧挨着回收站，小巷子里的网吧门口，半躺半坐着一个年轻男人；可能20岁出头，颜色可疑的酱菜衬衫皱巴巴的，头发糟乱，眼睛里布满红血丝。他也许一直就躺在那里，只是小孩们没有发现。年轻男人打了个哈欠，接着不屑地搭话："小屁孩懂什么，就算变成大人，还不是到处惹人嫌。不过嘛，哈——你特么也不在乎。"

他揉了揉被阳光刺的流泪的眼睛，斜着眼看着三人，"你们几个来干嘛的？"

鼎鼎怯怯地躲在唐纳身后，小酒踏前一步，直视着男人："我们在找废弃小孩回收站。你知道这个地方吗？"

唐纳赶紧凑到小酒耳边："别跟他说，他一看就不知道，不然怎么会躺在这里。"

男人嗤笑一声，"这谁跟你们说的？"

"我妈说的，她说我不听话，就把我送去回收站，换个听话的小孩回家。"唐纳鼓起勇气回话。

"你妈瞎说八道呢，哪有什么狗屁小孩回收站。"

唐纳气鼓鼓地反驳："你才胡说！就是有！"

男人懒得理会，他看着唐纳和小酒身上的背包，眯起眼睛："小屁孩，带吃的了么？有钱没有？"他伸个懒腰，从地上站了起来，揉着脖子，自言自语："卖了怪麻烦的，送回家也不知道有没有钱拿……"

三人警惕地后退，忍不住尖叫着转身就跑，迎面撞上乌压压一群大人。唐纳的爸妈，鼎鼎的爸妈，最后是小酒的表姑妈、姑父，每个大人都惊慌失措，脸色铁青。

两周后，小酒再次背着红书包站在了小区门口。不过这次她没有离家出走，而是要被送去姨婆家。

唐纳和鼎鼎在父母的看护下，被允许和她告别。他们都被教训得很惨，像两条缩水的海带，干瘪脆弱。尤其是唐纳，包子脸都收缩成了窝头。他耷拉着脑袋，小声地开口，嗓子有点哑："我早知道不该带手机，没想到里面有定位。"

小酒见大人们没在看他们，背过身，把书包打开给唐纳看，里面是被唐纳妈妈丢掉的毛线兔。小酒："我去垃圾桶里捡回来了。我先帮你收着。"唐纳眼睛一亮，眼圈却红了。

鼎鼎不舍地揉着鼻子，带着哭腔："小酒，你还会回来吗？"

小酒摇头，"我也不知道。"

"小酒，你还会继续去找小孩回收站吗？"唐纳问。

小酒又摇头，"不找了。"

唐纳忍不住失望，他心里气恼，却又不明白在气恼什么："你也觉得这是骗人的吧，世界上根本没有小孩回收站。"

小酒再摇头："没有，我相信的。可是我不想去了。我原来老想，如果有人喜欢我就会留下我了，如果找到回收站就可以有个可以一直待下去的家了。"她指着远处的表姑妈、姑父，"可是你看，姑妈姑父天天跟我说是喜欢我的，但还是要送我走。我们找到了一个回收站可是关门了，小孩回收站搞不好也会关门的。”

小酒看着唐纳和鼎鼎，再次握紧拳头：“所以我想好了，没关系，我自己喜欢自己就够了，我可以自己收养自己，我就是我自己的家。”

唐纳看着小酒，后者一脸明朗，没有害怕，也没有担忧；让他也跟着安心起来，一颗瑟瑟颤抖、了无着落的心忽地就定了。

“车来了，该走了。”表姑妈过来叫小酒。

看着小酒上了车，鼎鼎早就哭起来，唐纳使劲皱着包子脸，鼻子眼睛扭成一团绞丝糖。他想安慰一下鼎鼎，“不……”一张嘴，眼泪就飚了出来，瞬间整个世界都糊了。

小酒忽然想起自己还有句话没说，她赶紧按下车窗，探出头，朝唐纳和鼎鼎喊着：“我还可以养你们。如果他们也不要你们了。我当你们的回收站。”

周二

小孩子的悲伤没有关系，因为他们总会忘记的；小孩子的幻想没有关系，因为他们总会知道真相；小孩子的恐惧没有关系，因为他们总会变成大人。为什么我们这么笃定？因为我们已经是大人了。

不受欢迎博物馆

如果你问一个在旅馆打工的小伙计，最讨厌什么样的客人？

在只有摄氏零下 10 度，还飘着雪花的冬夜里，凌晨三点来敲门的客人，怎么样也能排进前三去。

所以当旅馆里打工的小伙计睡眼惺忪地拉开大门，哆嗦着从雪地里把客人的大箱子搬进屋的时候，嘴里难免会含着一咕噜闷闷的嘀咕。一个明智的客人，不会想要追问他说的到底是什么，最好是假装没听见。

这个明智的客人，也有可能是迟钝，他只身一人来投店，脱下那身从头裹到脚的黑色羽绒服之后，就像是一枚蜕了壳的蚕蛹，新鲜饱满，活力十足，看上去跟小伙计的年纪差不多，也就 20 出头的样子。

年轻客人在进门口的棕榈垫子上，使劲踏了几步，企图把粘在高帮马丁靴上，混着泥巴的冰渣震落。和小伙计的哈欠连天相比，他的精神倒是出奇的好，兴致勃勃地高声嚷嚷着:“总算找到旅馆了！那个大卡司机师傅也真是不够意思，亏我还一路跟他聊天解闷，就这么把我丢在这犄角旮旯的地儿。我说，你们这镇子针尖那么点大，有名字没？真够冷清的啊，除了山就是树的，看着都能直接拍鬼片了，哦不，应该是鬼都不肯来的吧。”

在他絮絮叨叨说个没完的工夫，旅馆老板也披着棉袄走了出来，站在柜台后面，拿出住客本来登记。对年轻客人的抱怨，有点年纪的老板倒是见怪不怪，只是笑了笑说:“您说笑了，这半夜三更，乌漆墨黑的，能瞧出个什么名堂来，就是个皇宫看着都一样冷清吧。”

性急的年轻人看到柜台上放着的茶壶、茶杯，直接动手端起来倒了杯水，一扬脖子喝了口，又赶忙吐回杯子里:“这怎么不是热水啊，冻死我了。”

老板赶忙催着小伙计去厨房现点起炉子，烧壶热水送过来。刚放下箱子的小伙计，又一路咕噜咕噜地转进厨房里去。

“这位客人，麻烦您的身份证，拿给我登记一下。”老板还是一副不急不缓的样子。

年轻人从随身背着的双肩包里掏出证件，递给老板。老板登记的时候，他就半趴在柜台上，一手撑着脑袋，一手习惯性地在木制的柜台上“哒哒哒”地敲着。

深山里头本就安静，就像有一块巨大的隐形海绵将整个小镇都包裹了起来，把外界所有的声响都全数吸了进去，一丝都穿不进来。连老板在纸上写字时的“擦擦”声都清晰可闻，静到仿佛时间都凝固了一样。

年轻客人显然欣赏不了这种安宁，猛地弹跳起来，大声咋呼着：“嘿，老板，镇上有什么好玩的吗？不想来也来了，我明天顺便玩玩。”

小伙计从厨房提着一壶热水出来，听到他问，没好气地接了一句：“咱们这个鬼都不肯来的地方，还真有个地方特适合你——‘不受欢迎博物馆’，沿着这条街往前再走三个路口就到了。”

老板听见这话，抬头瞪了小伙计一眼，后者随即收声，不敢再多言。年轻客人倒是没细想为什么小伙计说这地方适合他，他把茶杯递到小伙计面前，努了努嘴，示意他给倒上热水，好奇地追问：“不受欢迎博物馆？那是个什么玩意？”

老板把证件交还给客人，一边回话：“这个嘛，就是字面上的意思咯。镇上有个黄老伯，他的爱好是收集世界上所有不受欢迎的东西。收藏品越来越多，就专门租了一间废仓库来放。他平时也不锁门，谁想看就随时可以进去，我们就给它取了个浑名，叫‘不受欢迎博物馆’。”

“随便进？他也不怕东西被人偷走啊？”

老板笑了，“如果那些是有人愿意偷走的东西，还能叫做不受欢迎吗？”

“这倒是新鲜，嘿老板，你们应该都去看过吧，跟我说说看，里面都有些什么啊？”好奇心重的年轻客人被勾出了兴趣，索性从边上拉了把椅子到柜台前，一屁股坐下，示意小伙计再给茶杯里加点热水，“诶，有咖啡没？给我来一缸。”他摆出一副打算彻夜不睡听故事的架势。

小伙计背过身偷偷翻白眼，“靠，早知道找黄老头过来，把你也给收了进馆，就天下太平了。”

老板看了看墙上的钟，已经快四点。经营旅馆的人通常六点就该起来洒扫收拾了。他瞅瞅面前左顾右盼，活蹦乱跳的客人，一看就是个不会听人劝的。算了，大家都别睡了。他暗自叹口气，在柜台后面的太师椅上坐了下来，向小伙计吩咐道：“咖啡没了，去浓浓地沏一煮壶茶来吧。”

老板靠着垫子，翘起腿，眯着眼，开始慢悠悠地给客人解释这“不受欢迎博物馆”的来龙去脉。

“要说这个博物馆里的收藏品么，那可真是什么都有，只要你能想的到的。像是高中时用过的外置型钢丝牙套，圣诞节收到的学习用品商店购物卡，红蓝相间胸口还贴着大块椭圆形烫花的毛衣……”

客人兴奋地打断他，“这种我能贡献一卡车。总是有人会送给你一些心烦的礼物，也不管收的人喜不喜欢，想不想要。扔掉又怕被发现，留着又看着闹心。就这些普通的东西啊，这博物馆也没什么嘛。”

“当然不止你不想要的礼物，也有满艺术的，比如落在秋天尾巴上的阴冷雨水，你决定减肥之后第一顿午餐上的一盘生菜沙拉，”老板悄悄咽下一口哈欠，“也有很生活化的，比如前女友的结婚请柬、满月酒请柬以及10周年、20周年、30周年庆请柬系列；得了脱毛症和痢疾的贵宾犬；你押上半个月薪水买它赢但是0比6惨败的足球队；还有，休假和男朋友一起窝在客厅沙发上的时候忽然推门进来的父母……”

客人又打断他，“嘿，等一下，动物和活人也可以收藏和展览吗？”

“哦，大部分都是用照片和画像代替，讲究一点的，也有做成标本、蜡像的。主要看那东西被人讨厌的程度吧。黄老伯才没那么多钱做这些，那都是提供样本的人自己花钱搞的。那叫什么？给博物馆的赞助？还是捐献？”老板喝了口滚烫的浓茶，顿时觉得通体舒泰，清醒了许多。“说起蜡像，最值得看的就是同一家的婆婆和丈母娘两个女人的像。因为她们互相看不顺眼，就各自做了一个对方的蜡像，捐给博物馆。摆在一块，真是妙得很。”

蜷着在墙角里坐下的小伙计忍不住插嘴，“上次我去博物馆闲逛的时候，刚好碰见那两个女人同时都来了。”

小伙计这会想起当时的场面，仍旧觉得既诡异又滑稽。两个上了年纪的中年女人，打扮差不多，都穿着雪纺质地的圆领印花套头衫，一个桃红，一个柳绿，小碎卷的齐耳发型搞不好还是同一个美发店的师傅给烫的。她们面对面站在对方的蜡像前，就像在玩“消消乐”，四个一样的图标碰到一块，就会一起被消除。如果不消除，那游戏就要出大 bug 了。

小伙计沉浸在他也能在现场的与有荣焉里，不住地赞叹：“那个脏话飚的啊，连说十分钟不带一个重样的；那个撕得过瘾啊，比看动作片还爽。啧啧，等我老了给我孙子，我孙子的孙子，讲讲这个，咱也是见过大场面的……”

年轻客人再次不耐烦地打断，“老板，你前面说收这些的是个黄老头是吧？这黄老头收藏不受欢迎的东西，有什么用呢？”

“图个高兴吧，就像这路边的杂花长得又丑又小的，但它就非要开不可，这有什么用？但它也没碍着谁啊。再说，到底有没有用，这谁能预料得到呢？就像您不幸被困在我们这个无聊的小镇子上，难道事先会知道吗？不过，”老板又笑了，“如果它们有用，那也就不能叫做不受欢迎了。”

年轻客人喝了口热茶，又想到一个问题，“这些东西他都是从哪找来的？像卖破烂那样，大家都巴不得把不想要的东西推出去，还能换点钱？”

靠座在椅子上的老板眼皮微微低垂，声音越来越低，“听说好像还真没有我们想得那么容易。好笑的就是，有些东西你其实不喜欢，但是并不好意思承认，可能吧，因为其他人都说它是个好东西，就你说它不好，显得你特没品，反而让你自己丢脸。

有些东西吧，你倒是也真心喜欢过的，原来说不定还有事没事地发誓赌咒说‘这辈子我就喜欢它一个’。结果现在不想要了，那不打脸嘛。好像你一旦说出口，就要连自己的前半辈子都一起否定掉，丢舍了。

还有些东西呢，本来你是一点也不想要的，结果现在有别人哭着喊着说想要了，你也开始觉得它其实也没有那么碍眼，然后你就忽然稀罕它，稀罕得不得了了。”

年轻客人开头听得有些闷，老板绕来绕去的这些车轱辘话，让他都犯困了。能不能说得简单点？到底什么决定一个东西、一个人受不受欢迎？他想起了自己的前女友。

分手是女友提出的。他当然完全不能接受，人人都觉得他们很般配啊，他们相处得也没问题啊。所以他坚持，谁主张谁举证，那么就由女友负责找出他们不能在一起的理由吧。

女友最后的回答是：“抱歉，我找不到我们不能在一起的理由，但是更重要的是，我也找不出我还想跟你在一起的理由。”最糟的情况不是“你不好”，而是“你很好，而我不需要”。

受欢迎是因为你很棒很贴心，还是你恰好被需要？就算是被需要也不稳妥，总有一天你又不被需要了呢？啊，想不通啊。这逻辑根本就是个鸡生蛋蛋生鸡的死循环陷阱嘛。他一低头，“啪”地把脑门直接搁在柜台上。

见年轻客人半天没动静，老板当他听睡着了，凑过去轻轻拍了拍他胳膊，“客人？客人？您上楼睡吧，在这睡会着凉的。”

年轻客人闷闷地抬起头，从老板手里接过房间钥匙牌，抹了把脸，强撑着还要听完故事：“老板，你还没说完呢？既然那些东西主人都不肯丢舍，那黄老头又是怎么拿到的？”

老板呵呵一笑：“您也听半天了，您觉得黄老伯是个什么样的人？”

“嗯，怪人，固执，一根筋。”

“这种人最大的优势是什么？”

“耍赖皮？”

“换个好点的说法，叫坚持。黄老伯可是个相当有耐心的人。只要他看上一样东西，就一个方法——等。等到它的主人终于找到能说服自己的理由，心安理得地不要它了。”老板伸个懒腰，瞅见小伙计早就在角落里坐着睡熟了。

从窗帘缝里略略透进来一条青白的光，他起身开始收拾柜台上的东西，又悠悠地说：“这世上的事，终归都不过是个时间问题。”

年轻客人也站了起来，晃着钥匙牌，准备上楼去客房。他边走边念着：“真想知道，有什么是黄老头收不了的吗？”

“可能是那些从不认为自己是不受欢迎的东西吧。”老板连连打了几个哈欠，把一句话说得断断续续，也不知道客人听清了没有。

老板叫住客人，“对了，这位客人，如果您真的打算去参观，最好赶紧去。听说黄老伯正在考虑要把博物馆给关了。”

“为什么？不是说开得很火吗？”

“是啊，就是因为太火。原本是个不受欢迎博物馆，但参观的人越来越多，变得太受欢迎了，让里面展览的这些东西再次失去了存在的意义。”老板笑着摇了摇头，“如果它们甚至都不是‘不受欢迎’的，那跟其它东西还有什么不同呢？黄老伯说，这也实在是太惨了。”

周二

有些东西你本来不想要，可是大家都说好，于是你也找不到更好的理由拒绝。

婴儿使用说明书

如果上天能给我一次重来的机会，那么前天中午，我一定会乖乖在办公室里叫外卖，吃下人生中第 181 份宫保鸡丁盖饭，而不会选择出去吃午饭。

如果我前天中午出去吃饭的时候，直接出公司大门右拐，到常去的回回面馆吃碗兰州牛肉拉面，而不是奔向三条街外的地铁美食广场，就不会在地铁口遇到那个水冰月同款萌妹子。

如果那个妹子不是肤白腿长 A4 腰的话，我就不会放慢脚步，频频回头，以至于被她的娃娃音蛊惑，用 5 分钟的时间填了一份市场调研问卷。

如果那份问卷的最后一个问题：“请问您是否愿意收到我们寄出的免费试用品”没有加上“免费”这个任何人都无法抗拒的关键词的话——好吧，就算之前的每一个“如果”都只是偶然，我都能成功避开，可一旦这个人生重来游戏的选项中出现了“免费”这个终极设定，那就只能是命运了。哪怕我可以一次又一次地穿回过去，也无法改变我用力地勾选了“愿意”这个答案。

拜托，免费的东西，你告诉我，谁会说不要？不管是洗发水，还是卫生纸，毋以便宜而不要；世界上最宝贵的财富，就是免费。

一天之后，我就收到了这份免费试用品。

按照我留的邮寄地址，试用品快递到了我住的出租屋。这还真是一家有诚信的公司，并且高效。

我娴熟地撕开灰色的快递塑胶袋，里面是个微波炉大小的厚实牛皮纸盒。顾不上仔细看盒上印的商品介绍，我直接揭开了纸盒的盖子。

盒子里上下左右都垫着厚厚的海绵隔层，就像苹果电脑包装那样。中间镶嵌着一枚目测长 10 公分、宽 5 公分的粉色人形物体，闭着眼，大头朝下，米其林轮胎似的胳膊腿蜷成一团，就像所有的动物还待在子宫时的姿势那样。

我当然有点失望。嗯，这洋娃娃做得还挺逼真。But，我一快 30 岁的男人，要个洋娃娃到底有什么用？如果加长加宽加厚，扩充成充气娃娃的话，那用处就大了……咳咳，我是说起码大家尺寸相当，可以交个朋友。

在我心不在焉地想着要处理这洋娃娃的时候，盒子里的娃娃，它动了。

就在距离我的脸不到 10 公分的位置，猛烈地，大幅度地，连续地，蠕动着，完全不给我任何装瞎没看到的理由。

也许是因为之前密封的盒盖被打开，逐渐接触到外界光线和冷空气，触发了它的蠕动机制。辗转中，它的脸已经正面全开地朝向我，嘴唇开始微微打开，眼皮颤抖着，越来越急促，一切都预示着它的眼睛即将要睁开，它的嘴巴里即将发出可怕的叫喊声。

一股莫名的压力从我的尾椎骨沿着后脊开始向上蔓延，出于动物感知危险的本能，我猛地合上了盖子，紧紧压着盖子，不敢松手。

片刻之后，我感觉到从盒子内传递出的蠕动感停止了，紧绷的空气再度归于平静。

我死死盯着手下的纸盒，视线移到盒子的前部，之前我急着撕开包装，没有看到上面写着大大的产品名称：婴儿。

我小时候看到过街上有人在卖一种叫“婴儿肉松”的，当时觉得这世界太凶残了，居然用婴儿来做肉松？后来我才知道其实它的意思是，给婴儿吃的肉松。

但是此刻我面前的纸盒上，除了“易碎品、小心轻放”、“请勿倒立”这些常规的警示标签外，在产品名称的那一栏，没有前缀，没有后缀，的的确确只写了“婴儿”这两个字。

我个玉皇大帝基督佛祖默罕默德！

我该不会卷入什么新型诈骗中了吧？

否则什么样丧心病狂的公司，才会把一个婴儿，还是活的婴儿，当成免费试用品快递给用户呢？

我努力回想着前天的调研表上到底都问了些什么问题，好像没什么诡异的啊。

“请问你爱妹子还是爱基友？”

“如果你认为‘父母皆祸害’请前往第5题，认为‘天下无不是的父母’请前往第10题？”

“你相信2022是世界末日吗？”

……

虽然有点婆婆妈妈，彼此之间也全无逻辑，但基本都还是挺普通的，任何涉及犯罪，钱财，隐私的问题都没有，一点也不像是“一个巨大恐怖片”的开端。

在到底是打电话报警，还是立刻注销银行卡之间，我犹豫了一会，最后选择了——再次打开盒子。

我尽量努力地不去看他，或者是她？之前猛然受到惊吓，根本没去注意它的性别。

这种规格的婴儿到底是刚出生？ 2个月？ 6个月？好像已经有不少头发了，但总不至于已经1岁了吧？

算了，我立刻放弃研究这个愚蠢的问题。我对婴儿的有限认知，仅仅停留在肥胖痴呆和更肥胖更痴呆这两种形态。

何况此刻我急于要找到，另一个更要紧的东西。

迅速地在盒子里搜索着，在这婴儿再次被惊动之前，我要赶紧找到这东西，如果我没有押错宝的话，盒子里应该会有这东西。终于，在婴儿的拳头边上，我看到想找的东西。我立刻将东西取出，然后又严实地盖好了盖子，确保里面没有任何动静，才松了口气。

紧紧攥在我手里的，是一本精致的黄色小册子，封面上印着一行字:《婴儿使用说明书》。

Yes！看到这本说明书，我终于能安定一些了。

毕竟，既然有说明书，就证明了这确实是一件来自正式厂家的正规产品，不是什么违法的产物。

作为一个宅男，如果说世界上什么东西最值得信任，我会说，当然是使用说明书。没有说明书，一切就都没有规则，人们就容易会犯错。

果然不出我所料，这本《婴儿使用说明书》用厚度证明了它的专业，以及值得信赖。

轻车熟路地跳过前面漫长的中英韩日文的企业文化介绍，我直接翻到了使用说明书的第 20 页:“产品功能及方法介绍：婴儿的功能，以及如何正确使用一个婴儿？”

这正是我现在急需得到解答的疑惑。

功能一：婴儿是制造话题的永动机。

你是社交场上的一秒冷场杀手吗？

你常常担心遇到不熟悉的人没话可说吗？

跟客户第一次见面，用什么做开场白，既能自然地建立感情，又不至于会被对方厌烦？

……

恭喜你，一旦拥有了婴儿这个产品，以上这些都将不再是问题。

请放心大胆地展示你的婴儿吧，这话题永远不会出错。

如果对方拒绝配合跟你聊婴儿，绝对不是你的错，毫无疑问他是一个讨厌鬼，没人会喜欢他。

我想起自己曾经和一个男性客户吃饭，听他聊 3 岁儿子的美术天分长达 40 分钟，并观赏了他手机里所有儿子作品的照片。那顿饭，一次性用完了我人生中掌握的所有褒义词，全程保持微笑，导致面瘫了半个月。

对说明书所说的这一功能的强大威力，我深信不疑。

功能二：婴儿是逃避令人厌烦的无聊、冗长饭局，且能将伤害性降低到负数的避雷针。

无论任何时候任何场合，如果你表示："虽然真的我很想继续听你讲保姆偷菜、婆婆的健忘症以及你先生迷上养生的趣事，但不好意思，我的宝宝需要喂奶了。"

随后从容地起身离开，从此再也不出现，也绝对不会有人会为此责怪你不懂事，反而会令你的被同情值极剧增长。

这个产品怎么不更早一些被发明呢？那样我到目前为止至少可以省下 160 个小时，用来睡觉和看电影了。

应付这些无聊又冗长的对话，最大的难度在于你还不能全程放空，因为尽管对方的牢骚其实并不真的希望你能给出理性分析和有效建议，但如果你没有在对方刻意停顿，等待被安慰的时候，立刻表示出坚定的支持和附和，那绝对会被列入"非常不懂礼数"的黑名单。

唉，我叹了口气。所谓社交就是时机，可是要掌握时机，实在是太难了。

我接着看下去，说明书上印着一排醒目的黑体字。

注：该功能还有一种更直接的使用方法，就是偷偷捏一把婴儿的屁股。

当他的哭声响起时，你就能带着歉疚的目光顺利离场。

功能三：婴儿是节假日回家、访亲探友的必备良品。

这项功能写得倒是相当言简意赅。

确实不用多解释。哪怕是在头脑里，我也不想再重温一遍那些悲惨的回忆，简直是听者伤心，闻者流泪。

我抹了一把干涩的眼角，可以确定一件事，发明这个新产品的公司，十有八九，必须，只能，是亚洲企业。

功能四：婴儿是推卸责任的高尚理由。

周一就敢迟到？

今天也想要早退？

才过完五一又想请假？

被同事在老板面前抱怨工作懈怠？

朋友问，什么时候还去年借的500块？

父母抱怨，最近连个电话都没有，中秋重阳都不见踪影？

……

想要顺利度过诸如此类窘迫的危急时刻，你需要的是一个不容置疑的，伟大的，高尚的理由。

一旦拥有一款婴儿，现在你只需要轻轻地抛出这样一句台词："唉，谁叫我已经是有孩子的人了呢？"

世界立刻清静了，所有人一秒钟内迅速闭嘴。

注：请注意配合不卑不亢的语气和声调，不宜过度炫耀，切忌虚弱畏缩，必须温婉而坚定。

看上去，还真让人有点心动啊。

把“我要回家带孩子”当成口头禅的人，我倒是也认识几个，比如办公室的张姐。她还在怀孕的时候，就常常喜欢说：“我倒是没关系，都是为了孩子。”

为了孩子，她强迫我跟她换了座位，因为她原来的位子恰好对着空调口。为了孩子，她把送材料、打印的事都交给了新来的实习生。每次加班赶活，或者放假排班时，张姐都会被自动排除在人选之外，和养个孩子相比，这些谁都可以做的工作算什么？她可是随身携带着一个辛苦而伟大的母亲光环的人啊。

……

功能十：婴儿是坐飞机、看电影、去餐厅吃饭的最佳清场良伴。

想只花一个人的钱，就可以享受在餐厅和电影院里包场的感觉吗？那么就请带上一个婴儿吧，保证你的方圆 30 米之内都不会有活物敢随便靠近。

对了，记得一定要开启婴儿魔音穿耳模式 + 喷射呕吐模式哦。

……

功能二十：婴儿能让你体验到 24 小时 360 度无死角的道德至高感。

黑格尔说，永远不要跟带婴儿的人理论，因为他们永远是对的；就算他们不对，你也要假装他们是对的。因为指责他们，就是在指责这个婴儿。

跟一个婴儿讲公德和礼仪？什么样的冷血生物才做得出这种丧心病狂的事？你能保证自己一辈子都不会有小孩吗？禽兽！

……

功能二十五：婴儿是帮助你卖萌、修饰人品，以实现撩妹目的的终极利器。

嘿嘿，这产品的购买方式在哪呢？只能试用？太可惜了，我现在立刻就想买一个。

其实我看到说明书上说到第五个功能的时候，就已经决定要使用它了。不过是想给自己多一点理性考虑的时间，才不是看到了撩妹的一时冲动，那实在是太浅薄了。

我耐心继续看着，说明书第 34 页结尾处注明：

“如果您决定开始使用本婴儿，请打开盒盖，静待 5 分钟，将自动启动。或者用力按下婴儿的鼻子，可立即启动。”

我立刻就想去揭开盒盖——但是慢着！我得再看看这产品使用有没有什么特别的注意事项。没看完说明书就试用，可是会吃亏的。比如上个礼拜，我网购的那款智能微波炉，号称可以根据方便面种类自动设定加热模式，但问题是它的电脑设置中只输入了全师傅这一种品牌以及红烧牛肉面这一种类别。

在又翻过十几页的产品零件介绍、维修方式之后，在说明书的最后一页，我终于看到了一行略小了两个字号的“警告”。

只有三行小字，看来没什么大不了的，我一边伸手去揭盒盖，一边低声念了出来：“警告：本产品唯一的副作用就是，可能会引发使用者失眠、忧虑、暴躁、丧失自由活动、永远与娱乐绝缘等副作用，且潜伏期可能长达数十年。最严重的是，一经使用，永不退换。”

想起盒子里那个闭着眼睛，面颊饱满，嘴角勾出天真曲线的粉嫩婴儿，我伸在半空的手慢慢变得有点僵硬。

周二

刀并不可怕，可怕的是用刀的人。

离婚审查员

今天有三对幸运的离婚夫妻将接受我的审查。

你可能要说，把离婚说成幸运，未免刻薄。

误会了，我指的幸运，是他们能有机会接受审查这件事。

为了更好地理解这一点，有必要先说明一下我的工作。

我是一个在民政局工作的离婚审查员。

很多人第一次听到这个名称的时候，总是会把它和离婚协调员混为一谈——把克服婚姻中的失败当成修行，就像愚公移山，精卫填海，虽然精神可贵，但总让人忍不住要质疑：为什么要爱得那么艰苦？人类是为了修行才结婚的吗？难道不是为了快乐？

作为一个离婚审查员，我的工作既不会婆婆妈妈，把口舌浪费在修复夫妻关系上，也不关心离婚后的财产分配。我唯一要做的是，严格审查每对夫妻离婚的理由是否真实可信，以确保他们并不是在企图假离婚。

继假结婚潮之后，又一波假离婚潮如病毒一般地在大城市里迅速蔓延。

假结婚的需求好理解。为了得到户口身份，为了敷衍父母逼婚，为了躲避舆论压迫，为了分摊经济压力，都是历史悠久的传统习俗。

比较能代表时代流行属性的，是为了房子。

早年国有单位很多都规定只给夫妻分房，房屋拆迁旧楼换新楼时期，按家庭人口补贴，换的房子面积会更大。到了后来，以夫妻身份申请廉价福利房，会得到优先考虑，胜率较高。更极端的现状是，单身没有买房权，没结婚的人，有钱也买不到房。

直接影响结婚趋势图的最重要的变量，从来都不是男女出生比例或者男女受教育高低，而是房子。

于是，导致从假结婚到假离婚的转折点，毫无疑问，当然也是房子。家庭限购一套房，想买二套房的，只能先离婚。又比如争取更高的银行房贷。

房地产只是一个刺激离婚的开端，假离婚越演越烈，原因逐渐衍生扩大，五花八门，甚至匪夷所思。我调查过一对夫妻，最终发现他们想要假离婚的原因，只不过是为了省下每年 350 块的取暖费。

不过这远不如我同事处理过的一个案子奇葩。一对新婚小夫妻，看见楼下茶餐厅在搞优惠，每桌可以一元就买一只葱油鸡。他俩要坐一桌就只能买一只，当然不划算；分开两桌坐的话，就能买两只一元葱油鸡了。可是餐厅的人也不傻啊，老板就跳出来说："嘿，上个月你们才在咱们店里办了结婚酒，现在分开两桌坐装两家人？明着不要脸是吧？"

好嘛，那小两口直接就把婚离了，这下便宜占得合法合理，老板无话可说了吧。

反正，离婚办起来简单，等把该办的事办了，该省的钱省了，该吃的鸡吃了，再去办复婚，去民政局就跟逛商场似的。

办假离婚的太多，导致每家民政局的工作量激增十倍。离婚都得排号，这对真离婚的人和连续加班的工作人员都非常不公平。更重要的是，怎么能助长这种无耻的风气呢？

于是现在就多了一道审核流程，必须先到我——也就是离婚审查员这里面谈审查。只有审查通过，确认是真心要分的，才能办离婚证。

为了保证服务质量，每个离婚审查员一天最多只能处理三件离婚案。离婚审查需要提前预约，通过摇号才能排上队。通常摇个半年能中的，就已经比中彩票的几率还高；当然称得上是幸运了。

要我说，把本来简单的事弄得这么麻烦，主要还是因为这些人太贪心了，既想要好处又舍不得对象。真那么想要房子，想省钱的话，与其大费周章地假离婚，还不如想想对方有些什么缺陷，花点时间培养一下对彼此的厌恶感，分分钟就能真离婚了。讨厌一个人又不是什么难事。

我泡了杯参茶，拿出湿纸巾慢吞吞地把办公桌的桌面擦拭了一遍，这才按下桌上的叫号器。

标准的女中音在外头等候大厅内清晰地响起："请 A01 号到 305 审查室。"

尾音还没落下，就有人猛地推门进来，估计刚才一直就站在门口等着。

进来的一对夫妻，两人都很年轻，二十出头，看上去最多刚工作的样子。两人拘谨地隔着办公桌，在我对面的椅子上坐下。女方低着头，不自在地一直抚着长发。男方脸上露出常见的讨好笑容，故作热情地连声对我招呼："您好，辛苦，辛苦。"

"嗯，两位好。先说下你们为什么要离婚吧。"我不动声色，一板一眼地提出例行问题。

这下，换男方低下了头，痛苦地抓头。而女方则腾地站了起来，目光灼灼地看着我，紧紧揪住衬衣的下摆，欲言又止。

我也不催她，就静静等着。

她终于鼓起勇气，猛地把衬衣撩了起来，一直撩到自己的胸口处，露出了肉色的内衣下围，再往上半寸，丰满的胸围就要呼之欲出。但这画面并不旖旎，因为在她的肋骨上赫然几大块骇人的乌青，嵌在白皙的皮肤上格外惊悚，甚至还渗着血丝。女生咬着嘴唇，刚说了三个字："我受够……"就哽咽地说不出话来。

我看看她的瘀痕，把视线转到她的脸上："这伤是他打的？要我帮你报警吗？"

可能是我过于波澜不惊的语气，让女生有点意外，大概她预想的反应是义愤填膺或者倒抽冷气的惊讶。她略微梗了一下，有点迟疑地说："不，不是他，是我婆婆打的。"

说出这句话之后，她显然流利很多："他妈就是个变态。平时只洗儿子的衣服把我的衣服扔出洗衣机，做饭只做他儿子吃的量，半夜假装梦游进我们房间睡，这都算了。让我给她倒水，说水烫抬腿就踢我……"

男生听到这里忍不住抬头插话，"我妈也不是故意的，就是被烫得条件反射抬了下脚。"

女生气急："这都淤青了，还不是故意的？"

"你是敏感体质嘛。"

"你妈天天给我脸色看，也是我敏感？你说我刚才说的那些，哪件是编的？"

"那我妈也是心急，谁叫你结婚半年了也没怀上。"

"我现在生不出来，还不是因为没结婚之前跟你做太多次流产害的。"

这种隐私的话都抛出来，两人是打算丢下脸面揭老底了。

但是，就不能编点新奇的故事么？这么老的桥段也好意思来我这里演！就算我没看过《亿万新娘》《苦妻》这些婆婆妈妈剧，每天见到的现场撕比戏，要都写出来够出十年《知音》的。就他们这上世纪80年代的乡土剧级别的想象力，如果去写网文的话估计早就饿死了。

还有这淤青，啧啧，画得太不走心了，隔老远都能闻到浓浓的油彩味。都编了这么个故事要假离婚了，连真打几下都舍不得，实在没诚意。

我举起手，示意他们暂停："可以了，审查结果一周后会邮件通知你们。"

"请A02号到305审查室。"我按下呼叫按钮，抽空喝了几口参茶。这可是我丈母娘专门给我配的补药，心疼我工作太辛苦。

片刻后呼啦啦从门口涌进来三个人，两女一男。两个女人把男子夹在中间，两人都是满脸怒气，边走边不时伸手去捅对方，男子则一脸萎顿，极力想把她们分开。一看这人物结构，我就大致明白剧情走向了，这对是打算出小三牌吧。

我仔细看了看面前的两个女人，一时拿不定主意谁才是小三。因为她们几乎是同一款式质地的，相似的饼脸微黑，出自同一个理发师的满头小卷发，连穿的衣服都是一个系列的暗色大花，搞不好也是在一个地摊上买的。看上去，就是菜市场上最常见的两个中年大妈。

有男人会找跟自己老婆一模一样的小三么？而且还都是大妈？就不能花点钱请个更有说服力的演员吗？起码还可以满足一下我看美女的福利。

“所以，离婚的原因是第三者插足喽？”虽然我心里暗暗不满，但是该走的程序还是得完成。

大妈甲声如洪钟：“没错，这日子算是过到头了。”

大妈乙不甘示弱：“我们这是真爱。”

“她们说的都是真的？能告诉我，你为什么要出轨吗？”我问那个男人。

男人脑门上的留海有点长，几乎遮住眼睛，整张脸只看到一副硕大的黑框眼镜，像个老式家具那样没什么存在感。他憋了半天，脖子都憋红了，最后轻轻地往我桌子上放了一个厚信封，“我要离婚的理由，都在这里面。”

目测了一秒，我判断这信封的厚度，里面大概能有个5位数。

哼，来这套。我心里冷哼一声，抿着嘴将身子往椅背上一靠。然后双手交叉，不经意地转动着手腕上崭新的江诗丹顿。接着从旁边的文件柜上，拿过我的爱马仕文件包打开，翻出一支笔，同时不小心地把里面玛莎拉蒂的车钥匙掉在了地上。

“麻烦你帮我捡一下钥匙，谢谢！”我从男人颤巍巍的手里接过钥匙，一边摩挲着，一边慢条斯理地询问，“这个‘资料’好像有点不足啊。除了这个之外，还有什么可以补充的吗？”

三人面面相觑，女人甲不知所措地摇了摇头，刚刚还气焰嚣张的悍妇，忽然脸色发白，软软地靠在男人身上，几乎站立不稳，倒真有点弃妇的模样了，让人有些可怜。

我叹了口气，怜悯地挥挥手：“回去等消息吧——把这个‘资料’带走，我这里不需要存档。”

这世界上懂事的人太少了，他们就是不明白，不是任何事都能用钱能解决的，而是用多少钱才能解决。

跟这三人纠缠得有点久，我一看表，都一点半了，又错过了正常的午饭时间。唉，这工作，处处是工伤啊。

我从包里拿出老婆给准备的爱心便当。还好我已经习惯了，早有准备。

最近老婆心情貌似不错啊，居然还专门去学了韩国料理，今天做的是辣白菜炒肉。回家之前，要不要去买点什么讨好她一下？

吃完饭之后，我接待了今天的最后一对申请离婚的夫妻。

进来一对祖孙，20 多岁的女孩搀扶着满头白发、拄着拐杖的爷爷。

“这是谁要办离婚啊？怎么只来了一方？”我一时琢磨不透。

“没有别人，他就是我老公，我们要办离婚。”女孩代表两人发言。

老夫少妻办假结婚的倒是很常见，办离婚的还真不多，因为从理论上，女方离婚后收到的赡养费，通常不大可能会比直接接收男方的遗产更多。

因为少见，我又仔细看了看两人提交的离婚申请书。“男方：李抗美，女方：许莲花。你们都结过两次婚，又离过两次？”

女孩，也就是许莲花，含混地应着，点点头，拍着老爷爷的背，老人从进审查室开始，就一直咳嗽个不停。

我从电脑上调出许莲花之前的婚姻资料，很快就找到了其中的疑点，“许莲花，你的前任丈夫叫李援朝，再前任丈夫叫李木子？”

许莲花听我说出前任的名字，略有些紧张起来。她舔了下干燥的嘴唇，借着给老爷爷拍背，躲避着我的眼神：“是啊。怎么了？不能结几次婚的吗？”

“然后，你现在这位要离婚的丈夫李抗美，也姓李。三任丈夫都姓李？这也太巧了吧？”

“就是这么巧啊。可能是我命中注定的吧。”

“呵呵，命中注定，”我不怒反笑，心里已经大致有个谱，但必须让她亲口承认才行。“许莲花，你觉得如果我们要查，会查不出来他们之间的关系吗？我只是想给你一个机会，自己说了。不然我把你加进黑名单，你以后都别想再办结婚离婚。”

老爷爷咳嗽得更厉害了，咳得弯下腰。他扶住许莲花的胳膊，看着她点点头。许莲花这才不情愿地说：“李援朝，他原本是我的公公，也就是我第一任老公李木子的爸爸，而我现在的老公李抗美，是我第二任老公的大哥，也就是我第一任老公的大伯。”

“胡闹！简直是丧心病狂！”我忍不住拍了下桌子，这些人难道以为是在拍岛国动作片吗？

许莲花这时倒比之前镇定了，她还想辩驳：“他们是一家人又怎么了？有哪条法律规定，我不能爱上一家人吗？”

“爱个鬼！你们要不就是想多买两套房，要么就是想逃税，产权都在自家亲戚里转来转去，比给外人放心。这种小算盘，那么容易骗过我吗？”

不容她再多说，我毫不留情地把他们赶了出去。在他们的申请书上狠狠地盖了一个“黑名单”的戳。

呼，真是人心不古，为了占点便宜，什么事都做得出来。

今天的工作结束，我开始收拾东西，准备下班。

这时我的手机响了，刚接起，电话那头就传来老婆兴冲冲的声音:“老公，我今天又看中了一套房子，我们再离一次婚吧。”

又离？这两年我们离婚复婚的节奏，比老婆买包还频繁。我有点郁闷，“老婆，你怎么又去逛房产中介所了？”

“我是他们的 VIP 客户嘛，有打折卡的，不买也浪费。少废话，不为这点好处，我为什么要跟你结婚。”她语气和缓了些，带着哄骗地说，“乖乖办了，晚上给你惊喜哦。”

我一边诅咒了房产中介 100 遍，一边拉开抽屉，从里面拿出一份离婚证明，娴熟地签上了自己和老婆的名字。

总算今天有一份审核通过的离婚申请，也算是工作业绩吧。

不知道晚上的惊喜是什么呢？

周二

我们设计的所有制度，都不过是为了利用它的漏洞。就像人类设置的最高明的机关，都无法检测人心。

周二说：

世界和你，总有一个病了

进击的饺子

烈日炎炎的夏日午后，柏油路被阳光烤出刺鼻的焦味，空气因为高温而扭曲变形。知了叫得声嘶力竭，和修路工人手下的电钻声混合成令人焦躁的背景。巷子口，一个坚持不脱风衣的男人，含着一支没有点着的烟，一动不动地盯着马路对面的快餐店，汗水在他的背后洇出深深浅浅的黄色，形状像个长烤饼。

餐厅门打开，一个包着头巾、戴墨镜的红裙女子从里面走出来，她腋下夹紧晃动着金色流苏的小挎包，高跟鞋迈着小碎步匆忙地走向隔壁街。

不过风衣男纹丝不动，显然这不是他要等的人。

第二个从餐厅走出来的，是穿着中学校服的男生 BoBo，他压低棒球帽，忍不住摸了摸裤兜里的东西，攥紧书包的背带，迅速右拐，疾步前行。风衣男立刻跟了上去。

BoBo 加快步伐，风衣男越走越快。BoBo 钻进路边杂货铺，风衣男停住脚步，站在门口假装浏览橱窗。半天不见 BoBo 出来，风衣男意识到出了差错。他冲进杂货铺，哪里还有 BoBo 的身影。“Shit！刚才进来的那个中学生呢？”他冲老板嚷着。老板指了指仓库旁边的厕所，“他是来借厕所的。”风衣男一脚踹开薄薄的厕所门，空荡荡的隔间里，赫然开着一扇通往后巷的气窗……

甩掉了跟踪者的 BoBo，又重新转回了刚才那间快餐店的对面巷口，也就是刚才风衣男盯梢的位置。大汗淋漓的修路工人正坐在墙边休息。

BoBo 左右看了看，漫不经心地踱到工人的前面，背对着他，左手在身后用拇指和食指比了个圈。右手伸进裤兜，把里面的一卷钱掏了出来，握在手里，也放在身后。片刻，他感到手心里的钱被取走，取而代之的，是被塞进了一个小纸包。

BoBo 握紧纸包，随手塞进裤兜里，头也不回地拐进巷子里，脚步不停，一直往前走，左拐，直走，再左拐，直走，直到走进冷清的公园里。他径直走进公厕，不见里面有人，又每个隔间都看了一遍，确认都是空的。这才走进最里间，关上门，迫不及待地把被自己攥的温热的纸包拿出来，先放到鼻子低下狠狠地深吸了一口气。

瞬间满足地闭上眼睛，OMG，就是这个味道。他狂跳了半日的小心脏，这会才终于被这味道抚慰安定。他平复了一下激动，从层层包裹的纸包里拿出了——几个饺子。

新鲜出炉的饺子，皮薄馅多，中央叠出一道可爱的小褶皱。BoBo 又闻了半天，感到手里的饺子在逐渐变冷，这才珍惜地咬了一小口。猪肉馅，三分肥七分瘦，汤汁爆满。

BoBo 觉得也就只是几秒，这几个饺子就吃完，没有了。他默默回味了一阵，走出隔间，从书包里拿出漱口水、洗手液、香水依次放在洗手台上，恋恋不舍地开始销毁罪证。嘴里、手上、身上，一点饺子味都不能留下。专门受过训练寻找饺子的警犬，鼻子可是相当灵敏的。

什么时候才能走在大街上，光明正大地吃一个饺子呢？BoBo 看着洗手台镜子里的自己，少年的脸上写满怨恨和无奈。

在 BoBo 生活的城市里，饺子是一级违禁品，对饺子的管制之严格堪比毒品。任何做饺子、吃饺子、买卖饺子、私相授受饺子的行为，都是违法的，而且是重罪。

当然吃包子是可以的，馒头也可以，花卷、烧饼、馅饼，这些饺子的姑表亲戚们并没有被连坐，它们都合法地被允许存在，甚至有些时候，还是被鼓励多吃的。就只有饺子不行。

这到底为什么呢？禁令的来由没有人知道。

BoBo 小的时候，也问过爸爸这个问题。爸爸反说他问得奇怪，规定不能吃就是不能吃呗。这有什么为什么？禁令的存在意义就是被遵守。你只要记住饺子很危险，绝对不能碰就够了。追究原因没有任何意义。

“你知道了又能怎么样呢？”BoBo 记得爸爸是这样反问

他的。

然而所有的“不允许”总是更容易引发逆反心理，越是不让做的事就越是想要挑战，自古偷食禁果的诱惑无法抵挡，尤其是对像 BoBo 这样的年轻人来说。

他们把吃饺子、买饺子当成一种大冒险，用它来打赌，把它当作自己与众不同的证明。年轻人们常常喜欢互相挑衅：敢不敢去买个饺子？你要能当众吃个饺子我就服你！连饺子都没吃过，也好意思说自己作奸犯科。

到底年轻就是不妥协，不现实，知其不可为而为。

一旦他们开始接受现实，不再质疑的时候，就意味着，已经变成像 BoBo 爸爸这样的老年人了。

BoBo14 岁的时候，吃了人生中第一个饺子。是高年级的学长带着他去黑市买的。他永远忘不了面皮和肉馅，灵肉合一给他的味蕾带来的震撼，无与伦比的充实和满足。从此他就不可自拔，一次次铤而走险，私下进行饺子交易，有几次都差点被便衣当场抓到。可是他不仅无法放弃饺子，还开始转换思路，思考要怎么做，才能让饺子合法化。

比如，如果可以把饺子粉这盘散沙凝聚起来会怎么样？

其实像 BoBo 这样痴迷饺子的人并不少，但他们属于弱势的小众群体，大多不敢或羞于告诉别人，总是各自独立行动。然而随着这些个人爱好者的数量越来越多，小众的天平逐渐加码，朝着大众一点点转移。第一个隐秘的饺子会被建立了起来。

最初他们只是利用饺子会，找到有相同爱好的人，讨论吃饺子的体验，在获得认同感中，实现极大的满足和愉悦。

然后开始有人分享做饺子和买饺子的经验，提供有效的攻略，回答初级饺子爱好者的问题，偶尔也会给需要的人提供帮助。联系在增加，互动频繁，而抱怨和质疑也渐渐在酝酿发酵。很多人开始产生和 BoBo 一样的想法，为什么我们就不能光明正大地吃饺子？

终于有几个小型饺子会决定合并，组成新的保饺同盟。他们以人数和规模为由，申请成为合法的社会团体，并且以社会团体的名义，公开提出质疑：为什么要禁止饺子？饺子到底做错了什么？如果饺子不能吃，那包子显然也不应该吃！为什么不禁止包子？

各个社区的抗议活动愈演愈烈，他们的诉求相似，都是要求废除禁饺令！我们爱饺子！我们要吃饺子！

一时间，饺子从一个不被关注，甚至代表罪恶的名词，变成全知全能的代言人：饺子创造幸福感，饺子是文化传承，饺子实现世界和平！

饺子，饺子，饺子，人人都在谈论饺子，全世界都在关注饺子，饺子是人类集体智慧的结晶，人类还能不能有未来，地球会不会走向灭亡，就全在这一个饺子上了。

终于，禁饺令被废除。

同时，一条新的法规颁布：人人都必须要吃饺子。

从此人们想在哪吃饺子就在哪吃，想什么时候吃饺子就什么时候吃，想吃多少饺子就吃多少，就算是睡在饺子堆里，用饺子洗澡，再也不会受到任何限制和惩罚。相反，如果哪条街上没有饺子铺，周围的人不能第一时间吃到饺子，当地负责人将要受罚。

一夜之间，街上到处开满了饺子铺：一桶大蒸饺、祖传水晶饺、十三香饺子……其他餐厅，就算没有改装，也开始兼卖饺子。

BoBo 和他的战友们欢天喜地，在饺子解禁日这天彻夜狂欢，举办饺子嘉年华，开启千人饺子宴，流水的饺子席连开七天七夜。那欢乐的盛况，至今仍被人记忆和传颂。

千人饺子流水宴后，BoBo 就再也不想吃饺子了。或者说，是因为饺子再也没那么好吃了，虽然饺子铺多到会让你患上密集恐惧症，可无非就是不同的面皮裹上不同的馅料，机械，麻木，没有灵魂。碍于新法规的规定，他需要在法定期限内，至少吃一个饺子，不然就会违法。

每次为了完成任务，被迫吃下一个生硬的饺子，就像嚼着泡沫做的道具；BoBo 会怀念自己曾经惊险地逃避追捕，躲在公厕里吃的那个饺子，香到骨髓，震撼心灵。

很快，数量过多的饺子铺出现了不可避免的恶性竞争。主动买饺子的人数急剧下降，而越来越多和 BoBo 似的，出于完成任务的心态，勉强买一个。频临低线的销售额无法负荷饺子铺无限扩张的高成本。

他们开始鼓吹饺子的各种神奇功能，吃了可以长寿，可以壮阳，可以考上大学。

不甘被愚弄的科学家们忍不住率先跳出来反驳，其他领域的学者、达人们陆续跟上。其中某时尚网红，发表了名为《吃一个饺子胖三斤》一文，对饺子铺造成了狠狠一击。

于是他们转而采取廉价促销捆绑，一元十个大饺子，10 块钱包月，100 块包年，买饺子送汽车，一米八以上免费吃饺子。

之前保饺同盟为了替饺子抗议，曾把和它相似的包子推到了风口浪尖，导致包子业无辜受到牵连。这时他们抓住机会，联名抗议饺子业不良竞争，扰乱市场。

不等饺子业想出一个好的反击，他们自己内部又斗得不可开交。菜饺子派、肉饺子派、糖饺子派，纷纷打出“最正宗”的头衔，为了到底哪家才是饺子正宗轮番掐架，两败俱伤。

然而比饺子铺的生存更严重的问题出现了，社会上开始

发出反对饺子的声音。

禁饺令已经实施了几代。大部分长者，祖上几代都没吃过饺子；像 BoBo 爸爸一样的中年人，从出生到现在就从来没有见过饺子。哪怕是年轻的主妇们，也完全不知道该怎么做饺子。

当法规规定：人人都必须要吃饺子。他们就像早已习惯了实验室笼子的小白鼠，忽然被放生野外一样，无法适应。

比较乐于接受新事物的人，开始笨拙地去找教材，认识饺子，学着吃饺子，不过难免遭遇初学者的挫败感，不禁又自卑又伤身。

而顽固派则开始消极抵抗，为什么我们一定要吃饺子？既然饺子跟包子差不多，明明可以吃包子，为什么还要吃饺子？不会吃饺子就不配幸福了吗？这是什么歪理！

反饺会和反饺同盟孕育而生。他们抗议，申明：我们已经习惯了没有饺子的世界。请重新立法禁止饺子，还我们一个平静的生活。

周二

最高级的管理就是先剥夺后给予。尽管有时你都不知道被剥夺了什么，也不知道被给予了什么。

末日总在第二天来

今天是不是世界末日？

宿醉后的第二天，黎丙意外地很早就醒了。

喝醉最令人上瘾的地方，是可以暂时切除思考功能，脑子里那才是白茫茫一片大地好干净。最可惜的地方，就是时间太短。

从放空到运作，大概只过了一秒，黎丙的大脑就强行想起了这个问题。

今天就是世界末日吗？

黎丙的大脑在此时提出这个问题，不是我们平常惯用的假设体，用来表达绝望、无奈、逃避等情绪。而是十分具体的概念，因为如果今天就是12月21日的话，那确实就是被预言的末日了。

也不怪黎丙有些算不清日子，自从知道了世界末日的具体日期之后，有相当多的一部分人都选择了及时行乐。于是从半年前开始，黎丙就不断收到来自各种亲戚朋友合作伙伴的末日主题趴邀请。

聚餐烧烤唱K那些虾米小局就不必提了，光是百人以上的大型派对他就参加了至少二十多场。有的是在游乐场的海盗船上，有的是在101层顶楼的泳池边。不过黎丙印象最深，最爱的，还是在溜冰场做的那场1970年代复古趴，华丽、颓废、绚烂、奢靡，把“向死而生”的气魄演绎到极致。无数穿亮片超短裙的年轻女生像稀有品种的大型蝴蝶一样满场旋转，扭动着绞丝糖似的甜蜜腰线。

“明天是不是世界末日啊？”昨晚在皇陵狂欢，穿着僵尸道长的衣服跳舞的时候，黎丙似乎也问过身边某个清宫打扮的少女这个问题。

“Who cares？我们可是美少女啊，长得好看的人，末日一定也会比其他人来得晚一些吧。”满满胶原蛋白的“少女慈禧”无知无畏地娇笑，真是让人怜惜的天真的自信。

狂欢是最理想的告别方式。But，只有在一种情况下，它也可能会变成最糟糕的告别。黎丙可是亲眼见过的。

当年他大学毕业的时候，同宿舍的老大哥是头一个走的。众人彻夜喝酒，一人一打对瓶吹，一口气吹完顺手酣畅潇洒地砸碎酒瓶。

最后狂欢结束在年轻汉子们的抱头痛哭中，一起吼着：“当你踏上月台从此一个人走，我只能深深地祝福你……”泪眼相送大哥去火车站。

三个小时后有人敲门，大哥站在宿舍门口，讪讪地解释：

“火车站人实在太特么多了，没挤上火车。”

黎丙至今还记得当时门内门外相对无言的微妙气氛。

就像你在镜头前一次性完成 360 度回旋踢加 8 个后空翻稳稳立定，结果录像的人说，“Sorry 啊，刚才镜头盖忘了打开。”

越是宣泄得真心实意，越是需要面对心意落空后加倍的尴尬。

第二天晚上，他们再次鼓起勇气继续彻夜喝酒，吹瓶砸碎，抱头痛哭，“我只能祝福你，深深地祝福你……”执手相看泪眼，送大哥去火车站。

这次不到一小时，大哥就回来了，“暴雨警报，今晚不发车。”

等到第三次告别的时候，只剩下再见，关门。连挥手都懒得做，就算是天大的悲伤，耐心一旦用完，也就只剩下厌倦。

末日就好像是那个总在说要走，但总也没走的尴尬人。

黎丙懒散地躺在床上继续算着日子，不想挪动。手机响了，是黎丙的姐姐，提醒他晚上记得回父母家吃晚饭。

他顺便问：“对了，姐，世界末日是今天吧？”

“是今天吗？我还以为是下个礼拜。那我今天得赶紧去趟超市。”

“干嘛？你们家的末日储备粮还没买吗？”

“怎么可能，我半年前就已经买了，提前预定还附送两个安全气囊。我是怕万一今天真的是末日，超市的末日大出血特价三文鱼今天不就截止了，得再去多买一点。真的是很划算的，我劝你有空也去买点……”

姐姐絮絮叨叨地算着账，倒是提醒了黎丙。

今天都是末日了，那自己还要去上班吗？这是一个比死亡更实际的问题。

但问题是，末日今天真的会来吗？如果它迟到了，甚至爽约了呢？

黎丙上中学时，他们家还住在住户密集的筒子楼里。有段时候，楼里有个邻居，传出喜讯，说他们家小女儿要跟美国来的酒店小开结婚了，之后会把他们一家都带去美国。

“真是天上掉下个好女婿啊，祖先保佑！”他们家见人就报喜，次次都用这句话结尾。无论是小区收破烂的张老头，还是三条街外杂货铺的打工妹都听得耳朵出油，熊孩子们都拿来编成了顺口溜。

美国什么没有啊，他们家也是豪气，决定现在家里的东西一概都不带去了，谁喜欢就拿去。果然是普天同庆的大家风范，冰箱、洗衣机早早都被人预定了，每个衣柜、茶几、小板凳上都贴着下定的红纸条，不知道的还以为是法院来冻结资产。当然他们家也不是真傻，提前把婚礼的红包收了一轮——在美国办婚礼，有几个人能去现场的？

喜气洋洋地热闹了将近一年，忽然有天晴空霹雳，传说是小开又不跟他家女儿结婚了。

心存善念的街坊嘴上没说什么，眼神可什么都说了。

最后这家人搬家了。

目送破旧的卡车装着简陋家私扑腾腾地扬着灰尘开走，黎丙站在自家阳台上，想起在某本外国小说里看到的台词，“明天的幸运常常会失约，但末日却总在第二天来。”

永远不要提前透支未来。

洗澡、换衣服，黎丙出门去上班。

穿过小区花园的时候，他遇见正在遛狗的邻居胖李。胖李还是穿着那套绣着鲤鱼跃龙门的中山装，他手里牵着的哈士奇也穿着同款锦鲤纹身装，一人一狗，活脱脱日本黑帮二人组在巡街。

“呦，李哥，今天还是这么霸气的行头啊。”黎丙忍不住打趣。

这身衣服，胖李至少已经连着穿了几个礼拜，就没换过别的。

胖李得意地一挺肚子：“那是，世界末日啊，我死也得穿着最体面的衣服死才行。”

“今天才是末日，您这都穿一个多月了。”黎丙不解。

胖李一副“这你就没学问了”的样子，“谁知道预报准不准时啊，万一来早了呢？这年头，连天气预报的大雨都不一定能按点来呢。我得时刻做好准备。”

黎丙点点头，经过胖李身边，下意识地憋住气。天天穿这身，大概没空洗，洗了估计也是没等晾干就又套上了，一股无与伦比的馊味。

但愿今天就是世界末日吧，否则也用不着麻烦末日了，胖李他老婆估计先就把他灭了。

街上到处都是大红色的末日横幅、彩灯、热气球，喇叭里仍在殚精竭虑地劝慰着：“世界末日，买一送一”“海岛游，末日的最佳终点站。”

与电影里的末日总是一副灰头土脸的惨淡模样大相径庭，现实的末日更像是个神经质的全民嘉年华。末日打折、末日特惠、末日大放松、末日限量版、末日礼品装、末日整容精选、末日服饰推荐。

如果黎丙患上“末日恐惧症”，那绝对不是因为怕死，而是听到看到“末日”两个字太多，产生的污染性生理反应。

他一到公司就接到了老板的内线电话：“在楼顶等我。”

“OK。”幸好来上班了，不然就被抓个正着。黎丙愉快地答应着。

这就跟原来上学点名一样，老师永远都会在你没去上课的那天点名。说是墨菲定律，更像是一种怨念诅咒。

不过当他站在楼顶，想到待会要跟老板的对话，他又觉得也许还不如旷工被抓呢。

自从距离末日倒计时越来越近，黎丙那个在商场上以老辣果敢闻名的老板，忽然就像到了更年期，性情陡变。他开始不定期地找黎丙上顶楼聊聊，聊的都是自己曾经做过的亏心事。完全就是把黎丙当成临终牧师那样，事无巨细地对着他忏悔。老板觉得这样的话，他死的时候灵魂就会比较轻松。

6 岁偷了妈妈的私房钱，10 岁自己改了成绩单，18 岁时劈腿三家……老板的忏悔录那就是一部长篇小说，而且还是属于《哈利波特》类型的，一出就是六七部。到现在，才刚忏悔到他 33 岁那年。黎丙实在是想鼓励老板，干脆弃坑算了。

他也曾委婉地暗示过老板，既然这么担忧自己的灵魂，干嘛不入个教什么的，那里有无数的专业人士和兄弟姐妹愿意跟他分享他的罪恶。

老板的理由是自己妈妈是信佛的，他说，“如果我随便入了基督教，上帝和佛祖都会不高兴，这不是弄巧成拙么。”显然，老板还没有丧失全部的理性。他之所以抓着黎丙来做净化师的替代品，也是认定了后者绝对不可能说出去，更绝对不会拒绝。

不懂拒绝，是黎丙人生中最大的 bug。他永远遵循顺势而为的古训，缺乏行动力，既不敢主动争取，也无法首先说“不”。糟糕的是，全世界的人似乎都知道他这个毛病，有人选择善加使用，比如老板；有人因此觉得被伤害，比如他的女朋友。他在恋爱关系中，也一样总是态度暧昧，犹豫不前，既不主动再进一步，也并不打算分手。

他上一个女朋友的形容就是，“让你觉得他的意思就是‘反正现在也没有遇到更好的，先凑合着跟你在一起也行’。”和黎丙谈恋爱太心塞，每次都是女方果断提出分手。

想到前女友，黎丙觉得出于礼貌，似乎应该给对方打个电话告别一下，毕竟今天可是世界末日。

“嗨，是我。没什么事，今天就是末日了，打个电话跟你告别，顺便也说句‘抱歉’，我之前对我们的关系不够积极。”

……

“不不，你没有做错什么，都是我的问题。”

……

“你现在还是单身吗？我也是。没有机会认识别人，而且也都到世界末日了。”

……

“吃饭吗？呃，今天可能不行，要不，明天？”

挂了电话，黎丙心情大好。他也是可以说“不”的嘛，刚才不就很漂亮地拒绝了邀约，虽然改在了明天。只要自己想做，还是做得到的。

他双手撑在天台围栏上，俯视着脚下的城市。

深冬难得有这样的晴朗天气，对面写字楼玻璃墙面折射出的阳光，白得明灿灿。推着婴儿车的少妇正站在十字路口，等待红灯变绿。楼下的窗户里，飘荡出速溶咖啡廉价而安心的香气。

末日今天真的会来吗？黎丙实在很难凝聚起相当的紧张感。

所以明天去哪家餐厅吃饭好呢？西餐日料稍微隆重了点，火锅烤肉可能有点吵，也许茶餐厅好些，精致点的，又随意。要穿休闲西装么，不会有太大压力。饭后要是可以找个地方喝杯酒，那才是进入正题了。哎呀，不知道今晚回去有没有时间收拾房间，这种日子，十有八九会大堵车；起码换个床单好了。幸好不用操心没话聊。只要有末日这个话题，就不怕冷场了。老实说，末日还是蛮多用处的。

黎丙轻轻哼起了在脑内循环了一天的调子，“我只能祝福你，深深地祝福你……”

周二

把恐惧变成狂欢，就是我们躲进人群里生活的好处。哪怕是荒诞的，起码是安全的。

猜猜我是谁?

当主任提议说“玩个游戏吧”，老苏就直觉这不是个好主意。

“玩游戏有助于团队建设。”主任接着说。

但团队建设就已经不是个好主意——尤其当它还变成公司年度部门考核的一个固定项目时。部门聚餐就和开会、打卡一样，成了软折磨的另一种说法。

为什么不能像之前每个月那样，全体一起吃个饭再到KTV喝个酒就皆大欢喜地顺利结束呢？尽管老苏在心里咆哮着，但他当然不会去做那个扫主任兴的白目家伙。

只听见主任兴奋地解释着游戏规则，“我看外国电影里老爱玩的嘛，就把我们几个人的名字写在纸上，抽签，抽中谁就演谁，用他的习惯方式说话、做动作或者表现出他的标志性气质，总之要能让其他人猜出你在演谁。”

“光听就觉得实在是太有趣了！”

“别人眼里的自己？主任怎么想到这么妙的游戏的？”

“这简直就是最有哲学感的娱乐了好吗？！”

老苏在同事们热闹的附和声中，频频点头，用力得几乎要把脖子都折断了。

第一个抽签的是新来的实习生。

他看了眼上面的名字，径直走到主任面前，把脸逼向对方的脑门，近到几乎就要吻上去。他大声喊着："嘿，你看得到我吗？"接着他又走到另一个人背后，喊着："你真的看不到我吗？"然后向老苏俯冲过来，用力挥着手："喂，我就在这里啊！"

大家面面相觑，这表演也太后现代了，鬼才猜得出。无论关键词是神经病还是隐形人都没法对号入座。尴尬地沉默了一会儿，在所有人为答案苦恼时，房间角落里慢慢举起一支手，"哈哈，哈，原来我还真的是这样呢！"未等众人仔细打量手的主人，主任已经不耐烦地说："好了，猜出来了吗？那就赶紧下一个。"

老苏看了看角落里的男同事，一时居然没想起他的名字，甚至连面孔都有点陌生，黄黄的脸上遍布着抬头纹、法令纹、鱼尾纹，年纪也不小了，应该不是新来的实习生？老苏努力再想，依稀有点模糊碎片浮现，好像他进公司的时候，这位同事就已经在了。不知为什么他一直没有升职，到现在还是最底层职员，只能带带实习生。他总是不言不语，没有存在感；可能偶尔在业务会议上，他也是说过话的，只是根本没人会听。

在老苏回想的时候，第二个抽签的Amy已经在进行她的表演了。

Amy的身材颇有点丰腴，总是还未看见脸，胸先弹跳出来。她和Linda是部门里唯二的女生，前后脚进公司，又都是二十四五岁，很自然地就成了出双入对的Twins组合。纤弱白皙的Linda日日在办公室里输送小清新，开朗大条的Amy一贯负责插科打诨。这个女逗比要表演，大家都有些期待。

Amy先是夸张地把圆脸旁的头发从前向后轻轻捋着，用鼻腔憋出娇嗲的娃娃音，“谁叫我天生就不是玻璃心、公主病和白莲花的属性呢，像我这样的女汉子一个人惯了，一有什么事先想的都是要靠自己。太不会装了也是种病啊。别看我天天扎在男人堆里，其实那些男人都当我是哥们啊。”

她演的是Linda无疑，老苏和众人一样确定。不过看着Amy做着Linda平时的样子，总觉得哪里怪怪的。老苏偷眼看了下Linda，后者仍旧保持着一贯矜持的微笑，只是眼神有点硬。

Amy忽然蹲下身子，作势抱住不存在的马桶，假装把左手指伸进喉咙扣着呕吐，右手忙着用手机拍桌上的一盘鸭脖，一边叫着：“打死我也不减肥，我就是一个吃货。”

主任率先大笑起来，“演得太棒了，这简直就是第二个Linda嘛，Amy你不愧是Linda的闺蜜。我就说，Linda你整天吃东西，怎么还能这么瘦，原来是有秘方的啊。跟大家分享一下嘛。哈哈。”

众人跟着主任一起笑起来，Amy 的笑声尤其突兀。

坐在自己旁边的王工打开签纸的时候，老苏无意中瞄到了上面的名字。咦，这个可有趣了。全部门公认最白目、缺根筋的蠢货王工居然要扮演那个哈佛留学回来牛逼烘烘的青年才俊 MBA 啊，不知道他打算怎么做。

王工耸了耸肩，先叫了声自己的名字，“王工，管道工程方面的专家找到了吗？还没？算了，我已经托人找了。王工，项目策划书写好了吗？等不了了，我自己来写吧。王工，明天活动安排怎么样了？你这礼拜休假？有没有点责任心！我只能亲自再去跑一趟了。王工，有时候我还真羡慕你呢，装傻都用不着学。”

虽然没人主动要猜，但底下已经笑倒一片，王工也跟着一起笑，笑得分外疏朗。

细心的老苏看到哈佛 MBA 沉着脸，边从口袋里掏着香烟边推门出去，与刚补完妆回来的 Linda 恰好一个错身，但她并没有回到刚才的位置——Amy 的右手边，而是走到里面的主任身旁。过道狭窄，她只能曲着腿挪步，经过主任的时候，踉跄了一下，差点摔倒。Linda 随手撑在主任的胸口，保持着平衡，她娇笑连连：“哎呀，对不起对不起，主任，我喝多了。”

老苏假装没看到 Linda 手下暗暗的揉捏动作，习惯性地微笑着招呼众人，“游戏也玩的差不多了吧，要不换个地方再喝一轮？”

主任已经喝到口齿不清，但却依然固执：“才刚演出点感觉来，老苏你就是爱扫兴，罚，罚你下一个抽签。”主任仰头又喝了一杯，放下酒杯的时候，自然地把手滑在了 Linda 的腿上。

老苏苦笑着抽了一张，上面赫然写着主任的名字。

要让人猜出是主任，当然一点也不难，随便复述几段他的咸湿笑话，明明早就过气了还自以为高明，或者列举一样招牌小心眼，但问题是……

老苏斟酌了一下，坐在沙发上伸了个懒腰，“别人都说要活在当下，但依我看，最好还是活在裆下嘛，啊哈哈。Linda 你说呢？不同意都可以提嘛，我这个人最不喜欢独断专行了。”

Linda 娇嗲着赌气似的接话，“我知道了。”然后又不自在地压低了嗓门，“咳，你一定是在演自己！”

其他人也跟着附和，“没错没错，一定是这样”“老苏啊，其实我一直都不好意思告诉你，你说的笑话实在是太冷了”“原来你自己也知道啊，老苏你人挺好的，就是没什么主见，说白了，就是墙头草”……

众人点评得兴起，像同时有一百只毛毛虫在他的耳朵里蠕动。

老苏想起今天出门告别时岳母、老婆和女儿谁都没抬头看他一眼，从那时便藏在腹中的一股热气仿佛被毛毛虫们横冲直撞地撕咬着，扭动成一只巨大的虫子，要飞出他的身体。

他一下站了起来，猛灌了两杯啤酒，一把扯下领带绑在头上，挺起肚子，一股作气地咆哮：“你，开的车比我还高级，开除！你，送个咖啡还问我要快递费，开除！你，敢拿我头发开玩笑，开除！还有你，先把胸去整大了再来找我！另外部门团队建设费从加班补贴里扣，以后加班点餐每人不许超过 10 块，想多吃就自己出钱！”

短暂的沉默之后。

“这个，还真的很难猜。我们这哪有这样的人？”

“老苏你演得也太夸张了。”

“我看他是喝多了。”

……

主任不知道什么时候，已经趴在沙发上睡着了，绑在脑门上的领带软软地垂到了地上。

周二

其实通常别人都知道你是谁，只有你自己不知道。

金鱼街集体失忆事件

“金鱼的记忆只有 7 秒。”

“但已经有人做过迷宫实验，证明它们几天后仍旧记得如何穿越迷宫。”

“这不过是二叉神经的条件反射。”

“条件反射未尝不是一种记忆形态？”

“那么你认为这理论适用于金鱼街吗？控制那里居民行为的到底是记忆还是条件反射？”

“这次的试验还是不能作为绝对论据，影响结果的变量太多了。”

“最重要的变量究竟是环境还是人？这问题需要先解决。”

“你觉得有必要再做一次试验吗？”

……

啧啧，试验啊，听着很神秘的样子？金鱼街？又是个什么场所？我可是土生土长的本地人，从来没听说过附近有这个地名。

好吧，我知道在咖啡馆里偷听隔壁陌生人讲话，这种行为不仅无聊，还有点猥琐。可也不全是我的责任。我发誓自己并没有偷听癖，不过正在说话的两人，对音量的毫无控制，足以证明，他们也没有把这场谈话当作什么机密。两人越说越激动，貌似还争论了起来。但凡我要是个略敏感挑剔的客人，反倒还可以投诉他们在公众场所扰民嘞。

当然，我是绝对不会这么做的。

如果回头查下黄历，上面一定写的是："今日忌出门"。

一早天就阴阴的，预示着这不是个出门的好时机。偏几个老同学非要今天约着吃饭，他们说：老同学见一次少一次了。我总不能用天气不好当理由拒绝，还有人性么？

吭哧吭哧地打车穿过整个城市，我刚下了车，就收到同学发来的消息，孩子生病，聚会取消。看看人家这不来的理由，你要多说一句不是，也是一样没人性啊。

不过这消息就不能再早两分钟发过来吗？趁我还没下车的时候，直接原车回去多好。原本是大家商量着熟悉的馆子吃腻了，往远郊去吃点新鲜的，所以特意选了一个不常来的偏僻所在，别说出租车了，路上连个人都没有。

无望地等车时，空中开始落雪子，渐渐地从颗粒状凝结成絮，又扯了片，洋洋洒洒，不管不顾地往下飘，到底是把我逼进了路边的小咖啡馆。

我的第一反应就是拿出手机刷屏，真是天要亡我啊，3G、4G、Wifi，不管什么信号，都接收不到。这种时候，你才会知道什么叫“为什么我的眼中空洞无物，因为我对这断网的世界无聊得深沉”。

唯一值得庆幸的是，小小的咖啡馆里除了我之外，总算还有其他两个人类在，否则我可能会开始怀疑自己是不是掉进了一个与世隔绝的平行时空，下一个桥段就该外星人出场来接我了吧。

我走进咖啡馆的时候，那两个男人就已经坐在窗边了。两人形容不同但气质相似，都是斯文学者型的。一个平头，穿着西装款夹克，30刚出头的样子，另一个戴着黑框眼镜，貌似稍年长一些，估计也不会超过40岁。两人看来已经待了一阵子，面前的杯子都已经空了。当然，看他们开启着旁若无人的辩论模式，也知道没人真的会关心咖啡好不好喝。

否则他们也不会来这了，这里的咖啡真够难喝的，简直要谋杀我的舌头，我只喝了一口，就把杯子远远搁下。

所以你知道的，回到之前的场景，主观上我真是不想偷听，但客观上，除了听他们聊天，我还有别的选择吗？

但老实说，他们说的话，我大半都没听懂，只捕捉到几个不明觉厉的信息。

看着窗外依然如同死循环一样永无止境的雪，也许这就是所谓命中注定的时刻了。我鼓起勇气决定纵容一次自己的好奇心，起身朝两人走了过去。

“抱歉，我无意中听到两位刚才的对话，实在是有些好奇。眼下这天气，估计我们都得在这待上半天，能不能让我正式旁听一会儿，我保证不往外说。”

他们对我的出现有点惊讶，对望了一眼，年纪稍大的眼镜男对夹克男说，“这事咱们都讨论过十多回了，也没聊出个结果来。倒不如说给他听听看，他什么都不知道，也许反而能给出不一样的想法。”

夹克男点点头，“说的也是。你说还是我说？”

眼镜男说：“你先说吧，我补充。”他转身叫来服务生，“再上两杯……”

我赶紧打断，“我一蹭故事听的，让我请客吧。不过别要咖啡了，咱们喝茶吧。”

两人略迟疑了下，默认同意。

我松了口气，肯让我请客，这天就能好好聊下去了。起码我总算有提问的资格了：“我听你们一直在讲试验，到底是什么试验啊？二位是科学家？”

夹克男回答：“我们都是搞社会学的，他是我同校的前辈。最近因为要申报研究项目，所以在各处找选题。有个朋友说，他知道有条街上的人特别奇怪，很值得研究，搞不好还能得奖。”

我忍不住插嘴：“就是你们说的金鱼街吗？那是什么地方？我从来没听说过啊。”

“你当然不会听过，因为它本身不叫这个名字。”夹克男笑了。

眼镜男解释说：“为了保护当事人的隐私，所以给它取了一个代号。那是个有将近百年历史的老街区了，有些地方还保留着一楼店铺，二楼住家的样子，其他卫生所、幼儿园、小花园一应俱全，小归小，内部也算构成一个完整的社会生态圈了。至于真实地点，你也别问了，反正确实有这么个地方。”

夹克男接下去说：“不过金鱼街这代号倒也不是随便取的。这正是这条街的特殊之处。你可能也听说过，金鱼只有 7 秒的记忆力，是动物界记忆力最短的代表。而住在这条街上的人也显示出了和金鱼一样的体质——他们的记忆最长只能维持 15 天。15 天之后，他们就会忘记曾经发生过的事，见过什么人，说过什么话。

“举个例子，比如有一天，金鱼街上卖猪肉的阿三忽然对隔壁杂货铺家的小女儿一见钟情了，接下来的每天，不是送猪心猪肝猪头肉的，就是帮忙搬烟搬酒搬白菜的，变着法子献殷勤。

“但到了第 16 天的早上，阿三起床后，就把这个女孩让他心动的瞬间给忘了，他不记得自己为什么会爱上这个女孩。

再渐渐的，前面延续了15天的热情，好似一夜倾盆大雨之后，太阳照在水泥地上，水渍迅速被蒸干，地上一点痕迹都没留下，就像那些水渍从来没有存在过一样。这场莫名奇妙的爱情从他的大脑里彻底消除，阿三从此绝口不提那个女孩的名字，除非家里卫生纸用完了，他不会踏入杂货铺一步。就算他曾经的暗恋对象来买猪肉，阿三也是五毛钱都不肯便宜的。

“再举个例子，有一阵子街铺大房东提出要涨两倍房租，这下靠小买卖勉强维生的租户们压力可大了。卖馄饨的老李、修鞋的老王唉声叹气，一连喝了15天的闷酒。可是再心塞也就仅仅维持了15天，第16天开始，他们忽然忘了自己为什么会这么痛苦，不记得自己曾经抗议过涨房租。接着照常凌晨摆摊，傍晚收档，好像一切不公平的要求都不曾出现过一样。”

“15天就失忆一次，这日子还能好好过吗？”虽然夹克男说了好些例子，我还是不能想象那会是一种什么样的情形。

“失忆也不是没有好处的。每个人都会有很丢脸，不想被人记住的事。但只要在金鱼街上，哪怕是有女人半夜酒醉了在街头裸奔，被整条街的人围观，也不用担心她最后会羞愤自杀。很好办，只要她在家里躲上15天不出门，到第16天，她就可以大大方方地出门买菜，跟隔壁大妈聊天。因为人们的记忆会集体丧失，包括她自己，都不记得还有过这么羞耻的事。”

眼镜男插话:“从这个角度说，金鱼街的幸福指数还是挺高的。反正再生气，再愤怒，再难过，再尴尬，再难以忍受，也不过就只有 15 天。”

夹克男摇头，“糟就糟在，其他地方的人听说了金鱼街的特殊体质，都跑去占他们的便宜。反正他们被打骂了也不会记仇，借了钱也不用还，骗了一次还能去骗第二次。跟他们做生意，东西再烂都能赚钱，比如卖书啊，开电影院的，因为不管他们当时抱怨得多厉害，过了 15 天，还是会照样热情高涨地再一次去捧场。”

这时服务生端上来一壶绿茶，我给他们俩各倒了一杯，自己先喝了一口，虽然没什么茶味，不过白开水至少也不难喝。

听了半天，我还是心存疑惑，“可我还是不能相信，他们是真的完全不记得了吗？这不符合进化论哪。”

夹克男也端起茶杯喝了一口，“当然，我们也一度怀疑金鱼街现象是不是为了宣传地方旅游，故意搞出来炒作的，所以私底下，做了几次试验。”

啊，终于说到我最感兴趣的试验了。我坐直了身子，微微靠近夹克男，睁大眼睛，生怕漏听了一个字。

“我们付钱给一个当地人，请他连续 15 天，每天半夜的时候，都偷偷牵着他家的狗，去公园门口拉一泡屎。——你知道的，请当地人的好处是，如果失忆是真的，那么只要时间一到，他就不会记得自己被收买做过这事，不会留下什么把柄。

这个公园的位置在整条街的正中央，几乎是所有人每天进进出出的必经之路，更不要说那些老人、小孩，全都在公园里玩。

果然，第二天一早，看到那臭烘烘的一大坨，街上的人就炸了。先是晨练的老人投诉街道卫生办，指责环卫工没有尽到责任。之后带孩子来玩的妈妈们也愤怒了，万一孩子因此被传染上什么病该怎么办？于是街道办当即发文，禁止带狗进公园。

告示一贴出来，动物保护组织就立刻出来抗议：不能因为一坨来历不明的屎，就一竿子打死所有的狗，这是对狗的歧视，不公平！

这个时候，当地的社区报开始连续在头版报道，有人开始猜测究竟是什么势力在破坏金鱼街的安定繁荣。有人开始问责，到底谁该为那坨屎负责？

好家伙，那些日子真是热闹非凡啊，当时金鱼街上的人见面的第一句话，不是打招呼，而是‘今天你看到那坨屎了吗？’

很快的，就在各方面呈现出焦虑、不安、怀疑、幸灾乐祸各种复杂情绪，舆论高涨，人心振奋的时候——15 天到了。”

夹克男在这里停下，连喝了几口水。

我忍不住追问：“所有人真的都把那坨屎给忘了吗？”

旁边的眼镜男点点头，“是的，就像一切从未发生过。街道办、动物保护协会、社区报、晨练的老人、愤怒的妈妈们，所有人都不记得自己为什么要忿忿不平？与其浪费时间去回忆起原因，不如去做点更有用的事。比如讨论下下个月的街道庆典。”

夹克男说：“我们又找了另一个当地人，一样地让他带狗在公园门口拉了坨屎。想测试一下，如果情景重现的话，会不会引发金鱼街人的回忆。”

“结果呢？”

“结果他们不仅没有想起之前发生过的事，这一次，甚至连更多的关心都没有了。每个人经过的时候，都像视而不见，只是默默地绕开那坨屎。最后还是环卫工把它给清理掉了。”

“为什么这不会再次引发金鱼街的反感和大争议了？”

“根据我们的观察，似乎同一人物、同一事物，在金鱼街，只能引发一次重大关注。等到第二次，相似的模式再次出现的时候，就不再会引发同样的效果。据我们分析，这大概是一种身体的免疫能力。金鱼街的人似乎有一种抗体，会对外来的重大冲击自动生成免疫。”

简直太神奇了，我听得有些晕，“所有人在同一时间集体失忆？又不是魔术，这可能吗？”

“事实上，据我们的观察数据显示，金鱼街上的人，他们的记忆并不是在某一时间瞬间丧失的。而是像积雪融化那样，有一个渐进的过程，就像是一种功能褪化。”夹克男指着窗外，不知什么时候，雪已经停了，在路边的人行道和灌木丛上堆积出深深浅浅的白色。

眼镜男补充说：“人类记忆褪化的原因是相当复杂的，每个个体不尽相同，有的是因为受到打击和挫折被迫丧失，有的是出于厌恶憎恨情绪主动选择。

会丧失的记忆类型也有所不同。有些记忆并不会失去，比如认字的能力、开车的记忆、运动的记忆。同样是认人的记忆，他们对有些人，比如父母、朋友、同学的记忆就不会失去，而对有些人的信息则只能保存 15 天。”

“那刚才说的失忆抗体，又是一种什么样的保护机制呢？”我想起之前的疑惑，刚想要开口继续追问。

这时眼镜男看了看表，提醒了夹克男一句，然后表示，他们必须要告辞了。

尽管我还想多了解一些金鱼街的秘密，可外面的雪也停了，再厚脸皮，也没有理由留住人家不放，只能起身，目送这两位学者离开。

一时又后悔，没有留下联系方式，之后也好打听一下他们的研究进展。

从那之后，我经常留意一些学术报道，想着也许他们会发表相关论文。但很长一段时间，我都没有再听到任何有关金鱼街的消息。

我甚至偶尔还会专门去那家咖啡馆坐坐，重温一下那难喝的咖啡，希望可以再次遇到那两个学者。

直到三个月后，我终于在咖啡馆遇到了其中那个年轻的学者，虽然他这次没有穿夹克，而是穿着一件米色风衣，仍旧坐在窗边的老位置上，低头翻着一本杂志。

我两三步就冲过去，激动地跟他打招呼，直奔我最好奇的问题，“你们研究出金鱼街的秘密了吗？”

“金鱼街？”他重复了一遍，上下打量我，像在扫描输入大脑迅速搜索匹配信息。“哦，想起来了，我们上次好像也是在这里见过的？下雪那天？”

“金鱼街，你说的是我的上一个课题研究吧。很遗憾，虽然我和前辈在社会学网站上发布了这个课题计划，但基本没什么人关心，所以两个月前我就已经放弃了。”他举起手里的杂志向我示意，“我们新研究的是‘猫和狗到底谁的情商更高’，这可是眼下最受关注的热门话题呢。”

宠物杂志的封面上，蹲着一只翘起后腿，正在排泄的小狗，它吐着舌头，瞪着毛茸茸的眼睛，一脸无辜地跟我四目相对。

周二

比记得更悲哀的，是忘记；比麻木更病态的是感官的速生速朽，甚至都还来不及痛，就已经死了。天大的事也不过是点个“赞”就过去了。

你还记得自己忘记过什么吗？

巧克力的革命

“ZQ”巧克力工厂的新品研发员哈维今天一到实验室，就感到似乎有些地方不太协调。他仔细检查了一下，唔，两只袜子的颜色都穿对了，牙齿上没有沾麦片。实验室里弥漫着可可、香草、芝士、威士忌的混合香味，也是哈维习以为常的气息。他深吸一口气，这无与伦比芬芳甜美的空气，就像他最热爱的巧克力那样，总是可以给他带来安全感。

工作到中午，哈维觉得有些饿，他习惯性地喊了一句：“嘿，那个谁？今天外卖吃什么？”没人回应。哈维四处看了看，猛然醒悟，他没有立刻发觉的违和感，原来是人数不对。实验室里原本应该有两个研发员，他，和一个新来的毕业生。而从早上开始，就只有他一个人在。

哈维对周围人的存在一向不太敏感，他不是个爱社交的人，如果可以的话，他尽量避免跟人接触。可能因为，天才大多都难以合群。

哈维从小就被称作味觉天才。他只靠舌头，就能分析出彩虹甜甜圈的七种甜味素分别是什么；只要喝一口就判断出牛奶的生产日期，误差不超过三天；一套“望闻摸尝”绝技，能分辨出一百种不同产地和品种的可可豆；随口就能说出 10 种让巧克力口感保持新鲜并且在高温下也不会迅速软化的办法。他的最强大脑就是为美味而生的，而在所有的食物里，他更偏好甜食，最爱的，当然是巧克力。巧克力总能让他心情平和、无所畏惧。

也难怪，哈维常常觉得无法和研究室的其他正常人交流。毕竟当同事们还在一个个比对实验“榴莲和哪种可可豆最相配”的时候，哈维已经在研究如何做出牛肉味、烤五花肉味和炸鸡翅味的巧克力了。

但是，自从第三次全球巧克力革命开始之后，哈维的自信遇到了前所未有的挑战。相比食物的口感，人们开始更关心推广和营销。巧克力的包装华丽升级，周边产品不断衍生。产品研发越来越不受重视，哈维所在的研究室也不断遭到人员裁剪，之前的同事们，有的被派去设计巧克力网页，有的转去做多媒体广告宣传，有的主动申请调去做巧克力衍生手游的开发和维护——这是目前公司最赚钱的项目。

渐渐研发室里只剩下哈维，因为他唯一擅长的，就是把巧克力做到最好吃；除此之外，别的他什么都不懂。

哈维颇享受了一段一人独占整间实验室的自由和快乐，渐渐的，开始觉得哪里不大舒服。离开的同事们都在各自的新岗位上干得火热，只有产品研发室，只出不进，鲜有人来，荒凉得像个冷宫，搞不好连厂长都忘了还有这个部门。

好不容易来了一个新人，虽然连生可可和熟可可都分不清，毫无用处，但起码还可以帮忙叫个外卖，给自己省点时间，多做几个实验。结果今天人也不见了。是又被上面调走了？还是主动转岗的？

那个偶尔会冒出来的不安念头又在哈维的脑海里咕噜咕噜翻滚：无法离开研发室，只懂做巧克力的他，会不会才是那个真正没有用的人？

为了掩盖郁闷，哈维随手拿起车间刚送来的新品采样，狠狠地咬了一口。才一入口，他就顿住，这什么味道？又嚼了两下，他皱起眉。

辗转几层楼，哈维终于找到了车间主管，把采样给他看，生气地质问："味道完全不对。确定有按研发室提交的材料和配方比例做吗？"

在公司做了 40 年巧克力，不久就要退休的老主管叹了口气，悄悄把哈维拉到没人的楼梯间。

"之前研发室提交的新品配方，被财务部打了回来，说成本严重超标，让调整后重新申报。"老主管低声对哈维说，"所以我们就自己稍稍调整了一下。"他把手里的文件夹拿给哈维看，里面是最新的材料采购单。

原本要求 100%纯度的可可粉，改成 60%？哈维特别注明强调，必须用北海道产的牛奶，现在改成了——隔壁县城的？抹茶粉换成了老茶叶末。至于一味肉桂，索性就直接删除了？

老主管在旁边解释：“其实也没改你的配方嘛不是，不过是把材料都换成了低配置的而已。就只这肉桂实在找不到便宜的可替代。反正就算加了也没几个人能吃出来，不小心碰到对肉桂过敏的，我们还得担风险嘛。”

虽然是公司的要求，但哈维还是很不爽：“那你可以跟我说嘛，我重新做一份配方，总比你们自己瞎搞好。现在这都改成什么怪味了。”

老主管摇摇头，无奈地说，“我们都认识多久了，我还不知道你吗？只会搞研究，哪懂怎么省钱。让你去改？最后只会给我个新的高价配方，一样会被打回来。”

哈维有点懊恼，怪自己想得不周到，做配方的时候怎么就没想过把节约成本这一点考虑进去呢？

老主管看他脸色阴郁，当他还是不能接受，又继续安慰：“你也别不高兴。你知道的，咱们公司今年搞了个新战略规划，要进入全产业化。刚才收购了一家小饼干厂、一座土豆农庄、一个臭豆腐作坊，还有一家房地产中介。花了这么多钱在搞拓展，当然只能从材料费这块压缩了。”

哈维有点疑惑：“别的我还能明白，不过为什么要收购房地产中介啊？”

老主管抓抓头皮：“呃，这个嘛我也不懂，不过厂长总说，一个成功的商人必须比别人更早一步。咱们公司现在的巧克力，不是都搭配什么游戏一块卖的吗？搞不好哪天就会流行买巧克力送房子了呢。”

哈维低头不语。老主管拍拍他的肩：“反正说了你也不懂，你还是专心开发点更好卖的新口味吧。”

可什么才是好卖的呢？哈维觉得自己越来越糊涂。他甚至对自己的味觉天赋都开始质疑了。

老主管推开楼梯间的门往外走，又想起件事，回头跟哈维说：“对了，之前你那不是去了个新人吗？他被调去巧克力APP部门做产品经理了，听说他在新媒体营销这块满多点子的。”

倒是看不出来，那个连什么是松茸巧克力都答不上来的巧克力白痴，也是个专家。不过，用APP推广巧克力，这么高科技的事，自己确实是无论如何也做不到的，哈维不禁沮丧。他用力在头顶上挥了挥手，假装这样就可以扇走那里环绕不去的“Loser”光圈。

这时的哈维不会想到，自己逆袭的机会即将到来。

一周后，他接到CEO办公室直接下达的命令，让研发室迅速研发出一款具有革命意义、跨时代的未来巧克力。

哈维听老主管透露，因为营销部得到可靠消息，竞争对手公司正在计划推出一款震撼性产品。他们放下狠话，这款巧克力绝对是本世纪最后一个爆款，一推出就能占领99%

的市场份额。

也正因为主要是为了能对抗竞争公司的产品，所以和以往的自主研发不同，对这款跨时代巧克力是有明确要求的。主要包括：这款巧克力要能随意搭配任何颜色的指甲油和所有款式的墨镜，可以在夜间和游泳池里发光，以及尽最大可能吸引爱小便宜的大妈消费群体。

这要求虽然是满具体的，但和巧克力到底有什么关联点？

哈维第一次遇到人生中无法解决的巧克力命题。

他每天从早到晚对着一屋子的食品原料发呆。拿起白可可，放下蓝莓酱，喝一口伏特加，灌一瓶咳嗽糖浆，睡在一麻袋迷迭香里，就连梦游，嘴里都还在嚼着薰衣草；混吃一通就半哭半笑，不吃东西的时候就长吁短叹，几近癫狂模式。他的家人开始考虑要不要把他绑起来，送去做电疗。

有一天，一位哈维的前同事老赵来研发部串门，看到哈维糟乱萎顿的模样，吓了一跳。

老赵和哈维相反，属于五感格外迟钝的人类，尤其是味觉和嗅觉；电梯里有人放屁，他永远都是最后一个闻到的。所以他格外崇拜哈维这种味觉天才，每天在哈维身边跑前跑后，给他冲咖啡，帮他买晚餐。不过他在研发室待了三个月，仍旧无法记住兰花味和姜花味，在哈维面前自卑到极点，实在太羞愧，就主动申请去了社区销售部。

显然在卖东西这件事上，老赵潜力爆棚。他以一个八卦换一块巧克力的策略起家，迅速建立起数目惊人的大妈粉丝团，被江湖上誉为“大妈杀手”。不到一年时间，他便从销售员成为巧克力销售大师，从老赵晋升为赵大师，干脆辞职写书去了。

赵大师的代表作《婆婆妈妈的巧克力哲学》《怎么卖不好吃的巧克力》，厂长都买了好几百本，作为公司每个新员工的业务培训教材。这次他是专门来给哈维送他的新书的。

看到哈维这般苦恼，赵大师觉得自己有必要拯救一下曾经的偶像。

“小哈，”他坐在哈维旁边，伸出一根手指，轻轻敲着桌面，“你觉得做巧克力最重要的是什么？”

“当然是要好吃。”哈维不加思索。但他转眼瞥见赵大师刚送给自己的新书封面，赫然五个大字：《味道算个逑》，顿时觉得自己这个答案恐怕不对。想了想，哈维试探地回答：“呃，是材料？工艺？创意？成本？……”

“是卖出去。”赵大师悠悠地提点他。“巧克力也是商品，只要是商品就只有一个判断标准，卖出去。有人买的就是好东西，没人买的就是坏东西。”

哈维不解，“这跟我说的没冲突啊，好材料好工艺，好吃的巧克力当然就会有人买了。”

“完全不一样好么。你说的多麻烦，费了半天劲还不一定卖得出去。好吃，这算什么卖点？现在人多忙啊，没时间听你分析材料配方，简单直接，就给我一个买你的理由。”

“你说的理由是？”

“名字取的有煽动性吗？背后有鸡汤有八卦故事吗？哪个明星代言的？买了能发照片吗？”赵大师看了看哈维面前的产品要求，“这款想卖给大妈是吧？容易。卖相高级，越大越好，赠品够多。”

“可是这些和巧克力的关系是……”哈维想问得更细些，这时老主管推门进来。哈维估计他是来催着要结果的，赶紧先开口：“新产品，我，我已经有点思路了。”

老主管为难地抹了一把后脑勺，吞吞吐吐地说，“我就是来告诉你的。那个新产品，销售部已经出了方案。决定把去年的产品改个可DIY融水性包装，可以每日换装，然后加大三倍尺寸，配合买房券一起发售。”

哈维一愣，赵大师一摊手：“看我说的不错吧。”

老主管看了看哈维，嘴里越发含糊：“上面经过评估，觉得巧克力工厂根本不需要研发中心，所以……”

哈维被辞退了。

过了几个月，还没找到新工作的哈维，在看报纸招聘广告时，看到一则小新闻：《“ZQ”巧克力首次在自动贩卖机提供5D色香味俱全巧克力，引领业界新革命》。

他忍不住找到离家最近的巧克力贩卖机，果然看到上面巨幅的广告，廉价塑料水钻镶嵌成的硕大 BlingBling 字样：“5D 巧克力，引领新革命”。

哈维投了 50 块进去，贩卖机轰轰低鸣，开始工作。在商品出口处，有一排类似打印机的针头，针头缓缓涌出粘稠的可可油墨，散发出可疑的工业防腐剂味。现打印出来的巧克力，这就是所谓的 5D 了吧。

针孔细小，出墨缓慢，两个小时之后，一块手指大的巧克力才打完。哈维刚拿到手上，打印出的巧克力已经软烂得不成形状，握在手里，仿佛一团狰狞的肿瘤。

哈维还是鼓起勇气咬了一口，一股浓烈的屎味冲进嘴里，凶猛地逃窜进他的整条消化道，迅速占领了咽喉大肠阑尾，每一个褶皱都没有放过。他从没这样后悔自己的味觉为什么要这么灵敏。他就像猛地被人扔进了一间乡下茅厕，整个人陷进污糟的泥潭无法自拔，几乎窒息。

哈维飞快地又从贩卖机里买了其他几个品牌的巧克力，手忙脚乱地撕开包装，颤抖地塞进嘴里，试图压制住这可怕的毒气。

然而，尽管那些巧克力们的包装像选美小姐那样或华丽、或可爱、或隆重、或诚恳，但包裹在里面的巧克力，全部都是一模一样的屎味。

 **周二**

这个时代常见的悲哀是，永远不让专业的人去做专业的事。把一坨屎包装得再华丽，营销得再魔幻，甚至卖得再火爆，你也不能改变它就是一坨屎这个事实。

新闻头条

“都发生了这么大件事，你居然还在这坐着！”

主编气急败坏，嚷嚷着冲进编辑部办公室，把手机狠狠拍在我面前的桌子上。

什么了不得的大事？乔布斯其实没死又出了第 10 代手机？还是抓到了十年前连环杀人案的真凶？

我拿起手机，屏幕上赫然一排黑粗的标题：《世纪末最后的难题——自带五香味的猪，已被陕北一农民攻破！》。

我放大网页，念着上面的文字：“据十分可靠的消息，陕北神木县老虎沟一位姓郝的农民，经过 50 年的不懈努力，终于培育出一种肉里自带五香调味的猪。这不仅是烹饪历史上的奇迹，对物种进化论的研究带来跨时代的意义，调味品行业也将面临前所未有的大危机。本站已派出记者、摄影十人团队火速赶赴神木县，推出独家揭秘报道……”

“这是哪个媒体的报道？”上下翻了几遍，报道里似乎没有提到过新闻来源，而这个已经派出记者采访的“本站”又到底是哪个媒体？我一边询问主编，一边打开电脑搜索，看看有没有更多的线索。

主编火大地又拍了下桌子："现在哪还有时间找出处？管它是哪个媒体哪个网站最先报道的！这重要吗？你知道不知道，重点是，这条新闻已经上了各大网站的热门话题排行榜前五名，被搜索次数已经超过三千万次，而且还在继续光速上升，登上第一位也就是吃顿饭的工夫。"

主编说的没错，我刚在搜索框里打出"五香味的猪"几个字，就立刻跳出"神木"、"陕西农民"、"世纪发明"等等相关联系。

主编继续嚷着："现在全世界媒体都在跟进，都想抢独家。听说连乡级晚报、社区电台都已经派人过去了。但是，我们堂堂一个全国发行的主流大报还一点行动都没有。这简直就是一种耻辱！"

虽然跳出的搜索结果很多，但几乎所有的新闻内容都差不多，基本就是我刚才看的那几段文字，并没有其他更多更可靠的信息补充。作为一个工作十年的老记者，我不免觉得有些可疑。

"是不是先确认下新闻来源……"我试探地提出异议，话还没说完，主编已经开始新一轮发飙，"你，带个摄影，立刻出发去老虎沟。给你两天时间，后天的报纸，它必须是头版头条！"

两小时后，我坐上了开往老虎沟——90公里外神木县——110公里外榆林市的火车。确切地说，是站上了。但就这一张站票，还是我从黄牛那里拼命抢到的，代价是原价的三倍，以及为了舍身保护这张票而被其他人在背上踹了几个泥脚印。听黄牛说，今天中午开始，所有往老虎沟周边城镇的火车票、汽车票都被订购一空，连三天后的票都被预订了。

侧着两只脚掌，我勉强把自己塞进厕所门口的过道里。透过或稀疏或油腻的头顶，在人群的夹缝里，我看到了好几个面孔熟悉的同行，平时也常撸串喝酒，此时却都彼此默契地假装没看到，去抢同一个头条，不宜闲聊。

这次跟我一起出任务的摄影是个大四女生，暑假来报社实习的。主编催得急，旁人推三阻四，只有她热情饱满，一口答应。小姑娘20出头、扎着马尾，皮肤白皙，眼珠子闪亮，满满都是理想。

上了火车她就不说话，我只当是给里头的气味熏的。没过一会，她拿出手机看着照片，忽然就悄没声地流下泪来。倒把我吓了一跳，我小心地问："出什么事了？"她含混地回答："病危……""啊，是你亲人还是朋友？"

她把手机递给我看，照片里的小姑娘大眼睛尖下巴，"是这姑娘吗？唉，可惜了……"诶，不对，那姑娘好像就是她自己嘛。

她指着自己手心里握着的黑乎乎一团东西，说：“是我养的乌龟，才养了 3 个月，就不行了。”哦，还好。嗯，这么说当然也不对。我只好安慰：“那你为什么不早说？就可以不用跟去采访了。”“不，”小姑娘抬起头，目光坚毅地直视窗外，“绝不能因为我，耽误了这么重要的报道。”真是一个好姑娘。我鼓励地拍了拍她肩膀，赶紧拿出采访本记下她说的话——都是细节啊。

从榆林市转汽车到神木县，我和面熟面生的几波背着 DV、扛着摄影机的媒体同行们展开了谍对谍式的躲闪战。到了神木县，才知道老虎沟太偏僻，都没通车，过去不容易。这种时候，就比谁的路子广，谁就能抢得先机。

多年采访经验也不是白给的，我好不容易找到一辆看着还算结实的拖拉机，但司机赶着去登记结婚，不肯去山沟。我一听就怒了，抓着他的领子就是一通吼：“晚一天登记会死吗？你就不能有点使命感吗？你知道调味猪意味着什么吗！连基因都不能再阻挡猪了！！这项改基因法如果用到人身上会怎么样！！！也许人类从此再也不需要用香水了，或者随时都可以改变皮肤的颜色。”

没怎么出过县城的小司机，慌不迭地打电话给未婚妻：“别不懂事啊？我可是要去帮着做大事的！”我冲摄影小姑娘比了个 OK 的手势，她露出仰望偶像的眼神。

虽然历经波折，但等看到老虎沟，我觉得一切还是值得的，赶紧指导小姑娘到处拍了些照片。这村子实在长得太有新闻脸了：穷，烂，脏。一大波流着鼻涕的小孩站在苍蝇乱飞的破砖墙平房前，每一扇半开半掩的木门后都坐着一个长相凶狠的大妈在狠狠窥视；估计能找到碗火腿肠鸡蛋面吃，就已经是当地最高级的工作餐了——全是新闻卖点啊。

唯一让人不满意的是，我鼓起勇气凑近问了几个凶悍的大妈，“哪家姓郝？”却被告知，老虎沟里根本没有一户姓郝的。并且，也没有大妈或小孩听说过谁家养的猪有五香味。

“那您知道，谁家有一头养了50年的猪吗？”怕他们不肯说，我赶紧大方地承诺，谁能给我提供线索，就能拿到200块的报料费。

“又不是猪妖，哪有猪活50年的。”他们虽然没有说出口，不过像看怪物一样的表情，分明就在说：“城里来的人又怎样，见过世面的又怎样，有钱又怎样，还不就是个白痴。”

“搞不好是姓邵？姓高的有没有？”半天没任何有用的回应，我开始沮丧起来。摄影小姑娘赶紧安慰我：“没事没事，好新闻多难产。”眼看天就黑了，主编给的期限快过去一半了，我急红了眼，“你们这难道连姓赵的都没一个吗？”

有个年纪稍大点的男孩把旁边一个六七岁的小胖子推了出来，“他家姓赵。赵儿，你自己说嘛。”

我赶紧凑到小胖子面前：“小朋友，你们家养猪吗？”

“猪有啊，一只黑母猪加三只仔，活不过两年就得杀了。”

“你家的猪有五香味吗？”

小胖子见众人都齐齐看着自己，从来没这么受关注过。他不禁挺起圆滚滚的小肚子，背着手使劲想着：“五香啥的？我妈每次腌腊味都洒一大把料，谁知道呢？里面可能有什么五香、六香、十三香的吧。”

我惊喜地抓住他的胳膊摇晃，“总之，你承认了你们家有猪，也有五香，对吧？这就行了。快带我去看你家的猪！”

女人小孩们一路跟着我们去看热闹。赵家男人还没回来，小胖子她妈见来了一群人，中间还有举着照相机、摄影机的，有点不知所措。

一见猪圈里的两头猪，不大干净的白毛上分布着几块不规则的黑斑，我顿时激动得不能自已，血液上涌：是花猪！太棒了！

我指示着摄影姑娘，“快，快给猪拍照啊，注意重点表现斑纹。我们终于找着五香猪了！”

小姑娘憋着气，迟疑着举起相机，按了几张。她忍不住跳开，捂着鼻子小声问我：“你确定这真是五香猪吗？他家不姓郝啊。而且这猪，哪有五香味，就只有臭味。”

我不以为然，“他家姓赵，传的人把赵听成了郝，也是很有可能的嘛。你没看这猪身上的斑纹，一看就不是凡品，五香五花，香不香要吃了才能知道嘛。摄影机开了没？快来，拍个视频。”

我拉过赵家女人站在猪圈前，很满意她面无表情的一脸呆滞，够纯朴，真实，绝对不是群演能演出来的。

“请问你们怎么想到要研发五香猪的？”

“啥，你说什么？”赵家女人愣愣地看着我。

我点点头，“好的。我非常理解您，不想让外人知道你们家猪很特别，毕竟人怕出名猪怕壮嘛。”

“这到底在干嘛？”她警惕地看着镜头。

“那么我就问您一个问题，如果您家有五香猪，多少钱肯卖？10万？50万？出到100万肯定卖吧？”

女人被数字给绕迷糊了，不知要说什么。旁边看热闹的里头，有人开玩笑地高声嚷了一嗓子：“要真有五香猪，100万还不卖？又不是傻的！”

“太好了！卡！”我满意地看着视频素材，剪辑一下，内容相当充分。

“可是，这猪有50年吗……”仍旧没想明白的小姑娘继续追问着。我打断她：“素材已经够了。明天头条就它了。”她还想说话，我咳嗽一声，“咳，我说，主编交给我们的任务，已经完成了。”

收起亲切的采访模式，我表情略严肃地看着她：“无论如何，明天必须要有一个头条。”

当晚，撅着屁股趴在借住农民家的破旧灶台上，我就着笔记本自带的微弱亮光奋力敲打着键盘：

“五香猪？老虎沟村民讳莫如深，似乎在集体保护着什么人。据本报记者独家多方打探，该技术的发明人也很可能并非姓郝，而是姓赵；五香或许也仅是保守数据，实际上技术已能实现十三香。另有消息人士称，已有人表示出价100万买断该技术……”

虽然这种打字的姿势很辛苦，不过拍出来的照片看上去还是很感人的。

第二天一早，天才麻麻亮，我就接到了主编的电话。估计是来催稿的，怕他怪罪我拖延，我赶紧抢先报告：“报告主编，稿子已经编好了。不过这里没网络，等一找到网吧，我马上就传稿。”

“Stop，停止动作！”电话信号也不大好，主编的声音断断续续的，“我就是要告诉你，今天网上又登出‘五香猪’是假消息的新闻。昨晚先抢着见报的那几家晚报，这下脸丢大了。”

举着手机，我大约能脑补出主编此刻既开心又庆幸的表情。“好险，我们也差点掉沟里。幸好你丫动作慢。”他难得夸奖了我。

我立刻接话：“主要还是您对新闻的把控严格，让我们先来实地采访。主编您实在太英明了。”

半个月后，我接到一个陌生人来电。

对方紧贴着话筒，不断发出哧哧的气息声，他操着陕北口音，故作神秘地说：“想知道神木县五香猪背后的秘密吗？我手里有第一手料。出个价，给你独家报道。”

“哦是么，没兴趣。”我冷冷拒绝，就想挂断电话。

“等一下！”对方明显愣了愣，略有点着急，“你怕又是假消息？这次保证是真的！”

我叹口气，好心回答他：“真的假的一点也不重要。现在大家最关心的新闻是，西安有人发现一对疑似火星蚂蚁。谁还记得五香猪啊。”

周二

动不动就拿体制当万能遮羞布的媒体，尤其是传统媒体，越来越像一个脱衣舞娘，迫不及待地把自尊、专业和公权力一件件地脱掉，然后去网络垃圾箱里找一条满是口水的抹布裹上；被越多人嚼过吐出的抹布，它们越是争着要。

嫦娥曾经回来过

我今年四千八百多岁。

我住在距离地面 38 万公里的月球的房子里。这房子，叫做“广寒宫”。在我搬进来之前，这里已经住了个傻大个，但是他几乎都不睡觉，也不说话，只是不停地向一棵妖树挥舞斧头。有只兔子告诉我，他叫吴刚。说完之后，这只兔子四千年来都没有再开口说过一句话。

至于我的名字么，我叫嫦娥。

每年八月十五这天，我的过敏性鼻炎就发作的特别厉害。尤其是李商隐那厮在世的时候，一时说什么“嫦娥应悔偷灵药，碧海青天夜夜心”，一时又说，“兔寒蟾冷桂花白，此夜姮娥应断肠”。我想，他也许是暗恋我。

月球本身其实相当难看，既不懂发光，又从不发热，甚至都不够平滑。竟然赢得骚人墨客的吟咏，说什么“月出皎兮，佼人僚兮”。真是可笑。还是很多年之后，出了个叫王朔的，眼够毒，他说，月亮啊，就是一板砖。因为他，我又恢复了读书的爱好。

有一天，我看到一篇文章，标题叫做《铸成大错的逃亡爱妻啊，射击冠军的丈夫等你悔悟归来》。因为从中闻到了我最喜欢的狗血气味，于是挑灯夜读，但越看越觉得里面的主角怎么那么眼熟。等到终于确认了那个虚荣的、娇纵的、卑劣的、薄情的小偷兼负心人，居然说的就是我，我感觉到一股四千八百年来不曾体验过的愤怒。

原本我立刻就要给杜撰者点颜色瞧瞧，但我好不容易下凡，却发现秋香妹妹正在那里踢馆。等我瞄到她手里的书上写着:《我那爱人打工妹哟，博士后为你隐姓埋名化身农民工》，剩下的一点怒火也被侥幸取代，总算我也不是最倒霉的。

正要回月球的途中，我遇到了我的上任绯闻男友八戒。我原本以为他也是看到那篇《我那狠心的人啊，不要红颜美眷，偏要伴三丑男上西天》的文章而来的，想好心提醒他不用去找麻烦了。谁知他猪脸上神采飞扬，说他是受邀来给新片《北游记》开机剪彩的。

他说，他在剧中将扮演一个痴心情长剑式的人物，至于造型则走星战系列的太空路线，他得意地宣称60届艾美奖犹如探囊取物。

在娱乐圈已经打滚多年的八戒建议我，既然都下凡了，不如也去找个当红导演，拍一部国际化大片，最近华语大片和华人导演风生水起啊。起初我有点迟疑，担心导演会嫌我形象过于本土，又偏负面，故事也缺乏新意。没想到八戒拿出一盘哥伦比亚广播公司1969年7月20日的电视转播带。美东夏令时16时11分，画面中“阿波罗11号”飞船的月球着陆舱“小鹰号”，正在接近月球表面。

话外音响起：“在今天各大媒体有关阿波罗登月的头条报道中，有一条要求宇航员注意寻找一位美丽的女士和她的宠物，一只可爱的兔子。一位叫嫦娥的姑娘在4000年前就已经从地球飞向了月球，从那以后就一直生活在那里——她唯一的伴侣是只兔子，这只兔子的名字目前还不得而知，不过应该不难发现，这只兔子很大，而且住在一棵月桂树下。”宇航员柯林斯笑了，回答道：“好吧，我会找找看这位兔女郎。”

八戒激动地一拍大腿，“科幻、冒险、畸恋、美女、怪兽，我的老天，这不是活生生的奥斯卡么！”

可惜的是，当我多番辗转联系上该导演的时候，他却很遗憾地表示，关于他下一部电影的女主角候选人，如果排成一列，恐怕都能排到广寒宫的大门。倘若我不介意出演兔子姑娘的替身，也就是那只兔子的话，他倒是对我的故事颇感兴趣。尽管他没有明说，但以我几千年的阅历，怎么会听不出他分明就是嫌我在媒体曝光过度，且绯闻过多，面孔不够新鲜么。

正当我再次打算返回月球的时候，却又被蜂拥而至的广告商们团团围住。方便面厂商说，他们为了我，专门迅速开发出一款乌鸦口味的炸酱面，连商标都重新注册成“奔月”。减肥药厂商说，原本他们打算聘请赵飞燕做代言人，但对方没有档期，他们也觉得飞天这个主题更具噱头。

至于前来和我洽谈的月饼商、中秋晚会筹办方等则是络绎不绝；还有要求为我出书的。当然，其中最大手笔的，还是绿树南岸的房地产开发商。他们表示为我专门修建了一所别墅，免费赠送给我。对我唯一的要求就是，允许他们把它叫做“广寒宫深圳唯一分殿”，并且每个月至少一次，在该楼盘的上空，当众表演一次飞天。

“我是嫦娥。”这四个字有多么的好用，我也是最近才慢慢知道的。

大部分时候，付我酬劳的人们并不需要我说太多的话。我也不用做太多事情，只需要坐在某处，微笑，最多是在半空中绕个小圈。天气过于闷热的时候，为了制造出衣袂飘飘的效果，他们会在我的面前，放一个巨大的电风扇。其实，我可以使用法术制造出微风，但是为什么要那么辛苦呢。后来，我连自己飞都很少了。因为有电脑制作这种东西。除非，是现场节目，不好假飞。

但也有时候，我又必须要回答很多问题。有的跟我有关，有的跟我无关，有的连我也不知道到底是不是和我有关。比如对禽流感有些什么看法？我的兔子是否注射过禽流感疫苗？我是否支持“无车日”？月球的环境指数是否适合移民？我比较喜欢莲蓉馅的月饼，还是鲜肉馅的？顺便问一下，我是素食主义者么？是否愿意为保护动物协会拍公益广告？

当我能够熟练地将每个问题的答案，回答得充满玄机，但又像是什么也没回答一样的时候，我终于体会到，自己是一个名人了。

周二

人间如此的脏乱差却好有趣，天上如此的高尚却是性冷淡。天上人间，此事古难全。

红楼梦未完待续

第一回：小猪快跑

宝玉：红绡帐里，公子多情；黄土垄中，小猪薄命。

黛玉：告诉紫娟，今晚加肉。

话说宝玉的宠物猪死了。

这只猪的来头可不小，原是北静王爷千里迢迢从法兰西叫人寻来的迷你小香猪，四蹄如雪，骨架清奇，尤其讲究个人卫生，靠近一尺之内，隐隐有暗香浮动。

北静王本来是打算拿去送给外头相好的，谁知一道皇榜，昭告天下，民间不许私自包养二奶，一经群众举报，罚银子事小，丢了颜面事大。于是，他便将此猪转赠宝玉。

宝玉得了，如获至宝，每日里同榻而眠，同席而食。一有空闲，便将黛玉那些《桃花诗》《五美吟》，选自己喜欢的几篇，念给这只猪听。此猪也大有意思，每每听到诗中悲凉悸动处，一边大啖猪食，一边迎风落泪。喜得宝玉一把搂入怀中，一迭声换人更去多备吃食，千万别饿瘦了这个宝贝。

丫鬟们照管幸苦，倒也罢了。只是园子里的妈妈们见了，没一个不边吞口水边叹气的，心中骂道，真真是个公子哥，不知道现在外头市面上，一斤猪肉都卖到天价了，连着青菜、鸡蛋都跟着一路往上飙，就剩下豆腐还是 1 元钱 3 块随便吃。原来每天的盒饭好歹还有三片肉，现在能浇点肉汤就不错了。

人怕出名猪怕壮啊，眼见着小猪开始长膘了，这不一错眼的工夫，就给丢了。宝玉叫丫鬟们找了一天，才在伙房外头的树林里，找到一块带血的金锁片。拿回去一瞧，可不就是他亲手戴在小猪脖子上的那块么，想到恐怕凶多吉少，宝玉心疼地差点晕倒，整天茶饭不思，默默垂泪。最后还是黛玉来好言劝慰了一阵子，还答应帮他做一首《芙蓉小猪诔》，他这才止了眼泪，知道嚷饿喊渴了。

袭人等人忙不迭叫厨房上膳，不消片刻，送来一碗米线。宝玉拿筷子一挑，赫然从底下翻出一只雪白的猪脚来。

第二回：蹴鞠

宝玉：有本事下次我们比作诗。

黛玉：还得我们十二金钗啦啦队出马。

身为宁国府蹴鞠总教头，贾瑞的日子最近不好过。

本来他靠着爷爷贾代儒的面子，又给凤姐送了十斤高丽参，才好容易谋了这个差事。他想着，教府里的公子们蹴鞠可不是个便宜活。这帮公子哥肩不能挑手不能提的，风吹吹就倒了，日头下站会儿就脱皮，组个蹴鞠队，还不就是当个玩意打发时间的，随便打打花腔，俸禄就够一年吃喝的了。

谁想到，他们球门还不认识呢，就敢去和暹罗来的皇家蹴鞠队叫板。自然是给人家打了个落花流水，偏生他们还把阵势摆得挺大，全城百姓都来看了，连皇上都御驾亲临。这回在皇上面前输了球，可不把几辈子的脸面都失了。坊间传说前锋柳湘莲，受不了舆论压力，隔天就剃了头发当和尚去了。

这宁国府恼羞成怒，追究下来，公子们身娇肉贵打骂不得，贾瑞还能得个好么？等着替他位置的人，把凤姐家的门槛都踏破了。

相比之下，身为蹴鞠队队长的宝玉就想得开多了。他私下跟黛玉分析，蹴鞠本就是从南蛮之地传来的，咱们才玩了多久啊；大不了，下次去找暹罗人来比比吟诗作对，不就把脸面给挣回来了。

见黛玉仍是冷冷的，他陪着笑说："再说了，虽然那天球场上是输，不过咱们的蹴鞠花魁可绝对把他们的给比下去了。好妹妹，下回你还来看我踢球啊。"

第三回：葬酒

宝玉：又关我什么事？

黛玉：一年三百六十天，风刀霜剑严相逼。

八卦周刊《红楼春梦》最近报道，黛玉葬花其实另有隐情。

某不愿透露真实姓名的薛姓女子称，黛玉葬花当晚，她曾亲眼目睹宝黛二人，再次回到桃花林。据她所说，二人形迹诡异，宝玉手持花锄，黛玉手中似乎藏有一瓶装物体。当他们再次出现时，宝玉的衣服和花锄上沾有大量泥土，而黛玉则两手空空了。

同一目击者还提供了一个重要信息，就是当天中午，王夫人最喜欢的一只天竺鼠被人踩死在花园中，现场留有很大的酒味，并且发现一只红酒塞。初步分析，应该是属于有人酒后肇事，疑犯目前尚未锁定。

关于黛玉嗜酒的传闻，由来已久。在曾经刊登的其作螃蟹诗、菊花诗的照片上，均看到她手中握有酒杯。有人甚至说，她的心疾其实也并非天生，而是饮酒过度所致。但也不少人认为，这很有可能只是一次为了博版面而制造的假新闻。

该周刊同时还列举了其它红楼名媛的出位事件。例如上个月初五，尤三姐第三次醉酒后半夜在街上梦游，金陵府判处她在城门宣传环保的会社服务 10 天。结果因其身姿曼妙，而被宫廷画像馆绘成丹青，并表示将永久收藏。

以及蒋玉函和晴雯合作舞台剧《邂逅》期间，也传出绯闻。晴雯被指是导致蒋玉函和袭人分手的第三者，她公开发表声明，表示自己问心无愧。

第四回:《西厢》选秀

宝玉：大家都是好兄弟，谁走了我都觉得很难过。

黛玉：我们只是普通朋友。

这段时间，街头巷尾议论的所有焦点，都集中在“寻找张生”——大观园首部爱情巨作《西厢》的选秀大赛上。主办这次活动的木石台很有信心，能够以此打败对手金玉台，勇夺黄金时段的收视最高。

影片中的崔莺莺一角已经确定由雪芹娱乐当家花旦，著名才女兼美女林黛玉出演。至于张生，目前的人气王是秦钟、薛蝌和宝玉三人。至于另一位呼声较高的贾蔷，则因为不愿与木石台签约而被迫退出比赛。但在六进五的比赛中，宝玉因唱歌走调被待定。他将在下一场五进三的一场关键比赛中，与刚刚复活的选手焦大进行最后的 PK。

对此，秦钟的粉丝团“闹钟”表现出强烈的不满，他们认为这分明就是黑幕，组委会复活焦大的意图很明显，就是为了保住宝玉。而宝玉的粉丝团“宝贝”也不甘示弱地予以回击，有人爆出秦钟是凭借和评委之一智能的暧昧关系，才得以晋级。甚至指责秦钟在六进五和宝玉 PK 时的让票行为，也是在作秀。林黛玉的粉丝“海带”尽管试图居中调节，但他们大部分人都把票投给了宝玉。无论如何，最终得利最多的，还是红楼电信公司。

但另有小道消息，该电影导演贾雨村对张生一角色，其实心中另有人选。

周二

唯一可以获得永生的，就是荒谬；唯一会不断重复的，就是错误。

周二说：

爱吧，像个精神病一样！

小美人鱼罗生门

黎明时，人鱼公主独自站在甲板上："亲爱的王子，再见了。"她身体周围慢慢地，幻化出许多五彩缤纷的泡泡。黎明的曙光，照耀着泡泡，小美人鱼的身影，又像还在泡泡中忽隐忽现……

第二日，王子大婚，大宴宾客。

每一块古老的青砖都被洗刷干净，那些压箱底的繁复银器重新被擦得锃亮，拂去灰尘的吊灯们被一一点亮，照得夜晚也如同白昼，衬着每一只水晶杯更晶莹剔透，仿佛一颗颗冰山顶上雪女的眼泪。

王子和邻国公主，哦，现在应该称呼她为王妃，两个光彩夺目的年轻人穿着比月光更皎洁的银色礼服，上面用黄金研磨出的金线密密地绣着代表永恒誓言的青鸟羽片。两人的双手始终紧紧交握在一起，一刻也不忍分开。

十方贵族八方圣贤们从地球上的各个角落赶赴道贺，他们赞叹着，歌颂着，这场一生难忘的婚礼。人们唱着，跳着，一次又一次地举起酒杯，祝福王子和王妃一定会成为世界上最幸福的夫妻。

不知道喝下了多少香槟，王子有点头晕，他恋恋不舍地在王妃的手背上轻轻吻了一下，随后放开，独自走到宴会厅外的阳台上，吹吹夜风。

缓缓掩上的琉璃门轻盈地隔断了屋子里喧闹的音乐。阳台下面就是花园，修建成各种形状的灌木，被月光照得变形。王子凝视着其中一株臃肿白腻的玉兰花，看得出了神。

灌木丛里，几个忙里偷闲的仆人正在窃窃私语。

“王子从海边捡回来的女人，就是两条大长腿又白又细，跟两管水葱似的那个，听说失踪了。”

“真的假的？我前天半夜当班，还看见她从王子的卧室里出来呢。”

“哈！她果然和我们王子……”

“咳，别乱说话，小心被新王妃的人听见。”

“听到又怎样，难道这皇宫里还有人不知道？连南门外收破烂的老头前几天还要跟我打赌：王子会不会收了这个大白腿美人当妾？”

“这王妃能答应吗？咱们新王妃的娘家可是不简单！一出手就还清城堡欠了十年的债，办婚礼的钱都是他们出的，光金子就整整运了十车来。”

“可不是吗？听说王子连婚宴上用什么汤勺都不敢吭声，请人发帖选乐手全是王妃说了算。”

“啧啧，才婚礼就这样，以后的日子……嗯，说不得说不得。”

“要我是那女人也得跑。被王子独宠了那么久，待这儿等着被新王妃弄死啊？”

“不会是已经死了吧？”

“嘘……”

“死了吗？”王子默默地抬起头，今晚的月亮格外明亮，一丝阴霾都没有。和他一年前乘船出海的那一晚截然不同，那一晚的月亮晦涩如一抹鬼魂。

就是在那一晚，自己第一次遇见那个女人，在冰冷幽暗的大海里，她向自己翩翩游来，雪白的皮肤在深蓝的海水里像珍珠一样闪着微光，比绸缎更柔滑的火红长发随着她的腰肢轻盈摆动。她在海里自如地像一条鱼。

是的，他一直都知道是谁在那次可怕风浪后救了自己。

邻国公主？哈！开玩笑！那个在指甲上镶满钻石的女人会跳下海？恐怕她连一条手绢都不愿意亲手拿——当然，用金箔和珍珠编织的手绢，分量确实也不轻。

王子冷哼一声，她算哪门子的公主，不过是个暴发户的孙女，一个全靠外祖父拿钱砸出来的头衔，跟他这种世袭百

年，血统纯正的王子，根本不是一个层次。

那些钱本来就应该给像他这样的贵族，修补宫殿褪色斑驳的金漆，把输给富商的纯种赛马都买回来，然后再买更多的奴隶。王子忍不住第十次地做起了未来财产规划。

一汪红如晚霞的头发在他心里微微晃动了一下。伸开手，指尖上似乎还留着抚摸过发丝的微凉触感。

王子摇摇头，定了定神。

“没错，是她救了我，可这是她自己选的，我可从来没有恳求过她。与我相好又怎样，这也是她的选择，我从不强迫女人跟自己上床。和她在一起的时候，我可是绝对忠贞的，一次也没有找过别的女人。”

唯一可惜的，大概是再也见不到像她那样细腻光滑，长得仿佛没有至尽的腿了。那个暴发户的孙女，就算是把全世界的香粉和宝石都堆砌在身上，也无法逆转重塑矮小粗壮的基因。

王子转身看向宴会厅里，他娇小的新婚妻子正在跳舞，银色拖地的蓬蓬蕾丝裙裾遮住了她的腿。

感觉到有人在看自己，公主不以为意，继续对面前的外国大使维持着招牌式温柔贤淑的笑容。

她早被看惯了。所到之处，人们纷纷赞美她的可爱和贤良，当他们得知她的身家后，更会发现她不仅可爱，简直迷人；贤良不足以形容她的万分之一，“高贵”这个词就是为她而诞生的。

包括这个所谓血统尊贵的高傲王子，第一眼看见她的时候，就露出跟一条想要讨骨头的狗一样的狂热眼神。

他激动得眼泛泪花，聒噪地嚷嚷着：“是你！你就是我的救命恩人！这就是羁绊是缘分是不可阻挡的命运！”

真他妈恶心！还王子呢，以为会有什么新鲜的，还是只会用“我们好像在哪里见过”这土得掉渣的招数。

贵族？我呸！不过是穷酸鬼的另一个好听点的说法。

公主忍不住懊恼地蹙了蹙眉，要不是自己不够小心，肚子里那块东西发现得太晚，只能生下来，总得给它个体面的身份，“否则的话，就这种娘炮也配做我的丈夫？”她瞟了眼阳台上的王子，“全身上下半点肌肉都没有，软趴趴松垮垮，一看就不顶用。”

她面上轻快，脚下却恨恨地重重踏着舞步，从一列护卫面前划过，目光在其中一个强壮的红发少年身上多停留了一会。穿着半边肩甲的年轻护卫，牛皮缚带的镂空处，露出几截腹肌，块垒分明，像一板棕色的硬巧克力，惹得人想去咬一口。

她下意识地舔了下嘴唇，“听说给王子暖床的那个来路不明的下流女人失踪了。贱人倒是机灵。否则我早晚找个法子把她的腿给砍了。如果我有这样一双腿，会不会有更多的姿势可以尝试？”

公主摇摆着身体，再次经过红发护卫的面前，忽然一个踉跄，朝护卫跌了过去。少年局促地扶住她，不知所措。

她凑到护卫的耳边低语：“我有点血糖低，不如你扶我去休息一下，吃块巧克力。”

盛大的宴会还在继续，香槟一桶接一桶地被送进来，少女们把舞鞋的缎带都跳断了，浪人歌手把世界上所有的情歌唱了一遍又一遍。所有人都很快乐，每个人都希望香槟可以永远不要喝完，音乐可以永远别停下来。哦不，并不是所有人，有一个人除外——公主的父亲，邻国的国王。

国王端坐在猩红丝绒的高椅上，灰白的鬓角连着一丝不苟的短须，不怒自威。频频有人过来向他敬酒，他从容地回礼，熟练地吐出应酬之辞。只有不断轻轻敲击酒杯的食指，暴露了他无法抑制的焦躁。他第九十九次偷偷瞟向墙上的挂钟，满心只有一个念头，宴会到底什么时候结束？他想立刻赶回寝宫，去见那个女人。

昨天一早打开房门，看到那个女人浑身湿漉漉地躺在走廊上，确实把他吓了一跳。自从公主的母亲去世之后，他的寝宫就再也没出现过其他女人。

也许是被前皇后管教太严的后遗症吧，搓衣板、擀面杖那些家法烧掉简单，但几十年养成的习惯总是没那么快能改的。

作为一个入赘女婿，虽然他是皇后自己挑选的对象，但后者却始终不相信他爱自己，用了一生来证明“你看，他果然不爱我”。她怀疑他身边出现的每个女人，怀疑他说的每句话，每个眼神，努力想从中找出他背叛自己的蛛丝马迹，然后因为没有找到任何证据而愤怒，而责罚他。

尽管如此，他又有什么可不满的呢？至少皇后有一点说得没错，要不是娶了她，他怎么可能当上国王？连他们的女儿都认为，在这场婚姻里，他占了天大的便宜，连带下辈子为皇后守节都不够。

可是出现在他门口的年轻女人，她看起来是那么的柔弱无助。火红的长发绵软无力地遮挡在她雪白的胸前，伴随着她微弱的呼吸，小心翼翼地起伏着，像一只受惊的小兔子。当她睁开眼睛，她的眼睛比大海里最珍贵的蓝宝石还要更深邃。哦，还有那双腿，深夜绽放在月光下的第一朵娇嫩的玉兰花，也比不上那双雪白纤细的腿。

国王想起了自己的初恋，一个有着露水般清澈眼睛的纺织女。某个晚上，在一株玉兰花的掩护下，女孩羞涩地向他开口表白。

看来他果然是老了，人越老就越容易记得那些无关紧要的小事。他前半生从未想起过这个晚上，连做梦都不曾梦到过这个女孩，但是现在，他却已经老到可以精细地回忆起每一个细节，记得那天晚上玉兰花的香味，记得当他说自己要娶别人的时候，女孩的眼泪落在自己手背上的温热。

“不，我还不老！上天给了我第二次机会，就是最好的证明。我今晚就应该向她求婚！”国王攥紧手里的酒杯，如同攥住的是女人纤细嫩滑的手腕，“没有任何人可以阻止我！阻止我追求真爱！没有人！”

他额头绯红，大口吸气，源源不断生出的勇气让他软弱的心脏难以负荷，再多一点，他恐怕就要为这超越世俗的爱情感动得落下泪来。

国王寝宫里，羸弱的少女靠在窗前，溪流般的红发从她裸露在外的雪白肩头，顺着胸口，一直柔顺地蔓延到脚背，中间经过修长笔直的双腿，它们在天青色的软烟萝纱裙中若隐若现。

少女在看天上的月亮，今晚的月亮格外明亮，一丝阴霾都没有。和一年前海上大风暴的那一晚截然不同，那一晚的月亮晦涩如一抹鬼魂。

就是在那一晚，她第一次遇见那个男人。他在女孩每天散步必经的路上丑陋地扭曲挣扎着，她一时看不过眼就救了他。之后她不小心被性情古怪的海巫欺骗，喝下变身药水，被迫浮上岸，再也无法重回大海。

幸好她虽然失去了声音和鱼尾，却仍旧美丽，还多了一双迷人的腿。她知道自己哪个角度看起来最楚楚可怜，懂得如何连摔倒也是美的，眼中瞬间浮起水光却还倔强地不落下来——这技巧，她三岁就会了，否则怎么在各种妩媚多娇的人鱼圈里存活下来。

本以为这男人是一国的王子，会是个不错的靠山，没想到他表面好华彩，里头却满是虫蛀的窟窿，和他住的那个城堡一样。穷就罢了，还是个没见过世面的穷鬼，不过几车金子，就把他的心肠看硬了，腿看软了，对着她玩“你谁啊”的失忆游戏，恨不得一路爬去邻国公主的脚下。

“等他来拜见公主的‘后妈’，还能不能挂住那张看陌生人的表情？”她嘲弄地丢着国王送给自己的夜明珠，一上一下，听着两颗珠子相撞的珠贝清响，一闪而过的寒光就像那把她从海妖那里求来的匕首。

前一晚，她握着匕首走进邻国公主的寝宫，原本是打算朝着那负心人的心头一刀扎下去，直到让他的鲜血淹没自己的双腿。但她却惊讶地发现，和公主一起躺在床上的那个男人，并不是王子，而是一个陌生的长着鹰钩鼻的壮硕肌肉男。

在床头静静地站了一会，她嘴角微微上扬，丢掉匕首，走出门。

“亲爱的王子，再见了！这就算是我送给你的新婚礼物。”

黎明的曙光在她的身上投射出点点光影，仿佛许多五彩斑斓的泡泡。

周二

真相确实只有一个，就是你希望它是的那一个。

所有的爱情都如出一辙

家明坐在储藏室改的逼仄小书房里，背靠着面皮有些剥落的白墙，直勾勾盯着面前的电脑屏幕出神。

太太玫瑰拉开房门，用小托盘托着一只印花玻璃杯走进来，“老公，喝点枸杞水再工作，养肝明目的。”

结婚五年，玫瑰看家明的眼神依然如同热恋时那样闪亮专注，洋溢着无法掩饰的崇拜，仿佛自己的爱人正在电脑上敲下的每个字母，都是足以改变宇宙大爆炸的伟大程序。她决不允许任何琐碎家务事打扰了这份伟大——哪怕事实上，家明只不过是在一个只有 50 人的小公司里当网络管理员。

年初的时候，玫瑰为家明买了一份人寿险。“等再过 30 年，我们就能拿这笔养老金去环球旅行，做一对世界上最酷的老爷爷和老奶奶。”玫瑰常常会想像他们老了之后的样子，比如把对方的白头发收集起来做成蒲公英插花，去鬼屋装心脏病发作吓唬鬼，在酒吧里大声 Rap《夕阳红》震懵周围的年轻人。

玫瑰老了也一定是个最可爱的老太太。想到自己可能看不到了，家明有些遗憾。

但这点遗憾忍忍就过去了，他更害怕面对自己的无能。这直接导致的痛苦结论是，自己根本不配拥有一个这么可爱的太太。

老板跑路，家明已经失业六个月。

六个月，185天，4440小时，266400分钟，在这漫长的时间里，世界上有多少美好的事情会发生，多少梦想在实现，多少希望能成真？然而其中却不包括家明的。他唯一能做的事，就是日日夜夜坐在小书房里，背靠着白墙，盯着电脑屏幕。仿佛那是一个许愿台，只要他一直盯下去，就会出现神迹，比如一封面试邮件。

当然玫瑰从来没有流露出任何悲伤、不满或者焦虑，呃，也许在聊起她爸爸的心脏时，有那么几十秒，她比平时略微焦虑了一点，但真的就只有一点。玫瑰说，医生让爸爸先住院观察，情况不好的话就得做一个搭桥手术。如果要做手术，手术费大概需要两万。然后她就立刻体贴地抱怨起了自己的体重，“再这么吃下去，再过三十年，我要是变成个胖老太婆，爬不动雪山怎么办？老公，到时候，你会背我吗？”

“嗯，当然要背。”家明配合地点头，不动声色地焦虑着，两万啊。表姨的儿子打算出国留学，等着用钱，连打了三个电话问家明，他买房时借的三万到底什么时候才能还。

“枸杞水记得要喝哦。”

目送妻子故作轻快地哼着小曲走了出去，随手带上了房门。家明重新把视线定在电脑屏幕上，“叮”的一声，一封新邮件从列表顶端轻巧地弹了出来。

家明看着新邮件，这次他是真的调动面部肌肉，完成了一个实在的微笑；同时，又对自己即将要结束这长久的期待，感到有一点不舍。就像小学生从上学第一天就开始期待要去春游一样，熬啊等啊，终于在春游的前一天，兴奋累积到了极点，但隐隐又忍不住失落。

新邮件的发件人，显示是“朋友某”。

显然，这并不是一封面试邮件，更不可能是一封录用邮件。但却是家明等待了很久的邮件。

家明失业后，除了不停在网上找工作、投简历，也常去一个线上桥牌游戏里杀时间，用游戏填塞等待回信的绝望，以及治疗失眠。他就是在这个游戏里认识“朋友某”的。他们搭档玩过几次牌，渐渐说两句话，然后越聊越多。向一个陌生人承认自己无能，找不到工作，靠老婆养，所有的不光彩在网络的屏蔽下，不仅变得没那么难以启齿，甚至还有种“炫惨”的变态快感。

论比惨，家明还输给“朋友某”了呢。“朋友某”白天在街上摆地摊，晚上就住在网吧里——因为比钟点房便宜。他之前炒股炒到卖了房子，丢了工作，欠了 20 万，讨债的人天天躺在他父母家门口。“朋友某”反反复复地哀叹：“唉，如果我死了就能有钱还上这笔债的话，我早就去死了。”

“如果我死了就有钱的话”，家明也不记得自己到底是在哪个时候，忽然对这句话产生了格外的关注。但是一个可怕的念头已经缠上了他。

“如果我死了就有钱的话”，去掉“如果”，就是真的。家明意外死掉的话，真的可以有钱拿的——那100万的寿险理赔费。

如果有了这100万，玫瑰是不是就能无忧无虑地，顺利变成世界上最可爱的老太太了呢？

前一个“如果”，家明迅速就得到了答案。后一个“如果”，他稍微多花了点时间，但也得到了答案。两个答案都是，肯定。

好了，那么剩下的唯一难题就是，他该怎么死？

自杀是百分百不会赔钱的。

而遗憾的是，家明很健康，他的身体真是一点也不像个程序员，否则保险公司也不会签下那么大金额的保单。

期望自己可以忽然生一场怪病一命呜呼？基本上可能性比他找到工作还要低。

于是，家明貌似只有一个选择：制造一个绝对看不出破绽的意外死亡。

所以当有一天“朋友某”在游戏室里给家明发了一条私

信：“有没有可能，我们互相帮助一下？”家明居然立刻就明白了对方的意思，他需要帮的是什么忙。“朋友某”也买了一份意外险。

家明答应了。

在两人商定互帮互助计划的最后一封往来邮件里，家明第一次看到了“朋友某”的样子。他发来的照片里是一个约莫 30 岁出头的长脸汉子，板寸头发尾根根直立，右边眉毛上有颗痣，显得脾气有点坏。

还是长了痣的好，不容易认错。家明不禁看了眼镜子里的自己，有些懊恼。希望看到自己的照片时，“朋友某”不会觉得他的脸太单调了，没什么特点，以致认不出来。

要是自己能早点想到这个问题的话，哪怕去染个头发也行啊。家明下意识地摸了摸自己的头，他的头发异常柔软，分成几缕，绵绵地贴在头皮上，塌塌的没有型。这种发质最吃亏的就是，刚洗完头都像一礼拜没洗过似的油腻腻。每次他放弃地闷头倒在沙发上，玫瑰总会过来轻轻抚摸着他的头，安慰说：“头发软的人，心肠也最软。我就喜欢油头。”

镜子里，家明的眼神变得柔软。他叹了口气，但是现在来不及去染了。不出意外的话，明天他和“朋友某”，他们两人中至少有一个能顺利死掉。

傍晚六点的南区商业街十字路口，车很多，店铺很多，小贩很多，下班的白领很多，路人更多——这意味着，能为即将发生的意外作证的证人也会很多。

家明提着一塑料袋苹果站在路边，苹果是他在身后的水果超市里买的——应该没有人会刚买完水果就立刻去寻死的。攥着红色袋子的手心里汗津津的，他只用了三秒钟就找到了“朋友某”——30岁出头，长脸，板寸头发尾根根直立，右边眉毛上有颗痣。

对方距离他大约十米，正蹲在一个卖手机壳的地摊后面，两只手各举着一个五颜六色的手机壳，皱着眉，焦虑地看着经过的每一个路人，满头的汗。

他的目光扫过家明的时候，明显停顿了一下，他看到家明朝自己勉强摆出了一个诡异的笑容，轻轻点了点头。于是他也跟着露出一个古怪的更像哭的表情，冲着家明点了点头，似乎那一下，连他粗声吆喝的声音都跟着抖动了一下。

家明回头，假装不经意地瞄了一眼超市门口，那里有一个监控摄像头。闭了闭眼睛，他咬紧后槽牙支撑着自己，浑身血液都在皮肤里以百米冲刺的速度奔腾着，好似在寻找一个出口。

就像计划好的那样，家明往前迈了几步，然后跌跌撞撞地向手机壳摊子冲了过去，毫无意外地大力踩上了其中的几个，劣质的手机壳在他脚下发出骨骼碎裂的哀鸣。

“朋友某”先是一呆，立刻反应过来，暴怒地跳了起来，大手一伸，揪住了家明的衣领，两片干燥而厚实的嘴唇里发出一连串谩骂，右眉毛上的那颗痣仿佛都涨大了两圈。

家明口中喃喃地解释着，但每个句子都在嘴里团成糨糊。他有意无意地用胳膊肘朝着“朋友某”的肋下狠狠撞了过去，两个男人肢体纠缠在一起。

围观的人越来越多，有人在笑骂，有人在拍照，有女人在尖叫着报警，但没有人敢上前阻止，人群把两人隔离在一个密封的圈子里。

是时候了，家明努力回想着邮件里的文字：“……这时，我们俩同时出刀，用力刺向对方的胸口……”

他挣扎着扑向早就掉在地上的塑料袋，从一堆苹果中间摸出一柄水果刀。看到锋利的刀刃，“朋友某”本能瑟缩后退了一步，但随即大声咒骂了一句，冲着刀口坚定地迎了上去……

后来那个以过失杀人罪被逮捕的无证小贩是这样向警察哭诉的，自己当时只是想夺过那个男人手里的刀，“那男的真的是自己撞到刀上的……这他妈就是个疯子！在场那么多人都看到了，他倒下去的时候还在说什么：‘你没拔刀……’老子对天发誓，我之前真的从来没见过他，我根本不认识他啊。”

一个月后，玫瑰收到保险公司理赔的 100 万。

她把房子卖了，工作辞了，只身去了尼泊尔雪山。这是她和家明曾经计划退休后要一起去旅行的地方。

又过了两个月，玫瑰跟一个据说是在雪山上认识的男人闪婚，跟男人一起回了老家，摆了一百桌的酒席。

除了自己父母和几个近亲，她没有请任何原来的朋友、同事。玫瑰似乎是打算忘记所有跟家明相关的一切，在一个新城市重新开始生活。

婚礼上的玫瑰，裹在一袭绣着银色龙凤的香槟色旗袍里，透着安静的吉祥，看不出一丝阴霾，无忧无虑，娇俏可爱，就像家明希望的那样。

她小鸟依人地跟在高大的新郎身边。新郎看上去比玫瑰小几岁，帅气阳光，肌肤是健康的小麦色，一笑就露出一口白牙，头发是自然卷的沙发，硬而有型。

他们不断对前来道贺的客人点头，微笑、拍照、合影。

新郎抽空亲昵地附在玫瑰耳朵旁，说着悄悄话："确定所有对话纪录、邮件都删除了？"

玫瑰甜蜜地看着镜头微笑，口唇不动地侧头低语："当然。你是怎么找到那个小贩的？"

"很容易，他每天晚上都在那个路口摆地摊，有把力气，而且脾气暴躁，我看到有人因为看了几个手机壳没买，他都差点把对方揍了一顿。更别说踩坏他的摊了。”新郎爽朗地笑出声，又低头咬着玫瑰的耳朵呵气：“不过，你有没有想过，万一是家明错手把对方给杀了呢？”

“他就算不死也得坐牢，”玫瑰嫌弃地撇撇嘴，“比起钱，我更想摆脱这个没用的男人，无论过程怎样，结果都一样。”

两人嬉笑打趣，耳鬓厮磨。所有人都赞叹着，果然是一对璧人。

玫瑰的小姨和姨父也过来跟他们拍照。趁小姨和新郎说话的工夫，在银行工作的姨父悄悄把玫瑰拉到一边，从口袋里掏出一个信封递给她，“这是四个月前，家明托我放在银行保险柜里保管的。他说万一自己出了意外，如果你一年后才再婚，就把这信销毁；但如果你一年内就再婚了，就交给你。”

姨夫看着玫瑰瞬间凝重的表情，有点后悔自己是不是不该在婚礼上把信拿出来，他安慰着：“家明会希望看到你幸福的，他肯定不会介意你再婚。”

玫瑰匆匆躲进洗手间，打开信，是家明的笔迹：

“给我最亲爱的小傻瓜：你可能忘了一件事，你老公可是一个网管，怎么会查不出‘朋友某’的IP地址就是我们家小区的网吧呢？每次我跟‘朋友某’在线聊天的时候，你都会‘正好’不在家。所以，我查过了你的电脑和手机记录。

“但如果这是你的心愿的话，我愿意配合你的计划。因为我爱你。而我的心愿是，你将会一辈子永远记住我。我想，我的心愿也实现了，是吗？”

周二

所谓真爱，不过就是我愿意让你利用我的傻罢了。

装醒的人

司徒太太今天晚上要跟踪司徒先生，去抓奸。

当一个男人忽然一反常态地对老婆特别好，先别急着高兴，如果他不是得了绝症，那一定是做了什么对不起老婆的事。

简单地说，无事献殷勤，非奸即盗。翻译成古文，是不是觉得更有道理了？

其实司徒先生劈腿已经很多年，不过司徒太太之所以还能忍受，因为小三是司徒先生的“工作”。

别的上班族是朝九晚五，司徒先生是朝五晚九，他下班回家的时间要么是晚上九点，要么是早上五点。活了35年，他基本不知道假日长什么样，父母病危、夫人小产、自己摔断腿都不能成为他不上班的理由，就连结婚，他都只请了半天假。

只有一种情况能够阻止他——来自大自然的不可抗力，台风或地震。一旦他不得不连续两天以上待在家休息，就如同患上相思病，长吁短叹，整个人都不好了。

如果问司徒先生，世界末日前一天他最想做什么?

你以为他会说：想在办公室加班吗?

是的，没错。

问题是，要怎么跟一个没有实体，都称不上是东西的东西抢男人呢?

所以司徒太太郁闷归郁闷，也只能自我安慰，热爱工作总比热爱女人好一点吧。

于是当这样一个变态工作狂忽然启动每晚 6 点准时回家吃饭模式，并且周六周日居然一天都不加班了，如果不是他被公司开除，那就实在是相当诡异。

然而司徒太太还来不及消化，每天睡觉前、起床后，都能近距离观赏自己老公的大脸这个事实，司徒先生已经进一步做出了更惊悚的行为——每晚给太太热一杯睡前牛奶。

What the fu ＊ k ?

这是一个结婚 7 年，连自己的洗脸毛巾颜色都记不清、以为厕纸用完会自己长出来的男人能干出来的么?

接着可怕的最后一击终于来了——吃早餐的时候，司徒先生夸奖了太太指甲油的颜色。

司徒太太觉得自己大概一辈子都无法忘记司徒先生说这话时，脸上的表情，比她还要更尴尬的尴尬。就是小时候正上着课，你忽然非常想拉肚子但又被老师点名，站起来回答问题，结果一不小心没憋住崩了一点屎出来，被全班注视的时候，那种发自原始羞耻感的尴尬。

如果是两个月之前，司徒太太敢用自己全部的名牌包打赌，就算她在头上套个马头坐在先生旁边，后者照样看完报纸上班，丝毫不会发现有什么不对。

也正是从两个月前开始，司徒先生提出，要独自在书房睡，理由是他的家族遗传性鼻炎发作，担心每晚在太太耳边发出垂死挣扎式的呼吸声太吓人，总怕把太太吵醒就更不好了。

哼哼！呼、吸、声、太、大！敢不敢找个再作死一点的理由？司徒太太敢再压上自己所有的名牌化妆品打赌，这百分百是为了方便半夜偷偷溜出去和别的女人私会的借口。

为什么每天早上看到自己，司徒先生都要演出一遍惊慌过度的殷勤戏码？为什么他的黑眼圈越来越明显，简直就像用油性笔画在了脸上一样？为什么书房的床单上一点被睡过的褶皱都没有？

虽然司徒太太没看过《名侦探柯南》，可她看过的婆婆妈妈电视剧连起来大概也能绕赤道半圈了——那些司徒先生不在家的日子，她回到家的第一件事就是打开电视机，假装屋子里不是只有自己一个人。

如果说婆妈剧教会了司徒太太一件事，那就是，掌握证据的重要性。

想到晚上要去跟踪，司徒太太一整天都既亢奋又恍惚。脑子里走马灯似的不断换着版本演了好几出连续剧。万一司徒先生不承认怎么办？万一司徒先生哭着求原谅，到底要不要原谅？万一小三长得比自己好看该多让人生气，万一她长得丑那就更生气了。万一对方是个男的……呃，这应该不可能会发生，司徒太太还是能理性分析的。

也许是已经模拟了千万遍，也许是有了几百集电视剧垫底，随着跟踪时刻越来越接近，司徒太太反倒越来越放松。

临睡前，司徒先生照例又端来了温牛奶，用棉花糖一样柔软的眼神叮嘱太太一定要喝完。他调整了空调的温度，又仔细检查了一遍加湿器，像一个曾做过一万次的丈夫那样体贴自然，如果这些动作的背后没有其他含义的话，司徒太太一定会以为自己多年的祈祷，上帝佛祖安拉终于有一个听到了。

目送着丈夫走进书房，关上房门，司徒太太感到从未有过的平静，内心坦荡得如同一千只草泥马奔跑踩踏后的草坪。她打开窗户，将牛奶倒在楼下的灌木丛里。

再次听到书房门被打开的声音时，司徒太太躺在床上一动也没动，呼吸频率也丝毫没有变化，只是微微睁开眼，看了看表：凌晨 2 点。然后司徒先生就走进了卧室。

司徒先生光着脚慢慢挪了进来，小心翼翼地打开衣柜，换下家居服。让司徒太太有点意外的是，他居然选了那套只在婚礼上穿过一次的黑色燕尾服三件套——都入伏了，他也不嫌热，半夜私会需要这么隆重么。像她都要去跟踪人的，也只打算穿着家居服就够了。

司徒先生把三件套西服从内到外一件件穿上，又一个一个地系好纽扣、领结，抹平袖子上的褶皱，他的目光专注、凝重，不像要去会情人，倒像是要去参加葬礼。

始终保持着 20 米左右的安全距离，司徒太太跟在先生后面，一起下了楼，穿过小区的中央广场。司徒太太以前从来没有在这个时间出过门，她惊讶地发现，原来当她睡着的时候，城市其实还醒着。

社区广场上甚至还有点热闹。两个光着上身的中年男人在默默下着象棋，只是啪啪落子，一言不发，像两个中年机器人。有个胖子嘴里念念有词地围着石墩子在转圈圈，不知道是在运动减肥，还是练了什么邪功。还有个翘着腿在拉二胡的老头，荒腔走板，听不出拉的是什么曲子，只觉得每个音符都凄惨荒凉。他自己也不在意，目光灼灼地盯牢司徒太太，梭子形状的光头晃得像中了风一样。大概是这几天变热了，睡不着出来乘凉的人也多了。

太太尾随着先生，司徒夫妇一前一后走上了外头的大马路。路上倒是没什么车子，但不时也会和几个黑魆魆的人影擦肩而过。一个瘦和尚挽着一个胖道士的胳膊衣袂飘飘地在马路上疾步竞走，经过司徒太太身边的时候，她想着，说出去别人一定觉得她在说谎吧，凌晨2点的马路上不可能会这么精彩。真庆幸，还好她举着手机，一直都在录着像呢。

有图为证，也不会有人质疑，在马路边洗头的人也是司徒太太编造的了。那个穿着睡衣，站在灌木丛前洗头发的小个子女人，她专注地揉着满头的白色泡沫，仿佛那是世界上唯一要紧的事。

司徒太太开始有点不那么确定自己的丈夫是真的要去见女人了。毕竟深夜惊奇，也许司徒先生也只是深夜活动爱好小组的成员之一而已。又或者，梦游？这个不大使用的科学名词忽地窜进司徒太太脑子里，强大得几乎快要把刻在大脑皮层里的“某个不知姓名长相的小三”这个词给替换了。

不过三分钟之后，她就后悔了，自己确实应该要更相信司徒先生的，他果然是个人渣。在她前方50米的中心公园门口，路灯下，站着一个女人。

女人背着光，看不清楚面容年纪，只分辨得出她中等身材，长发，戴着宽檐草帽，一袭轻飘飘的裙子长度到了膝盖下，光腿穿着夹脚凉鞋，仿佛刚从海滩边度假归来。

司徒先生跟这女人彼此点了一下头，互相都没有开口招呼，就一起并肩走进了公园。公园里路灯昏黄，他们行走在黑影斑驳的石子路上，手牵着手，一路走到路尽头的八角凉亭里，在木头做的围栏长椅上双双坐了下来。

即将被白日吞没散去的月光还在做最后的努力，硬撑着懒懒落在两人的头顶。他们身后簇拥着一团模糊的树木和花丛。这画面其实还挺 1980 年代 MTV 风的，如果忽略其中的男主角是自己老公的话。司徒太太看着手机屏幕里文艺片般纯情的剪影，感动得都要哭了。

“昨晚你去见的那个女人，你们看上去还挺般配。”

早餐的时候，吃完第二片土司，司徒太太抛出了这句准备了一夜的台词，很满意自己经过多次练习后的淡定效果。

只可惜并没有得到她预想中的激烈反应。司徒先生仍旧用那种便秘似的尴尬表情盯着她，不发一言。

这看了两个月的尴尬表情瞬间点燃了司徒太太，“行了，别装无辜了。老实告诉你，我昨晚跟踪了你们。”

司徒先生还是保持沉默。

“真的要我拿出昨晚拍的视频吗？一定要搞得这么难堪吗？”司徒太太觉得自己的耐心正在离家出走。

当她伸手去摸手机时，司徒先生终于开口了，“好吧。在看视频之前，你先听我说完。”他仍旧在犹豫，“无论接下来，你听到我说了什么，都不要打断。还有，你一定要记得，”他不自在地吸了口气才红着脸说出口：“我是爱你的。”

看来自己以为他能有点新意还真的是太乐观了，结果到最后，每个男人都一样老套。司徒太太遗憾地在心里冷笑。

司徒先生继续说，“没有女人，真相就是从来都没有别的女人。”他看到太太想要插话，举手阻止她：“两个多月前，准确的说是 86 天之前，那是个礼拜三，那天我跟平常一样半夜 1 点才到的家，你已经睡着了。凌晨 2 点的时候，事情发生了。”

司徒先生陷入回忆，“迷糊中，我感觉你起了床。开始我以为你只是去厕所，可是等了半天，你都没有再回来。我因为有点口渴想喝水，所以也起来了。然后，我就看见……”

他停顿了一下，“我看见，你正站在衣柜前换衣物。你脱下睡衣，换上了我们婚礼上，你穿的那套白色小婚纱。我叫了你两声，但你都没反应，径直打开大门走了出去。我顾不上别的，也赶紧跟着你一起出去。

我跟在你的后头，穿过社区广场，转过小区前面那条大马路，转向中心公园。一直到这个时候，我才终于可以确定，你，是在梦游。”

司徒先生看着太太，后者不知所措地瞪着他，像看见鬼一样。

他接着说：“我看着你在公园的石子路上慢慢地走，一直走到凉亭里，然后在椅子上坐了很久。回家之后，你又把婚纱放回原处，回到床上继续睡觉。早上起来，你完全不记得任何夜里的事。

我不知道那天是不是你第一次梦游，或许之前我不在家的时候，你就已经开始了。从我留意之后，发现你每个礼拜三的凌晨2点都会出去，接着周五也开始出去，然后是周六。每次起床的时间，行走的路线，做的事情都一模一样。”

司徒先生自责地低下头，“都怪我平时没多留心你。我去找过医生，他说梦游症患者绝对不能刺激，让我千万别叫醒你，也不要告诉你这件事。医生说，突发性梦游，通常都是由于现实中有太多无法发泄、找不到疏通的情绪郁结。只能靠多花点时间，让现实中的你得到满足，平衡压力，慢慢摆脱这种心理暗示。”

司徒太太觉得自己的先生一定是疯了，她激动地咆哮：“你在说什么鬼话！凌晨2点出门的人明明就是你。还做了那些怪事，见了那个女人。你劈腿就劈腿，骗人也要编得像样一点。”仿佛听到了这辈子最荒谬的话，她从来都没这么生气过。冷静，她需要冷静。

司徒太太平复了一下情绪，“好吧，退一步说，就算是梦游吧，也是你在梦游，你甚至还去跟别的女人一起梦游。对了，视频，我拍了视频的。”想起还有这个有力证据，她慌忙打开手机视频。

屏幕里的画面无声地晃动着，先是出现了如同死城一般空荡荡的小区，广场上空无一人，没有下棋的机器人，没有神叨叨的胖子，没有拉二胡的老头。接着画面转到马路上，沿着人行道只有一溜修剪整齐的灌木丛和树叶的阴影，没有和尚，没有道士，更没有洗头发的小个子女人。然后镜头切进了公园，明亮到刺眼的月光直楞楞地暴晒在光秃秃的石子路上，最后的画面安静地定格在凉亭的长椅上，没有女人，没有男人，没有声音，除了假山和树，什么也没有。

反反复复打开，快进，确认视频，司徒太太瞬间头皮发麻，一股凉意从尾椎骨猛地窜了上来，身体忍不住发颤，“怎么可能什么都没有？这不可能的。”她抬头看着自己的先生，求助地，“我不可能会梦游。是你在梦游。不对，是你出轨。你在骗我。”

把手机从太太手里拿走，司徒先生低声说：“后来我终于记起来了，这公园就是我们第一次约会的地方，你一直坐在我们第一次接吻时坐的椅子上。我猜，你大概是想回到我们最幸福的时候。”

周二

有时你得假装醒了，另一些时候你又得假装睡着，都是为了不给世界添麻烦。

上帝保佑还没有睡着的人，保佑他们有一个清醒的不犯错的明天。

阳台上的女人

“你老实告诉我，这房子一定是哪里有问题吧？否则租金会低到像做慈善？难道……”

劳勃也不知道人们为什么一提到这种事就必然会像接受过统一培训似的鬼祟，旁边又没有摄像机在跟拍；但他又不好意思偏自己不那么做，四下瞟了几眼，弓下脖子，他压低了声音说：“不会……是死过人吧？”

这套位于小高层 13 楼的 44 平米的一室一厅，虽然地段略靠近乡郊野外，但小区门口就有地铁站可以直达市中心，而且家具电器样样齐全，以现在的市价，正常租金无论如何也不可能低于 1500。但地产中介却告诉他，房东开出的租金是一个月 1000 块。劳勃一听就瞬间“我运气不可能这么好”模式全开，他总觉得，如果能找到一个合理但又不致命的 bug，这小便宜占起来也就能更安心了。

“还是说——这里闹鬼？哈哈……”劳勃觉得自己这招半虚半实的试探用得不错。

接待了一天客户的地产中介，因为疲惫，脸上的褶子松垮得好像沙皮狗，感觉随时能倒下睡着，他毫不掩饰地冲着劳勃的脸打了个完整的哈欠，条件反射地抛出熟练的公式化答非所问：“劳先生，房东的报价呢就是这样，如果满意的话，小李我建议您现在就定下来，这套房目前可是相当抢手呢。呵呵。”

人生中第一次租房的劳勃，依照从网上搜索来的看房经验帖，是必须要故作老练一番的。他继续在房间里东看看，西摸摸，敲敲墙壁，又啧啧摇个两下头，然后踱步到与客厅以一面推拉玻璃门相连的阳台上。

原本的半开放式阳台被房主用海蓝色的遮光玻璃窗整体封了一圈，还挂着两幅对开的蓝色丝绒窗帘，严密扎实得水泼不进。

劳勃没有打开窗，甚至没动手拉窗帘，只是就着两幅窗帘合流处那一线指缝的光亮，向外窥视着。

这个小区不算新，建筑规划上老实说不太合理，楼排列得较密，楼与楼之间最多也就相隔二三十米。站在阳台上，都不用望远镜，光凭肉眼，就能从对面楼的窗户直接望穿房间里的布局，如果对方没有拉上窗帘的话。难怪这个房东对自家的阳台要全副武装、严防走光——相对的，对面看过来也是一览无余。

于是很自然的，劳勃第一眼注意到的，就是对面那栋楼里同样也是 13 楼，跟自己在同一水平位置上的另一个阳台。

当然，也因为那整栋楼里只有这一户没有封阳台，而是向四面八方裸体开放着。

一个穿着白色即臀长衬衫，光着两条大白腿的年轻女人此时就站在阳台正中央，迎风撩拨着一头乌黑柔软的长发。尽管她的脸被头发遮住了三分之二，难辨五官，但那娴熟和自信的身体无不仿佛在向世界宣布：她已经掌握了100种撩动头发的方法，并且只要你一个肯定的眼神，她就可以为你一人，一种一种地撩到天荒地老。

“这房子我租了！”

很多年后，劳勃都还记得自己当时铿锵有力的豪气。

作为一个坚决不主张浪费的环保主义者，欣赏对面的阳台，就成了他每天的固定动作。一个努力的人做任何事情总是都能迅速找到成功的窍门，劳勃住进来没多久就总结出了一些规律。

这个风姿卓越的女人差不多每隔3到4天，最长不超过6天，必定会出现在阳台上一次，并且一待就至少10分钟。她最常在下午2点和凌晨4点这两个时间节点附近出现，上下波动不超过20分钟。劳勃猜测，对方从事娱乐行业、自由职业或媒体行业的可能性很高。

但很快他就推翻了自己。因为出现在对面阳台上的女人，其实并不止一个。

劳勃是绝对不会接受诸如“可是你其实也并没有看清过

每个女人的长相”这类对他偷窥专业性的刻薄质疑的。请问，有哪个女人会每隔几天就换一次发型——包括头发的长短、质地和颜色；或者是洗脑重启了一整套衣着品味、爱好和气质？

她时而是一个像把世界上所有花朵尸体都穿在了身上一样的森女，勤劳地与阳台上的几盆垂死多肉盆栽搏斗着。

时而她又成了乌发乌眉乌眼乌唇，像吃了变质小朋友后产生中毒症状的朋克少女；同时还患上了多动症晚期，全身抽搐地徒手在空气中弹着电吉他。

有时她宛如A片里的巨乳黑丝眼镜娘OFFICE LADY，感觉随时扒开白衬衣就会露出底下的红色皮鞭和粉红豹纹手铐。

但是忽然有一天，她就被苦大仇深的愤青附体，素面朝天地捧着一本《百年孤独》泪流满面。

……

难道对面这间屋子是有好几个女人在合租着？如果真是这样，奇怪的是，阳台上每次，都只会出现一个女人。

劳勃如被僵尸咬到喉咙一般地，迅猛粗暴地被对面阳台上的女人们俘虏了。他几乎每次都是在一种朝圣般的虔诚、卑微和小心翼翼中完成偷窥。

他坐在椅子上，从女人现身那一刻开始，便如同被点了穴似的，形同木雕，纹丝不动。仿佛业已入定，与世隔绝，他的生命中只剩下对面的这个阳台，这个女人。此时你若是喊他，他定是听不见的；甚至如果地震了，他可能都会选择和这个阳台一同陷入废墟。他几乎连眼皮都不舍得眨一下。因为他知道，他最多只有 10 分钟。

他只能从这 10 分钟里的影像里，补充完整这个女人的生活，填满其他的情节和画面。他想像着，她可能是刚刚跑完步回来，轻轻呼出热气，胸脯跟着喘息的节奏上下起伏，汗水浸湿了她的头发，从高高扎起的马尾发梢上滴落在她的紧身运动衣上。她匆匆在浴室里洗了一个澡，随意地裹上睡衣，站在阳台上吹干头发。

他想像着，她可能正在追看一部韩剧，为剧中男女主角爱却不能在一起，一边吃着薯片，一边哭得鼻子通红，像个小白兔，然后在沙发上丢满纸巾，光着脚踢开地板上的衣服，跑到阳台上来转换心情。

他想象着，她又一次忍耐不住地叫了小龙虾来当宵夜，然后一边咂着每根雪白纤细的手指，一边恨恨地叫嚷着要开始减肥，然后冲到阳台上来跳操。

他不知道自己的想象到底对不对，因为他只有 10 分钟，一秒都不能浪费。而他只能依靠这 10 分钟，一直支撑到这个女人的下一次出现。

想象不断在积累填充，劳勃越不满足于只能停留在想象里。他不可抑制地想要知道真相。对面阳台上的女人到底是一部性感的文艺电影、青春爱情片，或者只是一出奋斗题材的女人励志剧？

终于有一天，因为厕所马桶坏了，地产中介找了人来修。在水管工一通哐当乱砸的时候，劳勃忍不住厚着脸皮问了中介，“对面楼跟我同一层的那套房，里面住的那几个年轻女人，到底是什么来头啊？”

中介依然是一副睡眠不足的样子，他用力揉了揉黑眼圈，一边叮嘱水管工轻点砸，一边随口应付着劳勃：“据我所知，对面那栋楼里除了情侣，一家三五口、连老人带孩子的家庭型住客，一共就只有五套房住的是单身年轻人，巧的是，无论是租客还是房主，合租还是独住，每一户住的都是男人，没有一个女人。呵呵。”

那些年轻女人并不是住在那里的？这种可能性自己居然没有想到。劳勃感到深深的挫败感。也对，那么小的房子里，如果同时住了十几个女人的话，这也太扯了。

那么剩下唯一的，也是最大的可能，就是她们都只是某个男人一夜情的过客。

那样一切就都能解释得通了。为什么她们总是出现在下午和凌晨，为什么她们身上总是弥漫着充满挑逗的欲望，为什么她们品种不同——只是一夜情而已，还需要规定什么统一风格吗？这男人才是实至名归的集邮大师啊。

劳勃恨恨地哼了一声，那鼻音好像是在说：“人渣。”

劳勃失去了想象的动力，他无法去脑补这些女人和另一个陌生男人在床上翻滚的画面，也有可能是在沙发上，地板上，浴室里……不，stop！他拒绝想象。

这个沉重的打击让劳勃有好些天都没再靠近阳台一步。甚至在不得不经过对面那栋楼的时候，他也尽可能地忍住不再伸长脖子向上看。

每次和一种习惯分手，就像又要戒一次烟。更何况他是失恋，并且，还是和不止一个女人同时失恋。

为了分散注意力，劳勃开始去夜跑，他恢复了各种社交账号，把每个僵尸号都点击复活，花钱买了新游戏，主动要求留下来加班。

作为一个努力屏蔽生人，为了避免跟人说话，甚至连打电话叫外卖都不愿意的人，劳勃甚至在夜跑回来的时候，尝试了主动和楼下的保安聊天。

“别看我们这小区地方偏，到了半夜里可是热闹得很呦。”20岁出头的小保安沉不住气，总是在恪守职业素质和想炫耀自己知道很多秘密之间挣扎着。

劳勃意兴阑珊，“也没什么大不了的，不就是有人一夜情的频率比较高嘛。”

没有获得热情反馈的小保安急了，“啥一夜情，我们这秘密不少，可就是没这种事。”

“别掩饰了，13楼的嘛，我早知道了，就没封阳台那家呗，我还真想见见里面住的男人长什么样，换女人就像掉个头皮屑。”

“13 楼？男的？”小保安想了想，头摇得更坚定了，“那就更不可能了。那男人我知道，也不知道是干什么的，反正一个月都出不了一次门，这栋就他家快递最多，吃的也是顿顿叫外卖。除了外卖和快递，也没看过一个外人来找过他，更不要说美女了。要真有那么多外面的女人进进出出的，我怎么可能会不知道。”

“可是，我明明亲眼看到他家阳台上……”劳勃说了一半，猛地停顿，他想起了自己曾经对中介说过的话：

“这房子一定是哪里有问题吧？”

“不会，是死过人吧？”

“还是说——这里闹鬼！”

……

不知为什么，此时劳勃却并不觉得鬼是最可怕的真相，他甚至还有点希望，倒不如是鬼……

一切胡思乱想都必须扼杀在萌芽中，劳勃决定立刻上楼去，亲眼确认一下。当他连续敲了 5 分钟的门都没有人应答的时候，他的胡思乱想差点又要升级了。好在房门及时地打开了。

只打开三分之一的门内站着一个不到 30 岁的男人，中等个头，脑袋很小，头发古怪地贴在头皮上，身体也瘦，上半身赤裸着，再加上面色青白，活脱就是一根修炼成人形的针。他双眼的位置就像安了两个金鱼的腮帮子，里面的瞳孔是粉红色的。当他开口说话，嗓音如同用指甲在黑板上划过般尖细："你要干嘛？"

"呃，不好意思，我能不能看看你家的阳台？"

劳勃一路奔上来的途中早思忖好了，这事说来啰嗦，又有点难以启齿，反正自己已然是个不速之客，倒不如索性乘着这股莽性还在，直接闯上阳台看个究竟。

所以当门内的那男人如他所料的，刚起了个拒绝和逐客的架势，准备关门的时候，劳勃已经一边嚷嚷着："对不起，对不起，但这事真的很重要。"一边硬把自己粗壮的身躯挤进门缝，直接就要往阳台上冲。

可是当劳勃看到客厅里的景象时，身体就先石化了。

杂乱拥挤的客厅俨然就是一间服装仓库，那些他非常熟悉的即臀白衬衫、碎花连衣裙和铆钉夹克们被一件件妥帖地垂直挂在墙上，相配的假发和道具也挂在它们应该待着的位置上，虚软空洞地敞开着，看上去就像一具具肉身离家出走的皮囊。

劳勃这时才注意到，那个面露惊恐的男人头发之所以古怪，是因为他头上戴着一个黑色发网套。而他的下半身还裹着一条蓝白条纹的海军裙，似乎刚脱了一半，从裙摆底下露出的小腿像瓷器般光滑白腻，就像他记忆里的那样。

劳勃下意识地朝男人走了两步，“你……”

男人捂住胸口急急往后退，叫着：“干嘛？你要干嘛？”他一直退到放在墙边的电脑桌旁，一个用力，把桌上一顶粉红色的假发撞了下来，可能是他刚才去开门的时候，从头上摘下来随手搁在那里的。电脑旁还放着一根金色的魔法棒。

男人瞪着劳勃，忽然像个小女孩那样尖叫起来。他身后的电脑里不断发出信息提示音，屏幕上，红色蓝色的弹幕一整屏一整屏地咻咻滑过，晃得劳勃眼晕目眩，几欲作呕。

周二

寂寞的人难免会做一些寂寞的事。也只有寂寞的人，才会看见那些寂寞的事。

灰姑娘行不行

终于看到城堡了，灰姑娘迫不及待地提起珍珠刺绣的银纱裙摆，从金灿灿的南瓜马车上一跃而下，耀眼的水晶鞋划出两道莹光，在青石板路上发出叮咚作响的清脆叩击声。

路边一溜趁着嘉年华出来摆摊的小贩，密集的彩色玻璃灯就像把夏夜的星空从天上搬到了地下，将夜晚照得比白昼更明亮，也衬着那些裹着枫糖浆的草莓更甜蜜多汁、深海贝母璎珞镶嵌的首饰更光华璀璨，引诱着路人停下来多看两眼。

但是灰姑娘一刻也没有放缓脚步，她必须抓紧时间，王子的选妃舞会就要开始了。

气势恢宏的城堡大门就在眼前，朱红楠木上用金漆绘制出皇家印记。门前广场上，一左一右蜿蜒出两条队伍。左边那条俨然就是一根挤满华衣美服的沙丁鱼串，密密麻麻串联起各色精心装扮过的妙龄小姐。而右边那条则稀疏零落得可怜，粗粗看去，大半是浓妆艳抹的中年大妈，偶尔混杂着两三个顶着浮夸头饰的幼齿少女。

不假思索地，灰姑娘立刻站到了左边的队伍尾巴上。不用问也知道，这条队伍一定就是通往王子选妃的入口了。

至于右边那条？不好说，难道是城堡在招女仆吗？灰姑娘没时间细想，她忙着利用进入宫殿前的最后时间，再仔细审视一遍自己的妆容发髻，抚平裙子上的每一条皱纹，往手心里猛呵气，用力嗅着确保没有异味。当然，做这些准备的同时，也没有耽误她打起精神，留心搜捕着前后左右的窃窃私语。

“你说他会不会不喜欢尖下巴？”

“他搞不好不喜欢女生太顺从。”

“审查得这么严格，豪门的怪癖就是多。”

“我早上三点就来排队了，还是没能排进前 100 号。”

“啊，他要是太爱我了怎么办，压力好大。”

……

灰姑娘不动声色，心里冷笑三声：碧池们，尽管意淫吧，你们做什么都只是白费，我才是这个故事的女一号。

虽然这条弯曲了四道，肉眼看不见尽头的队伍前进速度缓慢得让人绝望，但终于，灰姑娘站到了入口处。一个满脸络腮胡、膀大腰圆，身形如同巨人的门卫，泰山似的杵在门口，像个复读机一样机械地重复着：“请出示身份证学位证专业英语八级证钢琴四级证营养师资格证驾驶证。”

故事进化多年，现在选妃的资格认证果然很高端。幸好神仙教母早有准备，灰姑娘轻松地递上一打用树叶变成的证件，门卫对比了下证件上的照片，看了看她，略一扭身，让开一条小缝，“入门关通过，进去吧”。

“亲爱的王子，别着急。你命中注定的新娘来了。”穿过入口，灰姑娘激动地一路小跑，就像一只矫健的梅花鹿，她奔跑过走廊，双手一起用力推开雕花的胡桃木门，终于看到了——没有王子，不是舞会大厅，而是一个白色小房间。四面刷白的视觉冲击，还真是禁欲，瞬间就冻结了灰姑娘喷薄的荷尔蒙。

房间里没有多余摆设，只在正中间安置了一张洗漱台，上面列着一排透明的玻璃管子，每个管子的下方有个带阀门的银色水龙头。一个穿着高端定制黑西服的中年女人，面无表情地坐在洗漱台后面，头发梳得光溜溜的，脸色蜡黄。

看到灰姑娘进来，她指着那排水龙头，发出简短的指示：“请卸妆。”

原来那些玻璃管子里装着的，都是卸妆油。

打开阀门，高度浓缩的黏稠液体以一种几乎会让人以为时间静止的缓慢速度，滴落下来，像一颗颗经过万年结晶的透明琥珀。这些应该就是传说中，世界上最顶级的强效卸妆油了。据说只需要手指甲大的一颗油珠，就能把一整幅蒙娜丽莎的油画都还原成一张白色画布。

看来王子喜欢的是素面朝天的森女系女子啊，灰姑娘顺从地用油珠卸了妆，洗干净脸，露出比进门时更白皙通透的面颊。她眨了眨无辜的大眼睛，接受中年女人近距离的仔细检查。“我可是为王子量身定制的女生好么！”她心内得意地在对方点头示意通过中，矜持地推开门，进入了——第二个白色房间。

这间是更衣室，等待在那儿的，是穿着同款黑西服的另一个中年女人，她要求灰姑娘脱下华丽的礼服和耀眼的水晶鞋，以便检查她有没有穿塑身内衣、提臀裤或者增高鞋垫。

灰姑娘略犹豫，毕竟她才刚穿上这套昂贵的行头，难免舍不得，“我这可是魔法礼服，100 个小精灵一针一线缝出来，有钱也没处买的。”她努力勾起审查员的认可。中年女人一言不发，走到墙边，啪地按下一个肉眼几乎分辨不出的白色按钮。灰姑娘面前的地板上，咻地露出一个黑洞，深不可测，一股凉气窜出来，气流像是有生命一样，想要把人缠住往黑洞里拽。灰姑娘吓得赶紧后退几步，怕一个头晕栽了进去。

中年女人开口：“通过的，进门。不通的，进洞。不配合的，进洞。话多的，进洞。”她看着灰姑娘，没说出来的话是，你自己选吧。

唰唰两下，灰姑娘已经脱得一丝不挂。

确认之后，审查员递给她一套白色的背心短裤式贴身连体衣换上，不过脚上仍旧继续裸着。

“可是如果没有水晶鞋，待会王子要凭什么找到我呢？”灰姑娘心里虽然疑惑，可是再不敢说出口。

没关系，她乐观地想，这至少说明王子并不是个以衣取人、虚荣的男人。其实，没有水晶鞋也挺好，大家都在八卦王子其实是个恋鞋癖，只认鞋不认人。现在，看谁还会质疑王子爱的不是我本人呢。她对自己的人格魅力自始至终都充满自信。

进入第三个白色房间的时候，灰姑娘已经不觉得意外了。

一个医生打扮的中年男人正等在那里。他熟练而毫不留情地迅速旋转扭动了几下灰姑娘尖挺的小鼻子，双手按压着她瘦削的下巴，翻开她的眼皮地毯式摸索了一遍，又让她张开嘴巴往里探照了 2 分钟。一连串动作完成，痛得灰姑娘差点飙脏话。

但这个步骤的审查当然是必要而明智的，这年头在身上动刀子的人造美女可不少呢，像我这种天生丽质的才没什么可怕的。灰姑娘抬高手臂，在跳床上上下跳跃着，旁边的医生牢牢盯着她的胸部、臀部，认真观察着有无异物感。没错，就这样，看得再仔细一些，别让那些碧池们蒙混过关。尽管累得气喘吁吁，但她心情总的来说，还是相当愉悦的。

“恭喜你，进入了最后一个环节的审查。”第四个白色房间里，头发花白的老人，与前几个审查员的机械冷血相比，显然有明显不同，起码说话要礼貌许多。

他绅士地帮灰姑娘拉开凳子，请她坐下，“一路闯关辛苦了，咱们这关很简单，只是想问你几个问题。”

灰姑娘顿时心跳加快，哪里简单了，这是要考试啊！她从小就知道自己将来是要当王后的，王后只要长得好看就是对人民负责了。她的学习时间全都用来做美容保养了。

灰姑娘挣扎地问：“呃，哪方面的题？英语我 OK 的。历史马马虎虎。不会是数学吧，那我干脆自杀算了。”

老者笑了笑，“我不问这些，咱们就聊聊你的家人啊，爱好啊，梦想啊。”

原来是装逼测试啊，早说嘛，吓我一身汗。灰姑娘安下心来，这个她最擅长。

这时老者抬起手，快速在灰姑娘的胳膊和脑门上贴上几个银色晶片，上面的线路连接着一台有各色指示灯闪烁不定的仪器。

他微笑着解释，“这机器是用来分析你的答案可信度有多高。别紧张，其实不过就是测量你的抗压能力和对诱惑的抵抗指数，跟量血压差不多。答完题，只要分数及格，你就可以重新换上华丽的长裙，进入这扇门背后，尽情地跳舞了。”

灰姑娘温顺地点点头，更加放心了。老娘长期跟暴戾的继母和两个乖张的变态继姐生活在一起，没点演技能活到现在么？就凭你这老头拿一破机器，就想降低我的逼格，三个字：不可能。

老者看着仪器，“那我们开始吧，第一个问题：如果有一天你的男朋友破产、负债3000万，同时还出了车祸变成植物人，你会不会离开他？”

“哦，怎么会有那么不幸的人。”灰姑娘的眼眶瞬间湿润了，“光是听到，我都觉得太为他感到心疼了。不，我当然不会离开他，哪怕我要去工厂做苦工，也一定会陪伴他度过这一切。”

“第二个问题，你介意未来的老公任何事情都要听自己母亲的吗？你介意母亲节，端午节、圣诞节、情人节，惊蛰谷雨大暑小暑24个节气，以及每个月的第四个礼拜天，他都必须和母亲一起过吗？”

“天哪，我们怎么这么心有灵犀！”灰姑娘轻轻地拍起指尖来，雀跃地说，“我还正想让他务必要这么做呢，要不然妈妈该有多孤单啊。”

“如果你男朋友说，我觉得自己配不上你，我只有钱，没有灵魂。你会回答？”

“把你的灵魂拿回去，我只要你的肉体。”

“残酷真相和善意谎言，你选哪个？”

“善意谎言。”

……

“最后一个问题，”老者温和而缓慢地说，“完美的学历、高贵的身份或者精美的衣服、璀璨的水晶鞋，这其中有任何一样，你造假了吗？”

几乎不可察觉的一秒，或许连一秒都没有，灰姑娘感到自己只有眨眼的速度停滞了 0.01 秒，她坚定而大声地回答，“不，当然没有，所有的一切都是真的。”

“那么，检查结束。”老者微笑着轻巧地拆下她身上的晶片。

灰姑娘感到全身的血液再次燃烧起来，在她血管里噼里啪啦地作响，“那我接着就可以去舞会了！我可是一出生就在等待这个时刻。我的裙子呢？还有我的水晶鞋，快拿来，我要赶紧换衣服。哦，我连一秒种都不想再耽误。”

“等一下，我还没有说结果。”老者的声音永远在一个调子上，温和无澜，“事实上，你没有通过测谎仪的检测，数据显示，你的可信度是 59.99 分。很遗憾，你不及格。”

手舞足蹈的灰姑娘像被点了穴似的定住，老者的声音穿过她的耳膜，神经，抵达大脑中枢，被迅速分析、解读、消化，直到接受——不，她不接受！怎么可能接受！

死亡般沉寂了一分钟后，灰姑娘猛然觉醒似的咆哮起来，“Shit！死老头！你特么逗我呢！”她冲过去，一脚踢飞那台测谎机，然后一把揪住老者的衣领，用力摇晃着：“你给我看清楚了！我是灰姑娘！灰姑娘啊！我可是这个故事的女一号，我和王子是命中注定！我怎么可能没有通过选妃舞会的海选？这绝对不可能！”

老者被她摇晃得头晕，好不容易拉住她的胳膊，“等，等等，你说你是来干嘛的？”

“当然是参加王子的选妃舞会！”

“原来是这样，”他了然地点点头，吁了口气，示意灰姑娘放开自己。“这位小姐，你恐怕是在城堡门口排错了队伍，右边那条才是通往王子选妃舞会的入口。而你排的这一条，”停顿了一下，他微笑着说，“是在甄选全国企业家俱乐部的千万富豪相亲派对的女嘉宾。”

周二

所谓命运有时不是角色不好，也不是演技不好，只不过是走错了片场。

完美家庭

阿明第四次地看了看墙上的钟表，还有一刻钟就到下午四点了，预约的客人应该快到了。

阿明忍不住向门口走去，抬脚迈了两步，又生生停住，自己也不禁好笑起来，又不是第一次给人拍照了，怎么就紧张得像个新手一样。他定了定心神，原地转了个方向，决定还是再去检查一次摄影棚的布景和照相机。

阿明是幸福照相馆的老板兼摄影师。他在沿河社区旁的商店街上开了这间小照相馆，已经过去 15 年。当时连数码相机都还没普及，更不要说手机拍照了。作为沿河区域内唯一一家照相馆，来幸福照相馆拍照的人曾经也是络绎不绝，拍满月照的、结婚照的、毕业照的。

当中最难拍的自然是小孩子满月照，拍照对象全不受控制还在其次，父母常常是不满意的多，不好说自家孩子长得不够周正，偏怪摄影师没本事，把天仙一样的宝贝都给拍丑了。每每遇到要拍满月照，阿明简直想要向老板装病请假，只可惜他自己就是老板。

他最喜欢也最擅长的，是拍全家福照片。尤其是每年春节前后，来拍全家福的人最多。乌压压一群穿红着绿的老老小小，光给每个人排好位子就要花上半天时间。然后又是拗姿势，各种呼来喝去，好一通热闹的忙乱。一家眉眼相似的人，齐齐整整地列成几排，好像一组从大到小的套娃，这画面阿明百看不厌，只是看着镜头，他都常常感动到要哭。阿明有个朴素的判断，全家福是圆满的见证，而会特意来照相馆拍全家福的人家，在日常里也一定是活成个大写的“完美”。

可惜能让阿明体验到这种圆满的照片，这些年是越来越少了。现在还会进来照相馆的，几乎都是拍证件照的年轻人，赶着拿照片去办事，总是急匆匆慌慌张张的，只会一迭声催促阿明把人 P 得好看点。

磨皮美白瘦脸后的照片就像流水线养出来的速成鸡，卖相光鲜饱满，其实索然无味。这种无感的照片拍多了，忽然接到预约，有人要来拍全家福了，也难怪阿明会兴奋得有点手足无措。

更何况，这次预约的客人，还是当地赫赫有名的金律师一家嘞。

金律师大约跟阿明差不多年纪，不到四十岁，已经是一间大型合资律师行的合伙人。不过金律师最为人称道的地方，还不是有钱，而是有个好名声。他是公益律师出身，以爱揽维权官司出名。他最擅长代表小区居民向地产商维权，又或者代表环保组织控告大公司。金律师的名字时不时地就会出现在本地新闻里，俨然是一位正义的代言人。

金律师本人已经是个都市传奇，更难得的是，他还有一个同样出名的贤内助。出生书香门第的金太太为了全力支持丈夫的工作，早年毅然辞掉外企高管的职位，专心在家相夫育女。不过她也并没有浪费自己的才能，小到社区管理委员会，再到学校家长会、流浪宠物关爱委员会，她热心地活跃在各种公益团体里，成为最积极的参与者和组织者。这些年随着丈夫的事业日趋成熟，她带领的组织也日渐宽广，所担负的社会责任也越来越大。最近媒体频频报道，金太太担任了关爱留守儿童基金会的理事，正在筹办本市最大规模的一次慈善晚会。

阿明简直无法想像，这样一对模范夫妻，他们的小孩到底要怎样优秀，才能配得上父母的荣耀呢。果然，他们的女儿才刚上初中，已经在准备申请美国常青藤大学了。

这消息是金律师的助理传达给阿明的。他打电话来预约拍照的时候，特别强调因为金律师的女儿申请大学，需要提供一张全家福照片。他查到阿明这里是全市拍全家福最好的照相馆，希望能拍出最完美的效果。

当然会是最完美的照片，这还用说吗？阿明拍了十几年的全家福，从来没遇到像金律师一家三口这样完美的对象，完美得仿佛只有在电视剧里才能看到，甚至比电视剧还像电视剧。阿明更甚至于觉得，他之所以开了这间照相馆，等了这么久，一切似乎冥冥中都是为了这个时刻而准备着，能为这样一家人拍照，他与有荣焉。

阿明激动地盘算着，拍好照片之后，一定要请求他们，允许自己留存一份照片，放大了挂在照相馆里，还有比这更好的广告吗？

他在房间里来回比划着，照片到底是挂在进门的位置好呢，还是挂在休息区的好。阿明想得太认真，因而没有察觉，一个穿着紫色套装的中年女人，已经站在了照相馆的门外。

中年女人透过两片磨砂玻璃门，窥探似的往里头看了又看，又从手中的小挎包里拿出手机，半天翻出一条消息，再三确认了一下屏幕上的地址和名字，确定就是面前这间照相馆没错。她这才迟疑地推开门，慢慢走进了进来。看到摄影棚里的阿明，或许是出于拘谨，她的口气显得有些生硬，甚至都没有先打招呼，就直奔主题："金先生预约的全家福是这吗？"

"您一定就是金太太了"，阿明热情地迎上去。他面前的中年女人比他想像中的金太太略显老了几岁，齐耳头发，头顶上已经显出不少白发。她的脸上扑着厚厚的粉，但脖子上却什么都没抹，明晃晃裸露在外，于是在下巴和脖子的连接处，露出一道由白到黄的鲜明分界限。身上的紫色套装和手里拿着的挎包倒是香奈儿今年春天的最新款，但脚上的鞋却是一双老气过时的方头平底豆豆鞋，而且还是鸡屎黄的，仿佛从脚踝开始，也有一道无形的品味和质感分界线。

阿明看了看外头，并没有人跟着她一起进来。他忍不住问：“怎么就您一个人吗？金律师和您的女儿还在后头？”

金太太含混了一句，“不知道，呃，分头来吧，我猜。”

“这样啊，您先坐下喝杯茶？”阿明赶忙要去端上他平时舍不得喝的雨前龙井。

“我不喝！”金太太突兀地打断他，仍旧显得有些紧张，“嗯，赶紧拍完照就好。”

阿明不好意思地摸了摸后颈，“也对，拍照要紧，拍照要紧。那要不您先坐下，我开始调光，等他们到了就可以直接拍。”

女人默默走到影棚布景前，坐在阿明一早就准备好的椅子上，拉了拉裙子，把上面的褶皱扯平整，然后就呆呆看着面前的相机，目不斜视，也不再开口，对阿明的指示，只是一味摇头、点头。相比阿明的雀跃，金太太显然在用冷淡的抗拒，表示出并不大想参与这种莫名的热情。

到底是有家教的太太，在陌生人面前都是这样保持冷静风度的，阿明自我安慰着，讪讪地打开了电视机。欢快饱满的声音立刻填满了照相馆里的空白，软化了几分尴尬，卖力地煽动着做作的热闹。

这时照相馆门再次被大力推开，一个西装男急匆匆地跑了进来，一边大喘气一边擦着汗说:“我，是，金律师，……”

“啊，金律师您，来了……”阿明欣喜地转过头，但看清这男子的长相之后，却迟疑起来。相比金太太的显老，这男人又有点过分年轻了，分明才刚20出头的样子，额头上甚至还有刚挤破青春痘的痕迹。

“不不，我是金律师，的司机。”男人挠了挠头皮，似乎有点为难，“咳，是这样的，金律师本来是要过来的，结果临时接到一个电话，有一群学生在电信公司门口抗议手机收费问题。他必须赶去那边，不能来拍照了。”

阿明难掩失望:“哦，不过那也没办法啊，工作要紧哈。那拍照是改期？”

小司机赶紧回答:“不用改期，就今天拍。时间来不及了。就算改期，到时候金律师指不定又会有什么别的事。”

“可金律师不是来不了么？那要怎么拍？”阿明没听懂小司机的话。

小司机笑了笑，一指自己:“我来当金律师的替身就好了。金律师说了，后期制作的时候，把他的头PS到我头上就行了。对摄影师来说，小菜一碟嘛不是？”

突然的变动让阿明有点措手不及，“啊，也不是不行，不过，有点那个，啊……”他机械地摸着相机，心里有点乱，既无法拒绝，又总觉得哪里不太对，不知该怎么回答才好，忽然又看到坐在布景前的金太太。

对方显然也听到了他们刚才的对话，但脸上依旧一团板正，丝毫没有泄露出任何气恼或惊讶的情绪。

果然是识大体的贤内助啊，金太太的镇定自若，反衬得阿明显得有些不懂事，他立刻爽朗地故意提高声音："金律师是在为了这么重要的事忙碌，当然可以理解。那你就过去那边，坐到金太太旁边吧。"

跟着阿明的指示，小司机的视线落到金太太脸上，他愣了愣："这谁啊？"

阿明调镜头的动作一滞。

小司机看着阿明，十分肯定地摇头："她不是金太太。"

阿明慌乱地看看小司机，又转头瞪着那个"金太太"。不会吧，自己认错人了，搞了这么大乌龙——等一下！她刚才也没否认啊，他们还聊了那么半天话呢。

在两个男人的瞪视下，那女人不慌不忙的，比起刚才的紧张，反倒轻松自如了许多，好像如释重负，连说话都利落起来："我不是金太太，我是给他们家隔壁人家做阿姨的。早上金太太找我，让到这里来替她拍张照。她说我们的身材比较像，脸嘛反正到时候做做就好了。就是你们刚才说的'屁死'什么的吧。"

阿明一时说不出话来，阿姨越发轻松起来，呼了口气，索性往椅子背上一靠："我老紧张的，你说这拍照也好替的？

可是金太太给了我 500 块，过来坐一下，就赚那么多，我想死就死吧。她还拿了她的衣服和包给我呢，哎，那么贵的衣服，能穿一次也好的……”

小司机不耐烦地打断她，“那金太太到底是有什么事？她去哪了？”

这也是阿明想问的，仿佛是为了回应他们的疑问，这时从电视机里传来节目主持人高亢的声音，“各位观众，今天我们有幸请来金太太和大家一起聊聊，如何做一个好妻子、好母亲。”

众人一起看向电视，出现在屏幕里的中年女人也穿着一套香奈儿紫色套装，当然她脚下也搭配着同样的香奈儿黑色高跟鞋，妆容考究，匀称的裸色粉底一直覆盖到胸口，脖子上还戴着一串珍珠项链。她有一张《大长今》里韩尚宫式的能够安抚人心的脸，略略恬淡地一笑，连隔着屏幕的摄影棚都跟着沉静下来。

直到门口一个怯生生的声音响起，打破了影棚内众人的缄默。

“你好，我是来拍全家福的。”站在照相馆门口的女孩很斯文，桃子般的面孔一片素净，刘海全部往上梳起，光溜溜得露出正直的额头，马尾辫乖顺地伏在她的肩膀上。她背着黑色小牛皮的双肩书包，纤细的手指规矩地握在书包带上，指甲修得干净整齐，校服裙摆上的褶子烫得一丝不苟。

“嗨，小姑娘，你又是谁？金律师女儿的同学？还是邻居？或者只是她在街上撞到的路人？”阿明忍不住开玩笑地说，他一屁股坐在照相机后的高脚椅上，忽然有些气馁。

女孩面露疑惑，但仍礼貌地回答，“你好，我就是金律师的女儿啊。”

这下轮到阿明尴尬了，他慌乱地从椅子上弹起，“哦，哈，你好你好。那个，不好意思啊，因为是这样的……”他看了看小司机和阿姨，又看着女孩，努力组织出他能够想到的最委婉的语言，希望自己的解释能让对方更容易接受。

“你看啊，你的父母今天都不能来拍照，但是你千万别放在心上，他们是真的都有非常重要的事情，而且我想他们一定也都非常歉疚。你看啊，他们虽然本人不能来，但是都用心找了替身，说明还是很重视你的。”

女孩看了看棚内的两个“替身”：“他们是我爸妈找的替身？来替他们站位拍照的？”

“呃，是。你们摆好姿势就行，后期把你爸妈的头 P 上去。”

女孩犹疑地：“P 图？看上去会不会假？”

“不会不会，P 个头这种是最简单的，”阿明拍着胸膛保证，“你放心，我拍了十几年全家福了，就算没他们在，我也能把照片拍出最完美的样子。”

阿明还想再多安慰她几句，突然女孩超脑袋后头一伸手，把马尾辫的头绳一把扯了下来，末梢微卷的长发凌乱地散了一背："他们俩都不能来吗？ Lucky！ 今天我一定是走狗屎运了。

她低头利落地翻开自己的书包，一边找手机，一边说："嘿老头，把你邮箱给我，我直接发张照片给你，把我 P 进去就 OK 了。"

女孩等不及阿明回应，从桌上抢了张照相馆的名片就往外走。她用肩膀夹着手机，边通话边从包里掏出口红来抹着："喂，是我，10 分钟后 KTV 见。一定要叫上你们班新来的小鲜肉啊。拍照？我们家中国好父母找了傻 X 替身，P 图诶？至少有 3 小时自由时间，还不用找鬼借口……"

快要走出照相馆的时候，女孩忽然回过头对阿明喊了一句："嘿老头，要给我保密啊。还有，记得把我 P 瘦点！ "

阿明盯着她如同落花般迷醉的桃红嘴唇，机械地点了点头。

一周后，金家收到幸福照相馆寄来的全家福照片。

照片里，一家三口亲密地靠在一处，笑容很完美。

周二

完美本身就是一个诅咒，就像华丽的蘑菇都剧毒，皮袍里面必有虫洞。

周二说：

怪物们，请出来相认

搬家强迫症

“你到底什么时候去拜访白家？”早餐时，我太太第四次提起这个话题。

帮助我平安活到现在的生活经验告诉我，她婉转的声调和隐忍的音量，都在发出最后的警告：她绝对不会接受，除了“今天，现在，立刻，马上”之外的任何答案。

“今天下班之后就去。”我咽下嘴里煎得恰到好处的鸡蛋，顺便咽下心里的叹气。住在高尚社区样样都舒服，就是必须去拜访新邻居这条社交礼仪，执行起来比较麻烦。

所谓高尚社区，说的不是地段好或者房子面积更大、装潢更高级——只有那些怎么能称得上“高尚”，最多只能证明你有钱。“高尚”的定义，比的是道德指数、社交礼仪。能够住在高尚社区的住户，必须要达到基本的高尚标准。

为了保护这比“有钱”更无可替代的最大社区价值，大部分高尚社区都有不成文的《社区公约》，规范住户的言行举止。

《公约》根据社区具体情况，偶有细节不同，相对通用的规范包括：早晚见面时要主动问候、互相道别，对话区间尽可能不少于两个来回，不多于四个来回，以维护住户之间的基本关系。

严格限定住户养的有声宠物的嚎叫时段，每天只允许它们在 9 点到 12 点，14 点到 18 点之间出声，避免影响到其他住户的正常休息。

在天台晒衣服需要服从固定区域划分，日照最佳的朝南晾衣绳，三五日由单号住户使用，二四六由双号住户使用，周一大家都不使用，以示公平。

有新邻居入住时，老住户一周内需要主动上门拜访，展示社区睦邻友好的大家风范。

原则上，住户之间不提倡窥私八卦，但丑闻除外，尤其是对有严重道德问题的住户，需要做到即时劝诫。

等等规范，当然并没有专人在监督，你也大可假装这些规矩都不存在。只不过如果你真的冒犯了其中任何一条高尚公约，那么就做好强大的心理准备吧。因为接下来一定会有不知来由的鸟屎不断定点落在你家阳台上，每天收垃圾的卡车都会大喇喇地停在你家门口排放臭气，你还会“不知道为什么”没有被通知楼下的草丛刚喷过杀虫剂不能靠近。甚至万圣节晚上，小孩们挨家地要糖果，但绝对没有一个人会来敲你家的门。

这些“不知道为什么”的隐形排挤，和“不知道为什么”

的隐形公约一样，没有人知道它们为什么存在，但每个人都言之凿凿，必须遵守。

白家是上个周日搬进我们小区的。今天已经周五了，按照约定，新住户搬来一周内，每家必须派代表前去问候。也难怪我太太要濒临发飙。

可能你会说：那我太太干嘛不自己去呢？

唔，少年，你应该没有女朋友吧。

我在下午 6 点 30 分准时按下了白家的门铃。

开门的女士，大约就是白太太了。蘑菇头圆脸配合圆到夸张的眼睛，营造出一种她总像是处于受惊中的表情，据我目测，她应该还不到四十岁。

“不好意思打扰了，我是住三栋的，敝姓李，得知你们刚搬来，特别过来问候一声，看看有没有什么事需要帮忙。这是我太太做的柠檬蛋糕，请尝尝。”毕竟也不是第一次说这套台词了，我还是比较熟练的。

“呃，谢谢”，接过蛋糕，白太太显得有些局促：“那个，我先生还没有回来。请您先进来，呃，喝点茶吧。啊，对不起，我应该先问，您现在忙吗？也许其实没时间坐下……”

“不不，我不赶时间，我很乐意参观一下你们的新家。”仔细观察新邻居，审查他们的品味和人品，这也是服务社区的重要义务之一。要了解一个人的性格品性，没有比参观他的家更快的了。

玄关柜子上和地板上，堆满了各色礼物，大多是小盆栽、手工饼干、插着花的小花瓶这类小玩意儿，既温馨有心意，又不会贵重到让收的人有压力。看来已经有不少小区住户都来拜访过白家了。

见到我在看那些礼物，白太太大概觉得需要做个评价：“呃，咱们小区的人，都很，呃，热情。”

客厅已经收拾整齐，简洁的家具摆设一丝不苟，几乎跟我在北欧风家居店看到的客厅一模一样。这让我有些惊讶。如果每天都要接待六七波来访的邻居，基本是没什么时间收拾的。想当初，我们家刚搬来的时候，可是足足花了大半个月才整理好。

引起我注意的，是客厅里的整面照片墙。用照片做装饰，不俗不过，总不会出错。

我饶有兴趣地凑近了照片墙，仔细观赏白家的审美路线。很快我就发现，白家的趣味还是有点与众不同的。墙上的照片里既没有一张家庭合影，也没有宠物照、风景照，而是房子——板楼、塔楼、复式、阁楼、别墅——各种风格的房子，并且照片上都只有房子，没有人，倒像是房屋中介的广告墙。

随后，我又注意到，不仅是客厅的感觉很样板间，开放式厨房、走廊，以及局部可见的卧室一角，几乎都有种家居店的似曾相识感。白家比我见过的任何样板房都更标准，以及干净。空气中依稀有漂白粉的味道，仿佛每件家具、每块地板都刚消过毒。

白太太端了一杯水给我，“不好意思，我们家里没有果汁、茶、咖啡这些，就只有白水。”她又露出那种不知所措的局促感，看看我，又看看房间，似乎是在犹豫该不该主动邀请我进房参观。

我都替她感到为难，一个女人在家，还要应付不知趣的陌生邻居。要不还是随便聊两句就走的好。我想了个话题，指着墙上一张照片，上面是一幢红白相间的塔楼房：“看来你们很喜欢房子啊。这房子倒是长得有趣。”

白太太也走过来看着照片：“这是我们家住的第一个房子。”聊起熟悉的话题，她放松了许多，“这里离市中心有点远，都快到郊区了。小区里有个很美的人工湖，湖边种了一排柳树，一到春天就抽金丝，当然飘柳絮的时候有点烦人。不过太阳下山的时候，悬在湖面上像一个半熟半生的溏心荷包蛋。那可真是好看……”

她越说越恍惚，显然就要陷入回忆中，我不得不出声打断：“那么美的房子，你们为什么要搬走呢？”

白太太犹豫了一下，“嗯，我儿子五岁的时候，有天在湖边捡到一只死掉的小狗。他小，不懂事，拿到小区里到处给人看着玩。结果……”她欲言又止，看了我一眼，“呃，我再给您倒杯水。”她拿过我只喝了一口的杯子，转身去倒水。

我忍不住追问：“结果怎么了？”

白太太背对着我：“嗯，其实也没什么。就是有人误会了，以为这狗是我儿子弄死的。之后就有传闻说这小区里有个心肠狠毒的小孩。”她把声音放得更低：“少时杀狗，长大还不杀人……”

我有点后悔提起这个话题，赶紧胡乱指了另一张照片问：“这房子是中心区那个楼盘吧？我之前看过广告的。听说出入这里的私车不是法拉利就是玛莎拉蒂呀。”

白太太走过来把水递给我，面上平静，好像也不记得刚才的对话。她看了看我指的那张照片，点点头：“唉，这里的房租也是法拉利级别的呀，可是离我老公公司近，他非要选这儿。不过幸好住了没两个月，我老公开车进车库的时候，不小心蹭了楼长的全新奔驰。要不我还真不知道找什么理由搬走呢。”

“搬走那么严重？是对方要让你们赔钱吗？”如果是我，可能也只好赶紧搬走吧。

“那倒没有，对方说反正我们也赔不起。但都上了楼长的黑名单了，还怎么住得下去呢。”白太太留恋地抚摸着那张照片，惆怅的眉眼间满满都是与上流社会擦身而过的惋惜，并不像她嘴上说的那么如释重负。

她一边喃喃自语，一边从墙边的矮柜上拿起一幅照片。看来我刚才敲门的时候，白太太正在清理这张照片。她举起清洁剂，朝玻璃上喷了几下，又用白色毛巾小心擦拭着。估计这家里所有的一尘不染都是白太太这样一点一点擦出来的。

白太太说：“这是我们上一个住的地方，也是我目前为止最喜欢的一个。”

比豪宅还喜欢？难道是海边别墅不成？我好奇地凑过去瞧她手里那幅照片。略略失望，没什么特别的，灰色联排小高层而已，背景还有些杂乱，临街靠路的，不大开阔，只是一个普通住宅区而已。

“这好像是个一般社区？”我不死心地跟白太太确认，应该是有什么我没看出来的潜在价值。

白太太点头，“是啊。本来以为搬到普通中产社区应该就不会再有麻烦了，谁想到不知是什么人在社区内部论坛上发布消息，说我的远房侄女婿是本地重点幼儿园的教务处长。之后就几乎天天都有邻居上门，托我找他帮忙。那段日子，连小区保洁都对我们格外用心，我家门前的地总会多拖一遍。”

刚刚不还说最喜欢吗？怎么又像是在抱怨了？可抱怨的语气又偏是兴致高昂的。这到底是觉得麻烦还是满意啊？

白太太忽然一黯：“但是最近我侄女婿被解聘了……唉，实在是没脸出门见人，不搬都不行。”

我明白了，原来墙上挂的每张照片都是白家曾经住过的地方。

每次只要一发生不如意的，计划外的，会让家族蒙羞或者陷入窘境的事情，他们就会选择搬家，假装一切坏事都没有发生过，让污点归零，好声誉重新开始增值。

该说他们太过道德洁癖？还是说他们太在乎别人怎么看自己呢？选择了对自己太严苛，也或者是，赶在别人对他们失望之前，自己先放弃，反而比较容易。

我坐在干净得一根头发都看不到的沙发上，看着白太太把手里的照片挂上墙，不断调整着照片的高低，退后两步端详有没有歪，上前调整，再退后端详。

几乎是在我起身告辞的同时，白先生回来了。

“这是邻居李先生。”白太太赶忙介绍着，先生回来，她倒反而又紧张起来。

望着与白太太好似连体婴儿般如出一辙的蘑菇头、圆脸和圆眼睛男人——简直就是男版白太太，我有些想笑，企图用咳嗽掩饰过去：“咳咳，打扰了。”又火速想到一句合适的问候收场，“对了，我太太做的柠檬蛋糕，还请务必要尝尝。”

白先生嘴角抽动了一下，微笑着点头，“是吗？李太太亲手做的，当然要仔细品尝。”他看着太太，白太太赶紧走到一边，把我带来的蛋糕端过来，却迟疑着要不要递到先生面前。白先生已经伸手拿起了一块蛋糕，大大地咬了一口，笑得更开：“唔，太好吃了。麻烦跟您太太说多谢费心。”

房门缓缓合上时，我回头，看见白先生仍旧站在玄关，保持着大大的微笑目送我。他的面色似乎有些发红，隐隐有红斑浮现，他伸手抹去额上的汗水。我隐约听见门内微小而急促的对话。

“你怎么真的吃了？”

“他看着我，怎么能不吃？”

“可是你对柠檬过敏啊。”

“那也不能当面拒绝邻居的好意，这才搬过来没几天。”

“药呢？药放哪儿了……”

我默默地在白家门外站了一会儿，转身离开。

几个月后，早餐时，太太故作神秘地告诉我，“你知道吗？刚搬来的那个白家，又要搬走了，真够怪的。我听说，他们家在每个地方都住不满一年，简直就像被诅咒了一样。”

周二

害怕被任何人讨厌，我们很容易患上一种好人强迫症，它的病原体还包括认同感缺失、道德洁癖和大众审判权。

最后一个癌症患者

每天晚上 8 点之后，是这间白色的无菌病房最安静的时候。

张约翰将头靠在百分百鹅绒填充的松软枕头上，半躺在白色病床上，小心翼翼地呼吸着，放在被子外的双手，仿佛不受控地微微颤抖着。扎在他全身上下的输液管，横七竖八地连成了白色蜘蛛网，瘦弱的张约翰看上去就像是一只被牢牢粘在蛛网上的小虫子。

他的床头站着一个女人，从头到脚都包裹在用透明薄膜制成的无菌服里，女人看了看浮现在墙面上的 3D 计时器，俯下身，在张约翰耳边轻声提醒：“约翰，8 点了。不会再有客人来了。”

是的，哪怕到了 22 世纪，医院仍旧遵循着一些古老的规定，比如晚上 8 点之后，谢绝一切外客探视。安静对病人来说，无疑才是最好的治疗。

张约翰抬起胳膊，手肘纤细，横截面还没有一个一元硬币宽。他稳稳地将身上的针头一一拔了下来，丝毫没有之前的颤抖痕迹。他长舒了口气，终于能够毫无障碍地舒展胳膊了，端起水杯，他又喝口水，润了润嗓子，这才不急不缓地发问：“明天有哪些探视活动？”

能够正常地讲话真舒服啊，不用憋着嗓子，挤出虚弱的气音，也不用大喘气把每个句子都截成三长两短的碎片，陡然的放松让张约翰觉得松散又有点空虚。他想，女人每天回家脱下高跟鞋的那一秒，或许就是这种微妙的感觉。

无菌服里的女人，也就是张约翰的经纪人 Amy，把手掌大的平板记事本递给张约翰，后者摆了摆手，示意她念就好，然后闭上眼睛听着。

Amy 开始念：“2106 年 11 月 22 日，上午 9 点，国际巨星 Lady haha 会来院探望，录影留念。10 点，与胡市长一同在病房启动救助色盲募捐仪式。12 点，国家电台专门过来为你录制年度感动世界人物获奖感言的片子。下午 2 点和 4 点，邻市实验小学、中学的学生代表会分别到病房参观、慰问……”

张约翰睁开眼睛，打断 Amy，“邻市的学生上个月不是才来过吗？”他弯起两个拇指，用凸起的指关节尖尖揉了揉太阳穴，想到被一群小学生团团围住的画面就已经提前开始头痛。

老实说，所有见面活动里，张约翰最不喜欢的就是被小孩参观，年纪越小越麻烦。因为他们不像成年人，经过多年的社交培训，逐步掌握了不亢不卑，使自己和对方都不会尴尬的尺度。小孩们尤其不懂得如何熟练地控制表情，一旦得知张约翰可能快死了，就会如同他已经死了的那样惊恐。

有个长得比小马驹还漂亮的男孩，在他病床边站了一会，忽然转头冲着带队来的老师喊着："他要死了！"

"他不会死的。"老师赶紧解释。

"他要死了！"男孩叫得更大声。

"小朋友不要胡说，他不会死的。"老师有点急了，去拉男孩的手，想把他带出去。

男孩发出尖锐的叫声，赖坐在地，两脚在地上胡乱踢着，被拖出去的时候，还在一路哭喊着："骗人！他要死了！我也会死的！我们都会死！"

当时的场面还真尴尬。通常来说，这个时候，成年人总会更成熟而有礼有节地摆出一幅"我相信你一定不会那么快死的"的表情。

小孩们不仅大惊小怪，连哭起来也一定都是真哭，常常控制不住地把眼泪鼻涕都滴到病床上。呃，往事不堪仔细回味。在他们想像中"应该很虚弱"的张约翰还必须不能灵活地躲避不明体液攻击，只能使劲催眠自己"我没看到，我没感觉"。

无法掩饰情绪这事更令张约翰感到不悦的是，第二次、第三次被学校组织来参观慰问的时候，小孩们便开始有些不耐烦，常常会中气十足地互相讨论着：“他怎么还没死？”

“因为有还没看到过你的新生和他们的家长抗议了，觉得不公平，所以学校决定追加参观场次，把组团慰问你从年度活动改成了月度活动，以后每个月都会来一次。”Amy 温和地向张约翰解释。

果然知名度越大责任就越大，他撇了撇嘴，不再提出异议。

没错，张约翰是个名人，还是个举世瞩目的，大大的名人。令他出名的原因不仅纯属意外，并且无法复制——3 年前，张约翰被确诊患上了癌症。

自从 50 年前世界卫生组织发布万能癌症疫苗——只要在儿童期注射疫苗就可以终身免疫——癌症就像天花一样，不再是可怕的不治之症，可以提前预防，可以被早早扼杀在病毒阶段。在张约翰之前，已经有相当长的一段时间，全世界连一例疑似癌症病例都没有出现过。

张约翰的癌症确诊被医学界视为极其罕见的变异，不到千万分之一的出现几率。虽然具体变异原因尚无法确定，但毫无疑问的是，张约翰成了这世界上最后一个走入公众视野的癌症患者。

刚刚得知自己有癌症时，张约翰一度茫然和恐慌。因为医学界虽然研发出了预防疫苗，却仍旧没有找到能彻底根治癌症的有效手段。他完全无法接受自己怎么就那么衰，居然会因为一种几乎已经从世界上灭绝的病，而很可能会死。

然而，就像漫画里每个英雄的诞生都是源于一个悲剧，超人因为星球被灭，蜘蛛侠因为被咬，蝙蝠侠因为父母被杀……张约翰的绝症，成了令他与众不同的契机，赋予了他类似超能力一样的跨世纪意义。

“世界上最后一个癌症患者”，医学界、媒体和大众，是这样报道和称呼他的。

你知道的，无论什么物品，只要在前面加上“最后一个”的定语，就会瞬间焕发出满怀悲悯的美感、贵族式的荣耀感、载入史册的责任感，以及油然而生的使命感。不信可以试试念：历史上最后一个太监，地球上最后一只屎壳郎，宇宙中最后一块臭豆腐……不仅朗朗上口，并且意味深长，散发着人文关怀的光辉。

嗯，张约翰最近才刚受邀为一个慈善晚宴题词，晚宴的主题是“纪念世界上最后一个口臭”。

当然也会有其他人，不幸患上各种名称古怪的疑难杂症，但他们大多很快就死了，快到都来不及被世人发现和熟知。而张约翰这款疾病的最大优势就是，癌症虽然结果很严重——会死，但又不会那么快的死掉，中间会经过切除，扩散，化疗，再扩散，直到晚期等几个过程。更何况，张约翰的癌症还不是常见的淋巴癌、肝癌、肺癌，而是头发癌——这使治疗的周期和结果都有更大的不可测性。

“不仅是千万分之一，是几亿分之一啊，张约翰的存在比白海豚，比白熊猫还要珍贵百倍，”张约翰的主治医生 Dr. 刘多次公开表达他的激动之情。Dr. 刘是最先确诊出张约翰有头发癌的医生，因为随即在国际权威医学刊物上发表了张约翰的病例，3 个月内就从普通急诊室医生升到主任医生。

为了确保张约翰不会被其他医生抢走，他还和张约翰签定了一份长期治疗合同。根据合同，Dr. 刘每年要付给张约翰 20 万的医患关系维护费。不过张约翰可不仅仅是为了钱才答应留下来的，也有开价更高的医院想挖他过去治疗兼代言。他完全是出于感恩——如果不是 Dr. 刘发表的那篇文章，他也不会那么迅猛地就获得了席卷全球的影响力。

张约翰需要一直住在医院的特殊无菌病房里，这其实倒不是 Dr. 刘的意思，其实以张约翰的病情，即使在家接受治疗，效果也是一样的。“可是那也太不贴心了，作为一个公众人物，最重要的就是形象。”经纪人 Amy 坚决反对这么做。

健康了 30 年，平凡了 30 年，默默无闻了 30 年的张约翰绝对不会想到，人生中竟然会有需要经纪人的一天。就像他也绝不会想到，自己小学三年级给班花写的情书，会被 po 上网，“我和世界上最后一个癌症患者的第一次”，点击过千万，吓得他癌细胞都加速分裂了。无与伦比的美丽，总是伴随着无与伦比的危险，他必须找个老司机带带自己。

Amy果然专业，一来就提交了一份长达50页的PPT，详细分析了大众需求和用户心理。张约翰看完之后，就像一下被打通了任督二脉。

首先，那些不远万里，甚至漂洋过海来看他的人，他们心目中的张约翰，应该是个什么形象呢？绝版让他变得珍贵，不幸是他外挂的光环，无论命运如何虐他踩他抛弃他，他始终不放弃命运，奋斗在死亡的第一线。这才是一个被赋予了特殊性的人类应有的姿态。拜托，让人们去花园洋楼、海边别墅慰问一个绝症病人？也太温馨了吧，完全体会不到死亡的威胁，未免扫兴。

对媒体来说，张约翰简直是贴心，每次都能让他们拍到能上普利策新闻奖的照片。苍岛空隔着无菌病房的玻璃墙壁，与张约翰手心贴着手心；市长戴上防毒面具与张约翰亲切握手；系着红领巾的孩子把用蜡笔画的生命树展示给躺在病床上、浑身插满管子的张约翰……把全世界都看哭了。

自从得了癌症，张约翰每天的日子都过得很充实。不是被政府机构请去做青年榜样，就是受邀参加各种民间慈善活动。大大小小的明星经纪人，更是人手一份张约翰预约表。李某某要出新片了，王某某被狗仔偷拍了，吴某某最近人气下滑了，排着队来医院看望张约翰。根本约不到啊，张约翰相当爱惜羽毛，参与公益无上限，涉及商业就谨慎选择。商业预约排到5年后，在黑市，面见张约翰的一个号码牌都能炒到十万。

节日是张约翰最忙的日子，儿童节、劳动节、重阳节、圣诞节、元旦自然不用说，每个世界睡眠日、全民爱牙日、拒绝性暴力日，他都要接待至少3拨慰问团，接受至少2家媒体的采访。连续5年的除夕，他都没有和家人一起过了。尽管如此，仍旧要冒着得罪某一社团的风险，比如到底是去妇联的晚会还是工商联的尾牙呢？

也有人找张约翰洽谈广告，保健品并不多，主要是地产商找他，符合他的定位，大多拍的都是公益型软植入类型，比如“死前最后一件事：买房”。

最近有些综艺真人秀也频频力邀张约翰去参加录影，说只要他出现，就给50万。不过，当众表演，张约翰还真没自信，毕竟他是个连一首《茉莉花》都能唱得七零八落的音痴。但制作单位说，只要会说话就行，念首诗也是才艺；如果是哑巴，做几个手势煽情效果其实会更高，最最底线，不说话当个人形纸牌都行。

可惜张约翰实在是排不出档期了，他甚至忍痛推掉了一个相亲节目。节目组给张约翰内定的那妹子长得很像林志玲。不过经过Amy分析后认为，给公众造成张约翰有一个情比金坚的女友这印象，可能反而不利于他的女性粉丝团的发展。

除了经纪人 Amy，张约翰还请了 5 个保姆——打扫做饭那些都有其他人做，她们只需要一个给他开门，一个给他穿衣服，一个给他喂饭，一个负责念报纸杂志上关于张约翰的报道，还有一个专门遛狗——张约翰当然是不能亲自去遛的，万一被偷拍，可能会被炒作成病情造假。想到上周看到某网站的标题:《最后一个癌症病人还是最后一个骗子？》，张约翰又激动地咳嗽起来。

Amy 关切地凑上前，轻轻抚着他的后背:“还好吗？要不要请 Dr. 刘过来看看？”

“没事。可能是最近换了一种新药，有点不太适应。”

“今天的药还没吃呢，别又忘了。”

Amy 从床头柜上的药瓶里倒出三片药，放进张约翰的右手心，又倒了杯温开水，递到他的左手，帮他握稳了。

Amy 怜惜地看着张约翰突兀的颧骨，因为治疗的副作用，他变得越来越瘦，脸上一点肉都没有，就像在骨头上直接贴着一层皮:“Dr. 刘昨天告诉我，你的病情目前依旧很稳定，癌细胞没有扩散，彻底治好的几率还是很大的。”

张约翰点点头，把水杯和药片放回床头柜上。“嗯。下午那群官太太们实在太吵，闹得我现在还头疼，缓一缓再吃药吧。”他揉着太阳穴，身子往下一滑，再次平躺回床上，闭上眼睛，声音越来越低:“这边没事了，你也回去吧。”

“好。那我就不烦你了，”Amy 离开病房前，还不忘回头柔声叮嘱着，“也别搁太久，不然水凉了冻肠子。能早点康复就太好了，约翰。”

走出医院大门，Amy 立刻拿出手机拨通了 Dr. 刘的电话，语气严厉，“这次的药确定只是普通维他命？小心别再犯错！听说上次你给他吃的那种药已经彻底清除了实验白鼠身上的癌细胞，幸好发现得早，实在是太危险了。”她回头看向住院部的大楼，大多数病房已经熄灯，在高耸的大楼上留下一个个黑色窟窿。张约翰房间的灯还亮着，银色的光被白色墙壁折射着，越发显得冷冷的。

Amy 握紧手机，“记住，想保住你的名声，也不断了我的财路，唯一的办法就是，既不能让他死，但也不能彻底治好他。”

雪洞似的病房里，张约翰睁着眼睛，盯着床头柜上的药片，默默出了会神。他慢慢起身，下床，拿起药片，走进了病房内的厕所，“咔哒”一声，随手锁上了门。

片刻之后，从厕所里传出一阵马桶冲水的声音，在空旷的病房里，空洞地回响着。

周二

有时候，我们需要灾难，就像我们需要英雄一样。
你永远不知道，为了让你满意，世界有多么努力。

天才守则

物理学院有两大传说，张婆婆的牛肉饼和天才雷鸣。

没有人不知道每天傍晚5点半在物理学院3号宿舍楼的围墙外摆摊的张婆婆，她卖的牛肉饼是全天下最好吃的。

也没有人不知道已经被保送硕博连读的大四男生雷鸣，他是一个得到官方和民间双重认证的天才。

“你们应该感到庆幸，还有三年（两年/一年）时间能跟他生活在同一个空间里”，每逢有女生新入学，有爱的学姐们满怀使命感做的第一件事，就是把这个学院传说传递下去。

“得过一打以上国际国内竞赛的优胜奖、年年都拿特等奖学金，或者在专业杂志上发表论文什么的，老实说，这些，在以学霸集中营著称的物理系来说，根本都不算什么。这仅仅是天才雷鸣传说中的四分之一。但能同时兼具桀骜孤僻、刻薄乖张、拥有无比怪癖魅力的，总之，能够符合标准天才形象的，雷鸣是唯一一个。”

接收到学妹对此说明疑惑不解的眼神，学姐叹了口气，“换个你们能听懂的说法好了，雷鸣就是物理学院的‘男神’。”

“谁都知道，天才都是孤独的，雷鸣也不能摆脱这个宿命。在学校里，他从来都是一个人出现，几乎从不主动跟其他人说话，但每逢开口必定都具有生化武器的强杀伤性。他的人生里就没有修饰和委婉这两个词存在。你觉得天才的情商都很低吗？不，他们只是不屑去学习讨好的技术。

你也千万别以为是雷鸣为人刻薄、不容易亲近，实在是能够跟他平等对话的人太少了，其他人一开口都像个傻子。想想看，你打算跟他谈什么呢？宇宙大爆炸？外星虫洞？难道聊明星绯闻和韩剧吗？那简直都是对他智商的侮辱。

天才最大的困扰就是人生太平静了太一帆风顺了太没有挑战了。每次看他坐在食堂靠窗的位置，一个人默默吃饭的背影，实在是又让人心疼又该死地着迷啊。连从来不吃香菜和土豆的挑食习惯，都是那么的有范。”

学妹鼓起勇气把学姐从花痴模式里叫醒：“学姐，你前面说雷鸣有怪癖魅力，怪也能用魅力来形容吗？”

怜悯地看了学妹一眼，学姐给了她一抹“原谅他们吧，因为他们还年轻”式的圣母笑，继续解说，“有机会的话，应该很快，你就该去图书馆观摩雷鸣的专用书桌了，那也是物理学院的著名观光一景。那张桌子凝结了天平座的睿智和处女座的自律，上面的每一本书、包括每一张草稿纸在内，都是按书名字母以及SPITEM色谱进行排列的。”

“这个雷鸣就没有讨人厌的缺点吗？”学妹想象了一下那个画面，不知道为什么，并不觉得浪漫，反而打了个冷战，用力搓了搓身上的鸡皮疙瘩。完美到接近神，这句话同时也可以理解为，他已经不像活人。

然而沉浸在自己世界里的学姐却没有察觉到学妹的异样，仍旧自顾自陶醉着：“缺陷当然要有，那也是身为一个天才必须具备的条件。每个人都知道，雷鸣是个重度路痴和脸盲。上了三年课的教室都还会找不到，总是因此错过整堂课。连主任教授的脸也记不住，有次在食堂甚至还抢在教授前面，拿走了最后一块炸猪排，要不是大家都知道他这个毛病，还真担心教授会生气。

对了，他还有一点轻微花粉症，每到春天经过花园的时候，就会不自觉地皱起鼻子小心躲闪，还不想被人识穿的假装逞强真是太可爱了，怎么会讨人厌呢？”

“我想他一定没有女朋友吧。”学妹始终不肯放弃寻找雷鸣的黑点。

“他为什么要有女朋友，轻易就跟一个女人捆绑成一个套餐吗？那就不是天才了……”

学姐再次陷入自己的幻想中，目光松散地四处游移，忽然盯住一处兴奋地尖叫起来，“快看，正朝这边走过来的男生就是雷鸣！”

“不会是那个穿黄T恤的短腿胖子吧？”学妹不识相的质疑，如愿得到一记恨恨的横眼。

“呸，你见过长成胖子的天才吗？天才必须是瘦长的，纤细的，眼神是毫不在乎的，发尾永远是不平顺的。更重要的是，他永远只穿着纯白色或纯黑色的衬衣，纽扣一直扣到领口往下第二颗……”

穿着白色衬衫，把扣子扣到第二颗的雷鸣，当然知道有人正在看着自己，而且很可能是许多人，他早已习惯接受偷窥，或者明目张胆的跟踪。

穿白色衬衫最麻烦的就是容易脏，好在他都是在超市大甩卖时抢上几打十几块的便宜货，穿脏了就直接扔掉，只是每次在花车前跟一群大妈们的恶斗都会让他连续做一周噩梦。其实他更喜欢早春三月桃花一样的粉红色，但这颜色太危险，一旦被腐女学妹们钉上基情的标签，后果可是很严重的。在等待实验结果的大段无聊空当里，他可从来都没有错过八卦论坛上任何一则同志笑话和整容帖呢。

经过一群女生的时候，雷鸣淡定地用眼角余光扫了一圈，中间那个圆脸的大三学妹应该是自己粉丝团的骨干了，那下巴上从大一就前仆后继的痘疤她到底什么时候才要去治？真恨不得匿名送几款杂志推荐的祛痘膏给她。每次都要装作是第一次认识她都得比别人花更多忍耐力。

旁边那个女生应该是新生，还是新鲜的肉体让人神清气爽，尺寸目测不小于C。雷鸣强忍住再多看两眼的冲动，只看一眼是礼貌，看两眼是有心，或者还能让对方觉得受宠若惊，心跳加速。但如果再多看，就成了没见过女人的屌丝了。

女生最喜欢的男人就是得不到的。世上独一无二的天才，对谁都不屑一顾，却只对我多看了一眼。这是多么迷人，啊，我是那么了不起，我一定也是和其他女人不同的吧。

雷鸣目视前方，脚步节奏丝毫未乱，只是在心里默默盘算着，回去之后就立刻设计一个能让对方主动来搭讪的完美方案。

从图书馆一楼的窗边经过时，雷鸣听到一阵撕心裂肺的咳嗽声。他朝里一看，窗边坐着一个瘦弱的男生，正在做着一本厚厚的习题集，写两笔就要停下来咳嗽一阵，佝偻着的身体几乎要咳得埋进桌子里去。

雷鸣认识这个男生，他和自己同系同级，也是个学霸。可是雷鸣不打算记得他的名字，因为他每次都屈居自己之下，永远都是第二名。而人们从来都只需要知道第一名的名字。

当然他最大的错误并不是无法成为第一，而是，他太努力了，努力得不容你看不见。他每天都是第一个到教室，最后一个离开，无论何时都捧着一本习题集。

上学期期末考试前，他每晚都在宿舍熄灯后，蹲在厕所里熬夜。一个礼拜后，终于累到吐血，吓得同学打电话叫来了120。大半夜的，闹得全校皆知。人人都知道他为了得到好成绩，努力到命都不要。

人们或许会因此赞叹他的努力，但却永远都不会仰视他。

因为必须那么努力才能获得的成功，同时也证明了你不过只是一个普通人。努力很可贵，但并不稀缺。我不是做不到，我只是不想努力。只要我想，谁还不能努力呢？人人都是这样想的。

然而天才就不同了，明明没有努力，却仍旧能得到一切的举重若轻；这是天才最令人迷恋的地方。

雷鸣熟练地在灼热的目光中穿越，熟练地在同一栋教学楼下绕了两个圈，算算今天的巡视时间足够那些学弟学妹们传颂一周的了。他这才往校门外走去。雷鸣不住校，这是当然的——天才连和自己之间都需要保持距离，更何况和其他人呢。

校门口，卖牛肉饼的张婆婆刚刚把三轮车停在她的老位子上。

不用看表，雷鸣也知道，现在应该是5点25分。

张婆婆天天都是5点25分到达校门口，用5分钟时间做准备，然后 5 点 30 分准时开始卖饼。不多，不少，张婆婆每天只卖 100 个牛肉饼，卖完收摊走人。虽然张婆婆的牛肉饼比学校周围其他家的饼要贵 10 倍，但从 5 点开始，已经有人在这里排队等候了。

“我们这次排这么前，应该能买到了吧。”说话的女生不像学校的学生，像是个白领。

“难说，每个人都一打一打的买。”她的朋友信誓旦旦，“我来五次都没买到，这次一定要吃到。”

“其实她家的牛肉饼真的比别家好吃很多吗？”

“谁在乎这个啊。这可是传说。传说是可以跟普通牛肉饼比较的吗？”

雷鸣停下脚步，帮张婆婆支摊子。人群中传来隐约的赞叹声：“男神好有爱心啊……”

张婆婆看了雷鸣一眼，淡淡地打了个招呼：“今天来学校了？”

雷鸣点头：“一周出现一次，频率刚好。”

雷鸣和张婆婆的熟识是个意外。

有一次雷鸣跨越了整个城市，坐了三小时的车，去北郊黑市买盗版碟，不想在那里居然遇到了张婆婆。原来张婆婆并不是只有傍晚 5 点半才会出现，她白天一直在其他地方卖牛肉饼。

雷鸣看着张婆婆的牛肉饼，张婆婆看着雷鸣手里不及藏起的盗版 A 片。两人同时别开视线，从此觉得彼此之间多了一点羁绊。

张婆婆翘腿坐在小板凳上，貌似在自言自语。

“哎，文学系的系主任跟个大一新生好上了，他老婆躺在校长办公室不肯走呢。”

“男生宿舍四号楼啊，前天半夜来了个救护车，据说有个男生急性脱肛。”

“你们学院这届有个女生长得真是妖，胸大腰细的，听说最喜欢和学霸交往。”

……

一旁的雷鸣仔细地把铁锅擦得锃亮，将发酵好的面团取出来，一丝不苟地在铁盘上排得整整齐齐。张婆婆说的每个字，他都没错过，细细记在心里，不时还默念玩味。他真爱听这些八卦啊。香艳、刺激、猎奇，让人兴奋。可是他当然不能主动去问，也不能表示出一点好奇。爱八卦的天才，成何体统？

如果不是有张婆婆这个隐形的盟友，他真是要憋坏了。

还好，天才总是可以理解天才的。

提着张婆婆送给他的一打牛肉饼，雷鸣打开出租屋的房门，一股混合着方便面调料、臭袜子、发霉的气息就迫不及待地冲出来。

雷鸣当然没有时间收拾房间，他每天除了用 4 个小时睡觉，其他每一秒钟都在背书和做题。即便这样，他还有十本专业书急需一周内背完；两米高的试卷，他只刚做了一米。这些都是雷鸣花高价从已经毕业的学长那里买来的。墙脚垒着几个未开封的快递箱，那是他从国外邮购的辅导书。

电视剧前奏曲轰炸着响起，雷鸣无奈地皱眉。

离期末考只有一个月了，在这紧张的时刻，偏偏隔壁家的主妇开始在追新剧。剧里主人公认真生活的使命感，通过一句句羞耻而洪亮的台词，穿过单薄无用的墙壁，嘶吼着冲过来，回荡在逼仄的空间里。

然而除了忍耐，雷鸣无处可逃，他的那些奖学金，全都用来买昂贵的参考书了，哪怕天天吃泡面，也只能租到这种简陋的农民房。

“为了不让世界失望，你都不知道我有多么努力。”忽然一句台词猝不及防地钻进他的耳朵，雷鸣没忍住，鼻子微酸，抽泣了一声。

周二

按照标签提示一丝不苟地做人，你就能成为被贴标签的那一个。

广告人生

如果你问麦太，她人生中最大的收获是什么？

她一定会说，是那块正对着她家阳台的广告牌。

“我敢打赌，你绝对没看过那么大的广告牌。”麦太每次都这么形容，一脸自豪和圆满，仿佛这块广告牌是她怀胎十月生下，含辛茹苦养大上了哈佛、当上第一位黄皮肤美国总统的小孩。

张爱玲说我们对世界的认知大多都是二手的，先看到海的文字，再亲眼看到海；也有人可能一辈子都没有去过海边，但并不妨碍他们自己觉得已经对大海了如指掌。

感同身受这件事，重要的是需要找到一个合适的媒介。对麦太来说，为她和世界建立关联的通道，就是这块广告牌了。

从老家到这个城市的晚上，她第一次看到这块广告牌。

那时她还不是麦太，而是田小姐。

那天是田小姐出生后第一次坐地铁。她被这一条条隐藏在地下的铁龙晃得头晕，那些编号、路线、出口、指示符，编织出一个巨大的迷宫黑洞。她努力地从一个出口钻出来，茫然地看一眼陌生的天空和街道，它们面无表情，冷冷地无声告诉她，“你走错了”。她只得再转身埋进地下，尝试另一个出口。不知道转了多少个出口，她某一次钻出地面的时候，赫然发现，天已经黑了。

田小姐站在路边，打开钱包迟疑，不确定里面的钱够不够打辆出租车到目的地。

就是在这个时候，她看到了那块广告牌。

它高高地竖立在分岔路口，大约有 20 多米高，开车从高架桥经过的话，老远就能看到。

田小姐现在也不知道那是什么广告，只记得动态的显示屏上是一个男人的背影，他刚刚从火车站下车，背着包，拉着行李。渐渐的，周围人潮褪去，只有他仍旧在走着，背对着田小姐，背对着世界。他的身边慢慢打出一行字：“与其被生活选择，不如主动选择生活。”

田小姐犹如喝下一碗胡辣汤，醍醐灌顶。

她在附近租了间房，为的是可以随时看到那块广告牌。

原来广告才是选择生活的最便利媒介。当你害怕选错的时候，广告早早都帮你选好了。田小姐永远无法忘记那种涌上全身的温暖安全感。

从此她爱上了一切广告。

田小姐买房子看的是地产广告，买家具看的是家居广告，买衣服看的是时尚广告。她的家整个长得就是一个广告样板间，从床、衣柜、沙发到冰箱、洗衣机、微波炉，以及衣柜里的每一件裙子、每一双鞋、每一个包，任何一样东西都是某品牌放在巨幅海报上的那个主打广告款。甚至牛奶、饼干、口香糖，在她家里，永远可以看到电视杂志上最新广告商品的实体。

田小姐当然也是推销员最爱的目标客户，只要上门推销的人带来广告海报展示给她看，无论多么一目了然毫无用处的窗帘清新剂，还是价不符值的自动门把手，她都会毫不犹豫地买下。唯一的要求是，它们必须和广告上长得一模一样。

连她的老公也是看广告上找的。

确切的说，是英俊的麦先生当年为他报名的婚介所拍了一幅宣传广告。在地铁里刚贴了 2 天，田小姐便拿着海报冲进婚介所，指定，“我就要广告上这人！”之后，她就变成了麦太。

当然，商品必须和宣传的一模一样，不然广告还有什么意义呢，人生还能相信什么呢！

但要说麦太最爱的，还是站在阳台上，就能看见的那块广告牌。它就像是定海神针，只要看到它，麦太的任何焦虑不安都能立刻平复。

这块广告牌位置醒目，炙手可热，有时一两个月更换一次，有时一两周就会更换一次，大多时候是地产广告，也有医院的广告，卖车的广告，以及网站广告。

麦太生孩子去的是上面登的医院，买车选的是广告牌上的那款，早餐吃牛奶还是面包，都由广告牌决定；就连茶杯垫图钉和绑头发的橡皮圈，她也尽量买上面曾经出现过的——即便是给主角做配件做装饰的，那也总算是上过广告牌的。面对面看了它八年，麦太几乎已经把它当成自己最亲的闺密和最尊敬的人生导师。

她每一天的时间安排也是由广告来引导的：

“现在是早餐时间……”

“咖啡时间到了……”

“聪明的妈妈最知道什么时间该给家人补充维生素……”

当然，麦太一天中最愉快的时光，还是坐在阳台的摇椅上，一边喝着最新广告款红茶，一边看广告牌在夕阳中晕染出温暖的光圈。

不过最近一段时间，麦太即便是在看广告牌时，也无法立刻驱除心中的焦躁，它正一点一点吞噬着麦太的骨髓。

起因是麦太在先生的手机里发现了几条陌生女人的短信。短信发送时间总是半夜两三点，虽然用词还不到赤裸挑逗的程度，但情绪上难掩暧昧。然而更让她烦躁的是，麦先生前两天居然自己去买了套运动装打算开始晨跑了。

“他可是最讨厌逛商场，也最讨厌运动的人了。”麦太望向广告牌的眼神忍不住带着些幽怨。

不过今天又换了新的广告呢。她强打精神，仔细看着，轻轻读出声：“老公最近变得爱打扮爱独自出门？”是的。

“老公开始对你冷淡了？”估计快了。

“想知道老公每天都在和谁发短信通电话吗？”当然！

“移动定位小秘书，帮你 24 小时锁定老公！”

巨幅广告上复仇女神造型的黑长裙中年美妇，脸上堆砌着大逃杀游戏幸存者式的笑容，麦太看着看着，忍不住握紧了手里的电话机。

麦太的身影再次出现在阳台上已经是两个月之后了。

被阳光投射在水泥台地上的影子似乎比之前更收缩，整个身体的比例显得有些畸形。她方正的脸上难掩憔悴，“广告牌啊广告牌，为什么事情并不像你说的那样顺利呢？”

麦先生这一个月以来已经开始夜不归宿了，之前他起码还会找个理由，现在甚至直接不耐烦地说，“都给我装上忠犬跟踪器了，你还担心什么？”

夕阳下的广告牌还是那样温馨，透露出安定的力量，一如既往坚定地向麦太传递着人生经验：“男人的心思都写在你的脸上”“换一个面，世界因此不同”“美丽的人生，才是有选择的人生”……

原来如此。

从广告上酷似形似 Angelababy 的女生特写——放大 100 倍的美瞳和骄傲的胸上，麦太似乎看到了一种叫做希望的东西。

……

半年能做多少事，麦太以前也是不知道的，并没有广告曾经提到过。

但麦太现在知道了，半年至少可以换来一个削尖的下巴、一个高挺的鼻子、提升两个 size 的胸围，以及丈夫像丢垃圾一样，丢给她的离婚协议。

麦太无法理解麦先生的决定，他为什么不能和自己一样，按照广告里的剧本走呢？

明明麦太一直那么努力，一丝不苟复制着广告里展示给她的理想人生。广告告诉她，要选择优秀的丈夫，所以她选了；广告告诉她，要选择舒适的房子，所以她选了；广告告诉她，要选择当一个贤惠的妻子，所以她辞职在家专心做主妇。接着要选择捍卫完美的婚姻，她按照广告告诉她的，美容整形丰胸，成为了一个更好的女人。她的每一个选择都没有错。

麦太不想离婚。直到麦先生嫌弃地甩给她一本广告册。

她翻开手册，广告内页上清晰地写着：“放手，不是为了放走别人，而是放走自己。”

签离婚协议的时候，麦先生是跟另外一个女人一起来的。那女人长得很眼熟，麦太总觉得似曾相识，是在哪个广告里看见过？交友网站？还是马桶广告？等一下，她似乎曾经出现在那块超级广告牌上。

麦太，哦不，她现在又变回田小姐了。

田小姐看着因为搬走了一半东西，而显得空荡荡的房间，脑子仍旧乱糟糟的，心里也乱糟糟。她并没有感受到“放走了自己”之后，理应得到的正能量。她只觉得烦闷、憋屈、怨恨、懊恼，全宇宙的负能量仿佛都被她一个人接收了。

毫无头绪地在房间里走来走去，田小姐忽然想起第一次看到广告牌时，上面的话：“与其被生活选择，不如主动选择生活。”

她选择了，却没有得到完美的结果。或者说，她只是以为自己选择了，其实仍旧是在被选择着吗？

还是说，广告牌一直就说错了？田小姐的心里第一次冒出质疑的声音，但她立刻自己否定了这个质疑。因为现在，她只剩下这个广告牌，只有它能够懂自己。她绝对不能否定它，那就等于是在否定自己的前半生。

“广告牌啊广告牌，你能不能告诉我，这一切都是怎么发生的？”田小姐疲惫地走到阳台上，希望从广告牌身上汲取支持和认可。

她猛然睁大了眼睛，捂住胸口。哦不！发生了什么事？太可怕了！这不是真的！那块巨幅广告牌不见了。未曾完全拆走的钢筋支架上，只留下一个巨大的豁口。

田小姐的灵魂似乎也被这个黑洞一样的豁口瞬间吸走。她怔怔地站在原地，被打散乱的思维逐渐凝聚，集结成一个念头：没有广告的提示，明天我应该吃什么呢？

周二

确实有相当那么一些人，如果没有人告诉他们明天应该做什么，就真的不知道明天应该做什么。

声音怪兽

“下一位，请进。”

走进来的是一个四十岁左右的男人，中等身材，戴着黑色棒球帽，棒球帽外头再套着连帽衫的帽兜。几乎看不见脸，因为他还戴着口罩。

不过会来耳鼻喉科看病的，大半都戴着口罩，我并没有感到意外。正是初夏梅雨季，呼吸道过敏的病人骤然猛增十倍。如果你像我一样，每天看过 200 个鼻子和 200 张嘴，也会明白，好看的鼻子和难看的鼻子，不过都只是一团肉和软骨而已。

口罩男在我对面坐下，也不吭声，只是从背后取下黑色双肩包，搁在腿上打开，从里面拿出一个笔记本、一支笔，然后又把包背了起来。

“你可以把包放在旁边的椅子上。”我好意提醒他。

最近常有病人投诉医护人员态度不好，不够关怀体贴，上头专门开会组织学习，要求大家务必时刻注意言行。

口罩男没说话，只是轻轻摇了摇头，捏紧了手里的笔记本。

可能是咽喉问题，都说不了话了，有点严重。

我振奋了一下精神，保持微笑，“是喉咙不舒服吗？麻烦您摘下口罩，张开嘴。”

口罩男摇了摇头。

“没关系的，您把口罩摘了吧。”

口罩男摇了摇头。

“您不让我看，怎么做检查呢？”

口罩男摇了摇头。

“您的意思是说喉咙没问题吗？那您是哪里不舒服？”

口罩男仍旧摇了摇头。

这人什么毛病，只会摇头吗？我努力不让不耐烦的情绪出现在脸上，毕竟房间里可是装着摄像头呢，一举都有人看着，一动都是把柄啊。

我揉了揉太阳穴，无奈苦笑：“您真是来看病的吗？”

他犹豫了一下，这次居然点了点头，翻开手里的笔记本，递到我的面前。上面已经提前写好了字，字写得不算好看，但是正，每一笔都写得很用力，似乎显示着写字人的决心。

“我想摘除声带。”

什么意思？虽然略有点意外，不过我还是迅速在脑子里过了几个可能性，“您的声带怎么了？难道是肿瘤？看上去不像啊。做过切片检查了吗？”

他把本子翻到下一页，上面写着：“我的身体没有任何毛病，声带也没毛病，我就是想把它切了。”

这特么是来玩我的吧？一股怒气上涌，激得我反而冷静了下来。我冷笑一下：“这位先生，这里是医院，您要是想玩游戏，或者玩偷拍什么的，最好赶紧打住，不然我叫保安了。”

“没骗你。我真的想做切除手术。”

“您知道声带摘除的后果吗？你从此以后就再也不可能说话了。”

“我就是不想再说话，我想做一个哑巴。”他在本子上写着。

“先生，我们是不可能随便做这种纯破坏性手术的。”你不是身体有病是脑子有病吧？我硬生生忍住了这句话没说出口。或者我不应该叫保安，直接叫精神科的人过来算了？真佩服我自己，居然还能心平气和地跟他继续着荒谬的对话。这都什么乱七八糟的。

他从帽檐和口罩之间，直直地盯着我，绝望从他的眼睛里绽放，顺着眼角的皱纹开始扩散，那绝望弥漫得那么迅猛，那么浓重，我以前只在得知自己身患绝症的病人脸上看到过。

屋子里安静了几秒钟，他低头，在本子上慢慢地写下一行字：“你已经是第 4 个拒绝我的医生了。”

被他身上深邃的绝望辐射，我试图缓和下气氛，“没有医生会同意做这种手术的。不过，如果您能告诉我原因的话，也许我们可以找到其他解决办法。您是嫌自己的声音不好听吗？那可以做声带整型，没有必要摘除。”

口罩男仍旧低着头，半天没动静。在我几乎以为他下一刻就要转身离开的时候，他又开始在本子上写字，写得很快，“我害怕我的声音，那不是我的，它是一个怪物，我不能开口，因为我没办法控制它。”

“你说不能控制是什么意思？”

“它有自己的意识，它总是说出不是我想要说的话，它总会说出最不该说的话，别人最不想要听的话。从小到大，只要我一开口，这声音就会立刻让每个人都远离我，讨厌我。它恨我。我也恨它。”

我有点后悔刚才没给精神科打电话，现在只能试着去理解他的意思，“呃，性格内向，不善言辞的人也很多，社交这种事嘛也是勤能补拙的。多出去跟人说说话，找点大家感兴趣的话题，情况再糟也坏不到哪里去的。”

“不，您完全不明白！事情没那么简单，您不知道它有多可怕，它会把我说的每句话都变成攻击，把每个字都变成最恶毒的伤害性语言。它比病毒还恐怖，它就是个看不见的杀人机器！”

不知是因为激动，还是恐惧，他的字变得颤抖、扭曲。可是这怎么可能呢？也太夸张了。

见我仍是一副不以为然的样子，他神色悲哀，闭了闭眼睛，仿佛做了个决定。然后，他伸出手，慢慢地摘下了脸上的口罩。

都怪他把气氛搞得这么诡异，害我都跟着有点紧张起来。这一瞬间，我忽然有种被拉进了一部5D恐怖片里的感觉，心跳莫名加速，不自觉地吞了吞口水，瞪大眼睛，盯着他的脸，甚至有点期待那口罩后面真的有只怪物，会嘶吼着扑将出来。

好吧，口罩下面确实只有一张嘴而已。

他的嘴巴长得很普通，就像他那张司空见惯的普通的脸一样，颧骨略突出，肤色略黄，就是个你每天擦肩100次也不曾想仔细看一眼的路人。唯一不那么正常的地方，就是他还在嘴上贴了一块肉色透明的医用胶布。和怪物沾不上一点边，更像是什么行为艺术。

口罩男伸手，将胶布也慢慢地撕了下来，嘴唇上留下微微泛白缺水的干裂痕迹。他抿着嘴，仍旧直直地看着我，似乎是在等我先开口。我只得不自在地微咳了一下，“依我看，您的嘴似乎并没有什么问题。”

“有没有病是靠看一眼就能知道的吗？那还要医生干嘛？直接在街上找个看相的骗子不就行了？”可能是他沉默太久，猛然开口，倒吓了我一跳。

明明一脸萎靡困顿的人，发出的声音居然像刀锋一样锐利，带着让人不舒服的压迫感，语速飞快却又一字一句清晰冷硬，也让我感到意外。

“我不是那个意……”

不等我说完，刀片般的声音已经再次冷冽地刮到我面前。“我早上5点起床，花了两三小时，转了3趟车才到这里。又排了一小时队才挂上号，就是来听你说这些废话的吗？说了半天，屁用没有！”

也许是我的错觉？随着他的话越说越多，口罩男整个人的气场似乎都跟着变了，犀利，阴沉，强势，他好像正在变成另一个人。

“对，对不……”

他再次打断我：“想说对不起是吧？好啊，把外头那个臭脸护士叫进来，让她先说！叫个号跟没吃饭一样，不死不活的，谁欠了她是怎么着？还有我早就想问了，这屋里到底是什么味道？消毒水泡过的死老鼠吗？这医院是穷到都请不起清洁工了吗？你们这些医生，收钱的时候牛逼哄哄的，就只会跟我说‘不能做’‘不能做’‘不能做’！我看的是医生，不是复读机！”

“我只是想帮你。”我都为自己只能说出这么苍白软弱的回应，而羞愧。

果然，口罩男对我的话根本不屑一顾：“帮我？你要怎么帮？我的人生全毁在说话上，我没工作，没朋友，连我妈都受不了我，说我一开口就给人添堵，晦气，刻薄，冷血。但我特么说的明明都是大实话啊。

“小时候上学，老师天天说做人要诚实。结果呢，你稍微说句真心话，作业太多，她讲的东西怎么那么无聊，根本听不懂。她翻脸就让你出去罚站。

那些个来相亲的姑娘，心里明明在盘算你年薪多少，有没有房，嫌你长得丑，还非得说，你是个好人，值得找比我更好的人。

同事生个娃，到处发照片。你不想看，她说你这人真怪；你看了不评价，她说你怎么没反应啊；你说句鼻子怎么大得跟蒜头一样，她就骂你不善良，连小孩都不夸。

你说我妈，2 块钱的感冒药都舍不得，要买 1 块 5 的，但是非要买件貂皮大衣。不就是要去老同学聚会了，想穿去炫耀吗？我说她虚荣，杀生，老太太就要跟我断绝母子关系。”

“……”

口罩男几乎已经不是在说话，他的声音像宿醉后的呕吐物那样喷薄汹涌不可抑制。

我早就插不上话，也不知道该说什么，刀片一样的声音刮得我脑子里刷刷生疼。我几次试图转过头去不看他，却又觉得不忍。

在他喋喋不休的叙述中，仿佛有一些黑色的影子从他身上挤出来，渐渐在房间里散开。那黑影似乎是个男孩模样，抱着头捂着嘴惊慌地逃窜，狠狠地在墙壁上碰撞着消散。然后又再次聚拢，陡然拉长，变成一个男人，弯腰蹲在角落，一劲抽打着自己的头脸。直到从嘴里吐出一团扭曲的兽头，张着嘴，咆哮着嘶吼着，扭动着挣扎着，想要把庞大的身躯从他的身体里挤出来。

“铛”的一声，角落的座钟猛地一下报时，把我和口罩男一起从梦魇中惊醒。坐在我对面的男人，猛地捂住嘴，慌乱地把胶布狠狠贴回嘴上，迅速戴上口罩，双手用力捂住棉布的边缘，唯恐有什么妖怪会从缝隙中再溜出来。

他惊恐地瞪着我，我无法把视线从他身上挪开，似乎连不看他都会是对他的一种摧残。

他是病人，我是医生，无论如何，我们都有各人必须承担的责任和义务。所以即使此刻我也是身心俱疲，却仍旧不得不振作精神，好赶紧结束这场诡异的诊疗。

“咳，其，其实也没有那么严重，有很多人也都是这样的，说话比较直接，不会客套，不太注意说话之道。从好的方面想，这也说明你一点也不世故，童言无忌嘛，哈，哈。”真是干瘪无力的说辞。

口罩男一脸哀伤，在纸上写着，“不懂技巧，坦率就是粗鲁；不会掩饰，真话就是恶毒；不能控制，说话不再是权利，而是刑罚。我每次听到自己的声音，就像打电话能从里面听着自己的回音，越说越着急，越说越想揍自己，想让自己闭嘴，然后自己跟自己斗嘴，直到斗崩溃。”

他把本子翻到最后一页，递到我的面前。

“这世界宁可你是个哑巴，也不允许你不遵守说话的规则。”

看着这句话，我们都沉默了。

忽然一个护士推门闯进来，不满地大声嚷着：“张医生，怎么这么久！还没看完？都 1 点多，我午休时间早就过了！外面等的病人也都在闹了。”

我恍惚看到房间里仍留有一丝未消散的黑影，嗖地窜进了我的身体里，激得我腹腔里的一团热气极速膨胀，上涌，一直冲到喉咙里，哗地呕出来。

“就你没吃饭吗？我也饿着。让他们再等会，嘴巴里冒两个泡不会死！”陌生的声音在房间里回荡，“房间里这股味到底怎么回事？都一个月了，你是死人闻不到啊？”

谁？谁在咆哮？“什么鬼医院，就知道让人加班。到处都是摄像头，还有没有隐私了！”

这难道，难道是我的声音吗？“亲切服务，亲你奶奶的！我是医生，不是妓女！”

我紧紧捂住自己的嘴，大口喘着气。

小护士倒退到门口，惊恐地望着我，像在看一个疯子。我想冲她摆手，又不敢把手从嘴上松开，只能拼命地摇头。护士尖叫着跑了出去，“张医生疯了！”

慌乱中，我看到口罩男，他仍旧坐在那里，看着我，他的眼中，露出了然的悲悯。

周二

这世界会对一个哑巴宽容，却不允许一个能说话的人，不遵守说话的规则。

植物保护主义者

眼镜?

OK!

领结?

OK!

皮鞋?

OK!

从上到下,仔仔细细审视着落地镜里的自己,阿木满意地点点头,厚厚的眼镜片反射出塞满镜子,几乎要往外溢出的一片碧绿莹莹。

这身韭菜绿西装四件套是阿木最得意的衣服,只有在大日子他才会穿;比方说植树节清明节重阳节世界睡眠日爱牙日干洗日啦等等等,一年算下来也就穿个 350 天吧。

不穿出本怎么行?这可是阿木花了大价钱,专门找茂名路上的裁缝铺定做,从衬衫到背心到领结,里里外外都是绿色织锦缎面的。说话漏风的老师傅拍着胸脯向他保证,整个上海滩只此一件,如果撞衫欢迎阿木来砸他招牌。

阿木原本长得就有点矮墩墩，肉滚滚，常年剃着光头——有人怀疑他其实是为了掩饰早秃，再套上这身西装西裤，看上去就像一颗青翠欲滴的大冬瓜。

阿木穿过小区的时候，一群老阿姨正在楼下空地跳扇子舞。

“哎呦，哪家的冬瓜成精了，长了两条腿跑出来啦？”头发烫成泡面一样的胖阿姨第一个大声嚷了出来。

“什么冬瓜，看看清楚，是阿木啦。”另一个齐刘海阿姨忍住笑反驳，“阿木啊，又要到哪里领奖去啦？”

阿木没搭腔，泡面头阿姨先抢了话，“咦，不像领奖，肯定是又有电视台要采访来。”

阿木径直走过她们身边，眉毛都没有斜一下。他把背挺得直直的，尽可能地仰起脖子，冬瓜尸变成木乃伊，在老阿姨们的目送下，迈着小短腿，慢慢地挪出了小区大门。

泡面头阿姨忽然一拍大腿，“想起来了，阿木的餐厅今天开业啊，社区报上专门都登了的。”

老阿姨们扇子舞也不跳了，索性坐下喝口茶，聊会闲话。只要一讲到这个冬瓜阿木，随便扯白就能扯出一匹长布条，绕地球三圈。

阿木在整个小区，甚至可以说在整座城里，都满有点名气。因为，他是个激进的植物保护主义者。

邻居们第一次知道自己身边居然住了一个这么了不得的人物，是因为阿木干了件“大事”——他单人匹马，拼死闯上高速公路，拦住一辆运送莴笋的大卡车，硬生生抢回了那一整车的莴笋。

第二天，所有报纸、电视台、网站的记者都找来小区要采访阿木。

老阿姨们哪里见过这么多的摄像机照相机，长枪短炮各种镜头、话筒和露着雪白脖颈修长大腿的美女主持人，一个个拎着菜篮子，站在边上看都看晕了。锥子脸主持人拉住一个阿姨就嗲嗲地问:“阿姨，您认识保护植物的英雄阿木吗？”

哈？哪尼？

这新闻最终被命名为“高速路勇救莴笋事件”，上网一搜关键词，立刻能弹出三千八百万个相关视频，一点开就是阿木声嘶力竭的演讲:

“花花草草不要太可怜哦!

“比方说蒲公英，小小一颗种子还没长足月，就被人吹一口气，强行从母体分离，一生流浪，不得和亲人团聚。

“玫瑰就更不要说了，它就是植物界的司马迁啊，还有比它的遭遇更悲惨的吗？生殖器被活活切割下来啊，请问它到底做错了什么，要遭受这样的阉刑？

“再看白菜芹菜油麦菜，每天不是被人用最脏最臭的粪便洗澡，就是被臭鸡蛋淹没，连喘气都是污秽的。这一切是为了什么？为了快些长胖点好给人吃掉啊！

“残忍！冷酷！比希特勒还要法西斯！

“就不能让植物们好好活下去吗！

“……”

邻居们后来都默默回家搜索去了。虽然分辨率太低，有点血肉模糊，不过还是可以清楚地看到视频里，阿木穿着他那身标志性的绿西装，四肢张开，紧紧趴在卡车的车头。他哭得声嘶力竭，眼泪鼻涕糊了一脸：“造孽啊！丧尽天良啊！居然要吃莴笋啊！”

这张阿木趴在车头的照片流传最广，被媒体形容为“古有沉香劈山救母，今有阿木舍身护笋”。

众人总觉得这个造型哪里有种说不出的眼熟，直到泡面头阿姨四岁的孙子放学回家，指着电脑屏幕哈哈大笑：“好大一只绿鼻涕虫！”

老实说，老阿姨们到现在还是雾擦擦的。

齐刘海阿姨嗑着瓜子，连连摇头，“还真是搞不懂了，个么人家好好地把自己家地里种的莴笋运去菜场卖，到底是哪里不对了？”

泡面头阿姨接话：“侬没看过采访里阿木说的话？伊港：

外国人把莴笋当童话来供着的，叫安徒生、还是格林的人写过个《莴笋姑娘》什么的，我估计跟阿拉讲的田螺姑娘差不多。阿木讲，如果让老外知道阿拉都把莴笋拿来吃掉，国际影响不好的。”

“那么多莴笋，后来到底哪能了？”

“还能哪能啦，就放到他家屋里头啊。这么热的天，通通都烂在屋里头了。”

“怪不得好长时间，我进进出出的，老是闻到有股死耗子味。”

老阿姨们纷纷抱怨起来。一个阿姨一指小区后花园的位置，恨恨地说：“味道算什么，他种的这些毒草才真是要杀人啊！阿拉外孙女昨天就从旁边经过了一下，马上起了一身红疹子。”

自从电视台来采访过阿木之后，他就在小区的公共广场里立了块“保护植物，人人有责”的牌子，运土施肥的，光明正大地霸占了这块公共空间，种起了花花草草。

如果只是种点月季玫瑰什么的倒也不算太坏，偏偏阿木号称要“挽救濒临灭绝的珍稀植物”，尽种些大家从没见过的古怪品种：食人花、断肠草、漆树、箭兰……

乖乖，听名字都吓死人，不知道的人，还以为这小区里面成了“植物大战僵尸”的恐怖片现场。原本花园里满热闹，阿姨们跳跳舞，小孩玩一玩，情侣散散步，种满这些“濒临灭绝的珍稀植物”后，害的大人小孩花粉过敏的、树皮中毒的、撞上尖锐利刺的，非残即伤，再没人敢靠近，白天夜里的都阴森森，像个鬼屋。

邻居们不止一次地投诉说：“再搞下去，这些植物没灭绝，倒要先把人给灭绝了！”

每次被投诉，阿木就很生气，“花花草草不要太可怜哦，连动都不能动的，怎么可能去害到别人。谁叫你们要去乱碰的，不晓得绕道走啊？”

反正阿木总是有道理的。对他来说，植物比人可亲。

泡面头阿姨喝了半壶开水，继续扯白：“你们晓得伐，阿木前面谈的一个女旁友……”

不等她说完，旁边的阿姨们已经炸了。

“什么？阿木还谈过女旁友？”

“有没有搞错，有人会看上他？”

“不知道是心大还是命大哦。”

泡面头阿姨不以为然地摆摆手，“怎么说阿木也是个老上电视的名人，还拿过不少奖的勒。小姑娘不都爱追星的嘛？”

这倒是真的。

阿木不要命保护植物的事迹也是热闹了好久，有段时间，电视里、报纸上、网上到处都是“冬瓜绿”阿木的照片，他领回一箩筐的公益模范奖、爱心天使奖、绿色环保奖，反正都是表彰他爱护植物的。

“话说那个女旁友啊，有天半夜里肚子痛得厉害，打电话要阿木陪她上医院，结果阿木不肯，让她自己一个人去打车。”泡面头阿姨故意停下，“你们倒是猜猜看，阿木不肯去是为了什么？”

“嫌麻烦喽。”

“觉得女旁友太作？”

“他自己身体也不舒服？”

泡面头阿姨哈哈一笑，“你们就是想破头也想不出，阿木这个人能怪到哪能样子。他不肯去，是因为那天晚上是他养的昙花开花的预产期。”

她站起来，学着阿木的样子，假装用指头顶了顶鼻子上的眼镜，握着手，好像诗朗诵一样，字正腔圆地：“一边是见证生命奇迹的时刻，一边是区区一个急性阑尾炎，你说我应该选哪边？要选吗？要吗？

“侬要跟我分手就分吧，我不在乎。

“植物才是人最好的朋友、灵魂的伴侣！

“它们从来不会因为你没有车没有房就弃你而去，不会计较出去吃饭谁买单，365天风雨无阻在家等着你回来，这样单纯善良的植物，怎么会有人忍心伤害它们，不要太可怜哦。”

泡面头阿姨学得真真的，连普通话里夹着苏北口音都跟阿木一模一样，惹得众阿姨笑得喷茶，前仰后合。

“我就不懂了，阿木看着那些毒草都能哭出来，偏偏对自己父母心肠是硬得来。伊拉姆妈都快70岁的人了，生生被他赶出去在外头租房子住。”泡面头阿姨俨然是小区里的特工007，没有她不知道的事，“他家里头两间房，一间屋子他自己住，一间屋子搁满大大小小盆栽。伊港：‘姆妈还可以自己养自己，花花草草放出去外头么就只有死路一条，不要太可怜哦！’”

众人听得唏嘘，也不知道该说什么才好，沉默了一会，终于有阿姨开口问，“不过阿木开餐厅是做什么菜的？他不是顶反对吃青菜萝卜的吗？”

“所以他开的是家仿素菜馆嘛。拿野生九头鲍鱼做成杏鲍菇，浇上黑毛猪骨熬了20个小时以上的高汤，味道跟鲜蘑菇是一模一样的。用鸡肉做成鸡腿菇，还必须是刚出生两个月的子鸡，不然肉就老了，只取脖颈上那一点点肉，现杀20只子鸡才刚刚够炒出一盘菇的。还有深海鳕鱼冷压醲馅做的茭白，西藏牦牛肉风干切片做的木耳，辽东十年以上的大海参磨成粉做出来的冬虫夏草。花样不要太多。”

“乖乖，吃盘小白菜倒比吃龙肉还精贵。”

“哦，青菜小白菜那些常见的菜，伊倒是港，可以随便吃的，没关系。什么被驯化没有野性的植物都可以随便吃的，要不然光吃肉的话，营养也不均衡了呀。到时候人废气排出去的太多，对其它更值得保护的植物么，也不好的呀。”

“这个阿木还真是一套一套的，怎么都说不过他啊。”

“搞不好，今年全市的年度公益奖也会是阿木的了吧？”

……

老阿姨们边说边往家里走，远远经过阿木的毒草地，她们齐齐地拿出帽子、墨镜和防毒口罩戴上。

阿木担心有不怕死的鸟飞过啄坏了这些植物，在园子里还特别竖了个假人。假人的身上贴着阿木一比一大小的照片，依旧是那套韭菜绿的西装，衬的整张面孔都绿莹莹，两只眼睛严肃地瞪着，仿佛下一秒就要怒吼出来：“花花草草不要太可怜哦。”

周二

我们都应该保护植物，因为它们太好吃了。

中奖者联盟

美丽街 666 号。

这是一栋藏在老街上的三层小洋楼，沿街一溜梧桐成荫，都是长了十年以上的梧桐，华盖亭亭地笼罩在灰白的柏油路上，前望后望，一眼看不到别的建筑，剩下它，独自岁月静好。

范举看着手里的金色名片，又看了看面前的金色门牌，果断按下了门铃。

6 是他的幸运数字，也是最终令他下定决心来这里的重要因素——他觉得这是一个信号。范举一向信任自己的直觉。

深红色木门打开了一条细缝，范举赶紧把名片递了上去，“你好，我是来……”

木门忽然关上，等再次打开的时候，一只白衬衫的胳膊从里面伸了出来，手里拿着一个黑衣人的面具，胳膊的主人在门背后轻轻地说：“进门前，请戴上这个面具。这是规矩。”范举迟疑了一下，还是默默接过面具戴上。

门开了，露出同样戴着面具，身材瘦削的男人，不过他戴的面具，是一个威尼斯的小丑面具。男人十分有礼："您好，我是X，很高兴为您服务。"

"那个，请问……"

"请您先跟我进去吧。"不等范举说完，"小丑"恭敬地做了个手势，邀请范举进去。

老洋房的内部也保留着最初的复古结构，沿路家私、饰品简单洋范，大多是木质、铜制的，透着厚重年代感和昂贵，即便只是仿品，那也是仿造的相当用心的。

穿过玄关、走廊、客厅，"小丑"领着范举径直走进了最里面的一个房间，乍看以为是书房。三面墙都是书架，满满的禁欲感，那些书长得就让人不大想要去看的样子。不过没有写字台，只有些沙发矮几插花三层高的骨瓷点心架子，如果再多点烟雾缭绕，蓝调唱碟和水烟威士忌，俨然就是一个高档会所里的雪茄俱乐部了。

范举被带进去的时候，已经有三个人在里面。他们都坐在小牛皮的单人沙发椅上，围成一个半圆，圆圈上，还有一张沙发是空着的。

三人也戴着面具，一个是蝙蝠侠，一个是星战武士，还有一个芭比。

芭比显然从身形打扮上一眼就能看出是位女性，并且是一个酷爱小香风的女性，从外套、短裙、镶着珍珠的皮鞋，到皮包、耳环，全都是香家的，如果都是真的话，这一身加起来大概将近50万。两外两个男人穿着最常见的条纹翻领T恤和格子衬衫，上面没有任何LOGO标志，身上也没有一样配饰，难以判断他们的身份和年龄。

范举局促地扭动了一下下半身，转身再次对“小丑”开口，“可能有点误会，其实我是来解决……”

“我明白，你是来解决问题的”，再次截断他的话，“小丑”安抚性地拍拍范举的肩膀，“请放轻松，别紧张。大家都一样，都是来这里解决问题。”

他将范举带到空沙发前，示意他坐下，然后轻轻关上房门，自己走到圆圈中央的空椅子坐下。

“既然人已经到齐了，那我们就开始吧。”他的声音永远只有轻、缓、安定这一个声线频道，似乎怕惊扰了地上的蚂蚁。“依照规矩，请大家轮流说一遍自己的情况，首先从‘蝙蝠侠’开始”，他转向范举，解释说：“你是第一次来，可能还不清楚。我们这里不用真名，都只用戴着的面具来互相称呼”。

“3个月前，福彩，2.5亿。”

“6个月前，六合彩，3亿。”

“一年2个月前，赌马，3.8亿。”

“蝙蝠侠”、“芭比”和“星战武士”依次回答，尽管都只是几个简短的词组，但在场没有任何人表现出惊讶或不解，似乎对他们来说，这就足够了。

轮到范举，他踌躇了一下，“可能有点误会，我并不是来……”

“请放心，在这屋子里的一切对话都是绝对保密的”，“小丑”给了范举一个安定的眼神，循循善诱，“那么‘黑衣人’，请告诉大家，你的情况？”

范举下意识加紧了双腿，皱了皱眉，停顿了一下，似乎在想措词：“上个礼拜，双色球，5.7 亿。”最后他也用三个短语结束了自我介绍。

是的，范举就是最近一期双色球大奖的中奖者。

没错，坐在这个房间里的，人人都是彩票的中奖者。

而他们所聚集的这个地方，就叫做“中奖者联盟。”

简单来说，“中奖者联盟”其实是一个心理咨询机构，以互助会的形式帮助需要心理治疗的群体，基本功能跟形式和戒毒互助会、酗酒互助会、自杀互助会等相似。

从名字就知道，“中奖者联盟”服务的对象是中奖者。这里专门为中奖者提供心灵按摩，帮助他们尽快适应一夜暴富后融入有钱人的世界，聆听他们中奖后的烦恼，调试中奖后的心理压力，以及治疗各种中奖综合症，如失眠、暴躁、厌食、强迫症等。

这里与普通互助会最大的区别是，通常心理疾病引发恶习，大多问题的根源都是因为穷；而在这里，所有烦恼的开端，却是因为有钱，太有钱，有钱到可怕。

当然，“中奖者联盟”的互助会是分为不同等级进行的，就像中奖者的奖金有以千万为单位的，也有仅以万为单位的。比如范举此刻参加的这个互助会，就是以奖金在 2 亿元以上为入会的门槛，可谓金钻级的 VIP 联盟。

“中奖者联盟”时刻都在关注着世界各地的中奖者，尤其是关怀那些大奖特奖得主，以便能及时为他们舒缓压力、消除烦恼。

范举在中奖后第二天就收到入会的邀请——一张金色的无障碍通行名片。不过在今天之前，他都没想要来参加。

一段放空的冥想时间过后，治疗师“小丑”温和地开口，“想必大家都已经知道，正视问题的第一步就是要敞开心扉，把问题大声说出来。那么，哪位兄弟姐妹愿意先来和我们分享一下他的烦恼？”

“蝙蝠侠”率先举手，“我最大的苦恼，是再也不能好好吃东西了。中奖之前，我吃烤串一次能撸 200 根，啤酒一口气一箱，我吃过的水煮鱼能填满整个洞庭湖，烤鸡翅、烤羊腿，吃剩下的骨头能修炼出 100 个白骨精。可是现在……”，他站起来，转了一圈，“大家看看我，你们大概猜不到，我原来可是一个 180 斤的大胖子啊，生生饿到 110 啊……”

范举确实有点意外，“蝙蝠侠”的条纹 T 恤虽然品味有待商榷，但依旧能看出在棉布下面的身材，还真挺符合他的面具主题，凹凸有致的肌肉，还以为是砸了大钱练出来的，没想到竟是饿出来的不成？

"蝙蝠侠"坐回原处，继续说："最开始是因为我不敢随便出门，怕被人认出来我有钱，万一把我绑架了怎么办？宅在家里只能玩玩健身。吃了一阵子外卖之后，不是有人曝光外卖好些都是从黑心作坊出来的么。给我吓坏了。我可不能那么早死啊，我死了那些钱怎么办，多浪费啊。所以我就找了个学营养、学养生的专家给我做菜，家里所有食材都直接从欧洲空运，别说喝的水了，连洗澡水都是进口的，绝对无菌无污染。

可是这么吃了一阵，实在寡淡，专家做来做去就那几样菜。我忍不了偷偷跑出去吃，想说去私人会所吃饭应该没问题，结果里头最高级的菜是分子料理。"他连连摇头叹息，"你们吃过分子料理没？四个字：千！万！别！吃！坑死我了。一顿好几十万，就吃了些空气啊，烤鸭味的泡沫那就特么是一泡鸭子口水啊。"

他旁边的"星战武士"忍不住噗嗤笑出声，"芭比"女士则有点嫌弃地把身子往"蝙蝠侠"的另一侧挪了挪。

"蝙蝠侠"沉浸在他的悲催遭遇中，没有注意到："饿得我一出来就不管不顾地摸黑在街边又吃了顿麻辣烫。这下完了，回来上吐下泻几乎去掉半条命。医生后来说，因为我长期吃的都是无菌无害食材，导致免疫力急剧下降，稍不健康的东西，一吃身体立刻就会有反应。”

他用怜悯的眼神看着自己平坦的隐约突现出六块腹肌的肚子，梦呓般温柔地说，“我每天做梦都想的是，就是能白天大大方方去麦当劳痛快地吃上 10 个汉堡。”

“星战武士”同情地拍拍他肩膀：“唉，哥们，你只是不能吃东西，比我强多了。我的问题是走到哪儿被人黑到哪儿。”他咳嗽一声，“我没钱的时候，妹子拒绝我，起码还会说一句‘不过你是个好人’。现在她们拒绝我，连好人都没了，只会说‘你以为我只看钱么，我也是看脸的’。我这才知道，原来穷也是有好处的，起码可以掩盖丑……”

包括范举在内，在座的众人都齐齐看着他的脸，估计心里都在好奇在他的面具下面，到底长得什么样呢。

“后来有人劝我，要不去做些慈善加人品。为什么啊？我的钱也不是天上掉下来的。”他想了想似乎这句说得不太对，“好吧，就算是天上掉下来的，我爱怎么花怎么花，就算我钱多得每天第一件事就是思考还有什么是我家里没有的，凭什么就一定得白送给住在苍蝇乱飞房子的穷人？那不是助长他们不劳而获？我不肯拍下慈善会 8 万块的手表，就要被骂小气？好吧，我是答应要出 100 万拍张画了，可尼玛现场给我拍出 101 万来，多一万那也是违反了契约，凭什么还要我付钱？难道我必须为了我的有钱，一一上穷人家里道歉吗？”他激动地拍着沙发扶手，总结陈词：“反正，他们就是想黑我。”

“小丑”治疗师安抚地探过身子，拍了拍他的腿，示意他冷静；然后对“芭比”女士做了一个手势，请她继续。

珠光宝气的“芭比”女士沉默了一会儿才缓缓开口，似乎在酝酿情绪，“那我就接着这位的话茬往下说吧。我觉得吧，人穷就算了，怎么可以那么没有自尊？”她嫌恶地牢牢攥紧了身前的限量版小香包。

“我们有钱人买 LV，他们也买 LV，山寨的；我们有钱人买爱玛仕，他们也买爱玛仕，山寨的；我们有钱人穿香奈尔高级定制成装，他们也穿，还是山寨的。你知道每次我跟我们家保姆撞衫，或者跟清洁工拿一样款式的包的时候，真想拿把剪刀冲过去把她们的山寨货剪成碎片。”

“芭比”女士越说声音越高昂，“最可恨的是，当我终于穿上了意大利设计师一针一线缝出来的绝对无法山寨的衣服回老家时，竟然没有一个人认出那是名牌，还有一个老太婆跟我说，‘这衣服我们集市上 50 块能买一打。’

还有另外一个臭丫头，听说我每天就在家做 SPA 买衣服逗儿子，不上网也不看报，居然说我已经没有梦想，对我发出叹息！我顿时又有找剪刀的冲动，这次我想剪的是她们的嘴。”她咬牙切齿地陷入了自己的回忆中，镶满水钻指甲的手在沙发扶手上下意识地用力划着，在小牛皮面上留下一道道浅色痕迹。

“小丑”看了看手里的记录本，上面注明：“‘芭比’女士，有中度暴力前兆”。他温和地安慰道，“芭比女士，我建议您可以时常这样对自己说：那些对生活还有梦想的人，不过都因为对生活还有不满。”

“星战武士”大声附和：“说得好！”

“不过太招摇了也不好，太危险”，“蝙蝠侠”摇头：“看我就从来不穿带牌子的衣服。有钱干嘛要让别人知道。麻烦得很。”

“芭比”女士不服气：“你不也天天吃龙虾吃海参的，我就喜欢买衣服怎么了？”

“星战武士”赶紧打圆场：“哎哎，求同存异，咱们要互帮互助，可不能内讧啊。”

渐次发言的秩序被打乱，众人开始随意闲聊了起来。

“小丑”注意到，即便在研讨气氛热烈的情况下，范举也仍然没有开口，他仍旧夹紧双腿，一副很想立刻离开的样子。

“小丑”做了个暂停的手势，“不如我们都平复一下心情，听听‘黑衣人’有什么可以跟我们分享的？”

屋里安静下来，众人期待地看着范举。

范举为难地咬着嘴唇，憋红了脸，喃喃地说，“为什么尽管我那么有钱了，有些生理活动依旧还是不能受自己支配呢？为什么我说的话，依旧还是没人会听呢？”

他猛地站了起来，大声咆哮：“我一开始就想说：我不是来参加互助会的，我就是经过附近尿急又找不到厕所。我，他，妈，的，只，是，来，借，厕所，的。所以，这房子的厕所到底在哪里？”

周二

讲点有钱人不高兴的事，让屌丝高兴高兴。

［跋一］愿你真实地生活在虚构中

周一

周二是我的妹妹。每次这么说，立刻就有人问：是亲妹妹吗？

这时就想起周二上小学时对我说过的一句话：要没有你就好了，我就是独生子女了。

简直无言以对。我那时刚上大学，形式逻辑课考了高分，但却没有找到反驳的道理。只是悻悻地想：我应该抢先说这句话的。

周二就是这样，从小可能就开了脑洞。在她那班几乎由独生子女构成的同学里，她有点思想早熟的样子，很早就向我透露了对同龄人不屑一顾的风凉话。

可时间也是很奇怪的，后来这些年，别人都在长大，她却仿佛停留在少年。书里这些奇奇怪怪的故事，不就是年少时眼前放着课本脑中幻想着世界的那些闪念嘛。

编者注：周一，本名周艳，中央电视台纪录片频道副总监。

我问她怎么写的，她说，嗯，就是想出来的。

然后她会说：我还有好多可以写的哩。

就好像她生活在别的次元，那里是她的思维王国。

有的时候，她仿佛就站在对面，越过我的肩膀看见了我身后的一切；有的时候，她像是站在彼岸，等着其他人慢慢渡过自觉，偶尔又忍不住提醒，剧透。

周二上大一那年，放假回来给我讲了个段子：宿舍楼下有只小老鼠，女生们拿石子丢它，打中了，小老鼠倒下然后又爬起来，踉踉跄跄逃跑，跑了又倒，倒了又跑，跑出了一条曲线。周二说，它大概被打中了小脑。

说到这里，我和她一起哈哈哈笑起来。

然后周二叹了口气：当时我说完这句话，旁边人都没笑。

上天没有给每个人同样的脑回路。所以，时隔多年后看到“怪物们，请出来相认”，忍不住想起那只小老鼠。

周二想出来的这些故事，我都很喜欢。

并不是作为亲姐姐的喜欢，是作为一个同样写字为生的人的喜欢。

世上的文字游戏有很多种，偏我和周二分写其中截然不同的两种。

我做纪录片，写的每个字恨不得都有出处，不是当事人说的，就是文献记载的，无据可考就焦虑，自己主观的意见都要消灭。

周二写故事，那些事从头到尾都是不存在的，它们从她的大脑里诞生，她想要怎样它们就怎样。听上去真是自由痛快。可是这需要无中生有的想象力，需要把一个动机发展成情节的能力，还有气味相投的语言节奏。

我必须替自己以及替很多人承认：臣妾做不到。

“我不会编故事。”我竭力轻描淡写地对周二说，以掩饰脑力匮乏。

周二总是很老实地说：“嗯，像你们那样一句也不能编真是挺难的。”

总算有机会在这里真心说一句：源源不断地创造，这才真是挺难的。何况还是这么天方夜谭的故事，何况这绝不仅仅是故事。

就像周二心目中怪奇故事界的鼻祖——《世界奇妙物语》，已经播出了26年，还在继续输出新故事，每个故事依旧继续击中人心。

每年雷打不动地看完《世界奇妙物语》的新剧集，周二就会无比惆怅地又念叨一次：“能写出《世界奇妙物语》那样的故事，就算没白活了。”

我好奇：“你写的故事不就是《世界奇妙物语》吗？”

她坚定地摇头：“差。远。了。”

周二在这种时候，尤其像一个摩羯座。她从来不敢高估自己，永远对讲一个好故事这件事心存敬畏。

周二的日常生活是想方设法地足不出户，和她商量任何事都只能得到让人抓狂的“随便”两个字，这世界与她似乎只是路人的关系。但我知道，对于写作，她有她的野心。她从未满足于开讲一个别出心裁的故事会，读读每篇后面的“周二说”，就知道了。

她不仅不想让世界改变她，还存着和世界聊一聊的小小的企图。

“总要说点什么吧。不然你写了一大通，到底是想怎样呢？”周二说这话总是很严肃。我就想起来，她在南方都市报工作了十年，这使她始终铭记独立思考和自我表达的意义。

这个时候，她不再是我眼里永远长不大的妹妹。

周二在南都开《物怪人间》专栏的时候，我有次去深圳出差，见识了她写稿的过程。客厅拐角沙发的拐角部分是她的专区，笔记本电脑就放在腿上——不是在写稿，是在看剧，同时，她还在看电视——从早到晚，无论成色兼容并包。上午过去了，她在看剧；下去过去了，她在看剧。晚上也过去了……我一觉醒来，看她在鱼肚白里发送邮件。

作为一个靠谱的摩羯座，她喜欢亲自来划定 deadline。我总疑心这和极限运动是一个原理，倒计时的紧张才够刺激出匪夷所思的结果。

但周二又说：早就想好的了啊，不过最后留够时间打字。

看到上面这段不难知道，其实周二的人生主业是看剧。去年我们开一个剧评微信公众号“周一周二”，周二的个人介绍干脆利落——“地球上看剧最多的人”。

周二的剧评有一点无人能及：发自内心的热爱。

她用生命看剧，在剧中经历百态生命，在虚拟的世界里投注了最真实的情感。然后，她用这些体验和直觉去生活、去写作。

长大后一度周二也看了些“让童年来承担一切责任”的心（jī）理（tāng）学（wén），她简直声泪俱下地给自己找到了生活在虚拟世界的理由：因为爸妈忙于养大我们所以没有时间管我们，所以一忙就把她放在电视机前，所以她是电视节目陪着长大的。

这听起来还蛮心酸的。

不过我记忆里的画面，是千方百计阻止她，包括抢夺遥控器，围绕开关键展开拉锯战，以及利用年龄和身体优势挡住屏幕——因为她实在看太久了。

博客流行的年代，我写过一则伤感的《今夜想念我家楼下的路灯》。大概意思是站在五楼阳台往下看灯光，会感觉和时间对视。最后写道："阳台的里面，是一个四口之家在这一世的缘分。那么绵长，又那么匆忙。锅里的粥还烫着，雪里红刚刚入味。夏天的路灯就亮了。爸妈才刚把我们的裙子裁剪出纸样，我才刚把我妹从电视机前拎开。"

这么深情款款的博客，被最后一句毫不留情地拉回现实。可见这是多么难以磨灭的记忆。

顺便说一句，听说长时间把笔记本电脑放在腿上会造成皮肤灼伤变色，周二才结束了在腿上看剧的美好生涯。

就在这无数个别人的故事中，周二造设了自己的天地。

如果一个人在成年后才显示出天（diàn）才（shì）儿童的特征，那么要不要反省我们后知后觉，居然一直放任她的天性没有及时把她拉回人生的正轨呢？

担心她太过沉浸于幻想，担心她不能面对真实的生活，担心她脱离人群。可是看看她写的故事，又觉得她什么都懂。

这样担心来担心去，直到有一天周二说：我都没有说你们那样不好，为什么你们老要觉得我这样不好呢。

就像真实和虚构总是边界模糊，认知世界和认知自我，从来也没有标准程序。

有一次父母拌嘴生气，这种事周二历来是视若不见的。没想到那回我百般劝不好，就推给她：该你尽点孝心了啊。结果半天后回家，发现居然就已经和好了。

我不服气地问她：你做了什么？

她的表情仿佛是做出了重大牺牲：我吃了一碗米饭。

（坚定的不吃主食派代表周二，说这话时几乎是攥紧了拳头的。）

对周二来说，可能维护世界和平也不过就只需要吃一碗米饭。

所以你说得很对。

在这样复杂的世界里，或许就可以用最简单的方式活下去。

在那个虚构的自由王国里，或许更能洞察真实。

不过有一点你说得不对：就算没有我，你也还是周二，不会变成周一。

祝贺你已经长成你自己最希望的模样。

［跋二］我想演旁白

周二

小时候读张爱玲的散文，里头说到："通篇'我我我'的身边文学是要挨骂的。对于自己过分感到兴趣的作家，他们花费一辈子的时间瞪眼看自己的肚脐，并且想法子寻找，可有其他的人也感到兴趣的，叫人家也来瞪眼看。"

从此我就战战兢兢，刻意避免写自己的事，唯恐会把肚脐露出来。

但是想到如果书卖得不好，可能就不会再有人找我出书了，这就是我的第一本也是最后一本书，不写点什么以后就没机会了，所以还是写点什么吧。

是的。我是个很"丧"的人。任何事情都先考虑最坏的结果。

比如每次坐公交车，我就会想，如果现在车翻了该怎么办？如果车是开到一座桥上然后翻了，同时掉进了水里该怎么办？然后我就开始在脑内模拟一系列自救动作，如何冷静地爬起来，如何准确地靠近车窗，如何果断地打碎车窗，如何笨拙地翻出去。

至今为止，我已经在脑内世界里翻过 268 次车窗了。

《卫斯理》系列里有个说法，人生是有固定配额的。一生中，眨多少次眼睛，打多少个喷嚏，爱上多少个人，被多少个人爱上，配额都是固定的。小时了了，后半生诸事不宜的人，他们大多都是因为已经提前用完了自己的才华和运气的配额。

可能因为我在脑内世界里消耗掉了太多配额，所以在现实世界里，总觉得无法投入并自如地参与其中。现实世界对我来说反而像是一个虚构的舞台，我要做的就是按照不同的剧本，演好不同的角色：子女的角色，朋友的角色，学生的角色，员工的角色，不讨厌的路人角色……当然，大多数都是指定角色，没得可选。

如果可以自己选的话，我比较想演旁白那个角色。那样我就可以知道，舞台上每个角色都在想什么，他们的故事是什么，怎样开始，如何结束。

我并不关心这个世界，但我迷恋每个角色的故事。

很早我就发现，世界其实是由很多个平行空间组成的。

这跟物理学或者科幻超自然现象没关系。创造和分裂出这些平行维度的，是我们不同的出生背景、城市、长相、职业、爱好、性格、价值观等等，这些真实的人生参数。

不知道你有没有曾经好奇过，为什么你逛街吃饭看电影听音乐会的时候，就一次也没遇见过开着敞篷跑车、穿着高级定制的白富美、高富帅呢？

他们当然是存在的，只是他们存在在跟我们不同维度的平行空间里。

最近看了篇报道，讲“帝都”黑社会天安社，他们像是从一个流水线上生产出来的光头胖子，团购了纹身套餐，买一赠一似的在身上一面一面地纹着同款弥勒佛和龙虎豹；开车的时候一定要把缠着木头珠子画得乌漆麻黑的粗壮胳膊夯拉到车窗外。而他们的全部黑社会事业，就是在直播网站上直播在路边摊喝酒撸串，直播集体拜关二爷，直播跟香港黑社会代表聊天。

看完感觉我又打开了一个世界的新维度，在这个维度的平行时空里，黑社会都去当网红了。

原来还有那么多我依旧不曾看到和知道的平行世界啊，这是我爱它的理由。

然而每个平行世界都有一个共同的问题，就是只关心主角。

在英雄的世界里，奥特曼太多，怪兽都不够用了。

而在怪兽的世界里，日程表可能会是这样的：周一，跟奥特曼练习动感光波；周二，替蝙蝠侠试新车；周三，帮蜘蛛侠治疗恐高症；周四，超人约会时帮他看儿子；周五，为黑衣人 BOSS 竞选站台；周六，出席绿巨人的新装发布会。嗯，还有周日呢？——靠，怪兽界也是有劳动法的。

当这些平行世界在同一个故事里相遇，次元壁被打通，所有的主角配角路人被打乱重组，那么，会不会发展出完全出乎意料、挑战认知极限的新故事呢？

为了寻找和试验这种可能性，于是就有了《物怪人间》。

我只是把这些故事叙述出来，至于真相是什么，你把自己代入了哪个角色，就不是一个旁白需要负责的了。